Edward St Aubyn
Zu guter Letzt

PIPER

Zu diesem Buch

Die Ex-Multimillionärin Eleanor Melrose hat es hinter sich. Während Verwandte, Freunde und Feinde zu ihrer Beerdigung eintreffen, um sich ein letztes Mal das Maul zu zerreissen, stellt ihr Sohn Patrick enttäuscht fest, dass dieser Tod ihm nicht die erhoffte, prompte Erlösung bringt. Aber auf der Party nach dem Gottesdienst, in dem Geschwirr von Stimmen, Tellerklappern und Gelächter, auf den Stromschnellen und in den Untiefen der Gespräche, spürt er, wie er plötzlich in neues Fahrwasser gerät … »Zu guter Letzt« ist der brillante Kulminationspunkt der Melrose-Saga – einer der stärksten literarischen Auseinandersetzungen mit dem Trauma »Familie«, die je geschrieben wurden. Und auch dieser abschließende Roman ist wieder ein Meisterwerk, eine funkelnde schwarze Komödie voller tiefer emotionaler Wahrheit.

Edward St Aubyn wurde 1960 in England geboren und wuchs dort und in Südfrankreich auf. Er ist Vater von zwei Kindern und lebt in Notting Hill, London. »Zu guter Letzt« ist der Abschluss der Melrose-Saga: Ihr Anfang, »Schöne Verhältnisse«, ist auch das Buch, mit dem St Aubyn hierzulande über Nacht bekannt wurde; es folgten »Schlechte Neuigkeiten«, »Nette Aussichten« und »Muttermilch«. Außerdem liegen von Edward St Aubyn auf Deutsch die Romane »Ausweg« und »Am Abgrund« vor.

Edward St Aubyn

zu guter letzt

Roman

Aus dem Englischen von
Sabine Hübner

Piper München Zürich

Mehr über unsere Autoren und Bücher:
www.piper.de

Von Edward St Aubyn liegen bei Piper vor:
Muttermilch
Zu guter Letzt
Ausweg
Am Abgrund

FSC
www.fsc.org
MIX
Papier aus verantwortungsvollen Quellen
FSC® C083411

Ungekürzte Taschenbuchausgabe
Oktober 2013

Titel der englischen Originalausgabe: »At Last«, Picador, London, 2011

Umschlaggestaltung: semper smile, München, nach einem Entwurf von ZERO Werbeagentur, München
Umschlagabbildung: Amaryllis, by Horst Janssen (20th March 1979, pencil & color pencil on paper), Private Collection/THE BRIDGEMAN ART LIBRARY/VG Bild-Kunst
Satz: Fotosatz Amann, Aichstetten
Gesetzt aus der Adobe Garamond
Papier: Munken Print von Arctic Paper Munkedals AB, Schweden
Druck und Bindung: CPI – Clausen & Bosse, Leck
Printed in Germany ISBN 978-3-492-30322-4

Für Bo

1

»Überrascht?«, sagte Nicholas Pratt, pflanzte seinen Gehstock auf den Krematoriumsteppich und starrte Patrick grundlos ein wenig verächtlich an, eine überflüssig gewordene, aber längst nicht mehr zu ändernde Angewohnheit. »Ich bin ja in letzter Zeit geradezu auf Trauerfeiern abonniert. Das wird man in meinem Alter zwangsläufig. Bringt ja nichts, zu Hause herumzusitzen, lauthals über die Unwissenheit der jugendlichen Nachrufschreiber zu lachen, oder dem eher eintönigen Vergnügen zu frönen, die täglichen Abgänge unter seinen Altersgenossen zu zählen. Nein! Man muss ›das Leben abfeiern‹: Da geht es hin, unser Schulflittchen! Es heißt, er habe sich mit Anstand geschlagen, aber ich weiß es besser! – so was in der Art, damit die gesamte Lebensleistung angemessen gewürdigt wird. Wohlgemerkt, ich sage nicht, das alles sei nicht sehr bewegend. Diese letzten Lebenstage haben etwas vom Effekt anschwellender Orchestermusik. Und natürlich graut einem fürchterlich. Auf meinen täglichen Runden vom Krankenbett zur Trauerbank und wieder zurück muss ich immer an jene Öltanker denken, die früher alle vierzehn Tage an irgendeinem Felsen zerschellten, und an die Schwärme von Vögeln, die mit verklebten Flügeln am Strand krepierten und verwirrt aus den gelben Augen blinzelten.«

Nicholas schaute sich kurz im Raum um. »Spärlich besucht«, murmelte er, als wolle er jemandem die Situation schildern. »Sind das die Glaubensfreunde deiner Mutter? Fabelhaft. Wie würdest du die Farbe des Anzugs da drüben nennen? Aubergine? *Aubergine à la crème d'oursin*? So einen muss ich mir bei Huntsman machen lassen. Wie? Aubergine führen Sie nicht? Bei der Feier für Eleanor Melrose trug das einfach jeder – ordern Sie schleunigst eine ganze Meile!

Deine Tante wird wohl bald hier sein. Ein nur allzu vertrautes Gesicht unter diesen Auberginen. Ich habe sie letzte Woche in New York getroffen und darf zu meiner Freude sagen, dass sie die tragische Nachricht über deine Mutter von mir erfahren hat. Sie ist in Tränen ausgebrochen und hat sich ein *Croque Monsieur* bestellt, um damit ihre zweite Portion Diätpillen runterzuschlucken. Sie hat mich gedauert, deshalb habe ich ihr eine Einladung zum Dinner bei den Blands verschafft. Kennst du Freddie Bland? Er ist der derzeit kleinste lebende Milliardär. Seine Eltern waren praktisch Zwerge, wie General und Mrs. Tom Thumb. Sie betraten den Raum stets mit einem gewaltigen Tusch, und dann verschwanden sie unter einem Konsolentisch. Baby Bland gibt sich jetzt seriös, wie so viele Leute, wenn sie den senilen Dämmerzustand erreichen. Sie will ein Buch über den Kubismus schreiben, der Gipfel der Albernheit. Ich glaube, das gehört zu ihrer Rolle als perfekte Ehefrau. Sie weiß ja, dass Freddie immer Zustände bekam, wenn ihr Geburtstag nahte; dank ihres neuen Hobbys muss er sich jetzt nur noch bei Sothebys irgendein abscheuliches Gemälde einpacken lassen – eine Frau mit einem Gesicht wie ein Stück Wassermelone von diesem Erzhochstapler Picasso – und er weiß, dass er sie damit überglücklich macht. Weißt du, was Baby zu mir gesagt hat? Beim Frühstück – meine Güte! –, als ich nahezu wehrlos war.« Nicholas äffte sie nach:

»Diese göttlichen Vögel beim späten Braque sind ja doch eigentlich nur ein Vorwand für den Himmel!«

»Ein exzellenter Vorwand«, habe ich geantwortet und mich am Kaffee verschluckt, »viel besser als etwa ein Rasenmäher oder ein Paar Holzpantinen. Das zeigt doch, dass er wusste, was er tat.«

»So viel zur Seriosität. Nein, gegen dieses Schicksal werde ich mich noch mit dem letzten Funken Verstand stemmen, es sei denn, Doktor Alzheimer übernimmt die Regie. Dann würde ich wohl ein Buch über islamische Kunst schreiben müssen, um zu zeigen, dass die Turbanköpfe schon immer viel zivilisierter gewesen sind als wir; oder ich würde in einem dicken Band erläutern, wie wenig wir eigentlich über Shakespeares Mutter und ihren streng geheimen Katholizismus wissen. Ein seriöses Thema eben.

Wie auch immer, Tante Nancy ist bei den Blands wohl leider total durchgefallen. Ein hartes Los, wenn einem die Gesellschaft alles bedeutet, man aber keine Freunde hat. Die Ärmste. Aber weißt du, was mir auffiel, außer Nancys lebhaftem Selbstmitleid, das sie dreisterweise als Trauer verkaufen wollte – Folgendes: die beiden Mädchen, also deine Mutter und deine Tante, sind, waren – mein Leben pendelt zwischen den Zeiten – wirklich vollkommen amerikanisch. Eine Verbindung ihres Vaters zu den Highlands gab es, seien wir ehrlich, sowieso nur in flüssiger Form, und nachdem deine Großmutter ihn vor die Tür gesetzt hatte, hat man ihn ja kaum mehr gesehen. Den Krieg hat er mit den beiden dämlichen Windsors in Nassau verbracht; nach dem Krieg dann Monte Carlo, und schließlich ist er an der Bar von White's versackt. Unter dem Stamme derer, die tagtäglich vom Lunch bis spätnachts sinnlos betrunken sind, war er mit Abstand der Liebenswürdigste, aber als Vater wohl eine Enttäuschung. Bei diesem Grad der Trunkenheit versucht man ja eigentlich, einen Ertrinkenden zu umarmen. Die gelegentlichen Anfälle von Sentimentalität, die der Alkohol bei ihm dann zwanzig Minuten lang bewirkte, waren sicher kein Ersatz für den stetigen Strom aufopferungsvoller Güte, der mich in meinen Bemühungen als Vater von jeher beseelt hat. Mit, zugegebenermaßen, gemischten Ergebnissen. Wie du sicher weißt, redet Amanda seit fünfzehn Jahren kein Wort mehr mit mir. Ich gebe ihrem Therapeuten die Schuld. Er hat ihr das kleine, ohnehin noch nie besonders helle Köpfchen mit Freud'schen Ideen über ihren vernarrten Papa vollgestopft.«

Nicholas' volltönender Vortrag verflachte zu immer eindringlicherem Geflüster, und die Anstrengung, sich aufrecht zu halten, ließ die Knöchel seiner blau geäderten Hände weiß hervortreten. »Schön, schön, mein Lieber, wir können ja nach der Zeremonie noch ein wenig plaudern. Fabelhaft, dich in so guter Verfassung anzutreffen! Mein tief empfundenes Beileid und so weiter, aber wenn der Tod je als gnädige Erlösung kam, dann zu deiner armen Mutter. Ich bin auf meine alten Tage ja zu einer Art Florence Nightingale geworden, aber selbst die ›Dame mit der Lampe‹ müsste angesichts dieses fürchterlichen Verfalls panisch zum Rückzug blasen. Es mag meine Heiligsprechung verzögern, aber ich besuche lieber Menschen, die sich noch an einer bissigen Bemerkung und einem Glas Champagner erfreuen können.«

Nicholas schien weitergehen zu wollen, drehte sich aber noch einmal um. »Ärgere dich nicht wegen des Gelds. Schon einige meiner Freunde, die in dieser Hinsicht alles vermasselt haben, sind in staatlichen Krankenhäusern gestorben, und ich muss sagen, dass mich die Menschlichkeit des überwiegend ausländischen Personals dort zutiefst beeindruckt hat. Wohlgemerkt kann man mit Geld ja auch nichts anderes tun, als es auszugeben, wenn man es hat, oder sich darüber zu ärgern, dass man es nicht hat. Es ist ein sehr beschränktes Gut, über das die Menschen sich viel zu sehr ereifern. Was ich eigentlich sagen will, ist: Doch, ärgere dich wegen des Gelds! Wenigstens als Ventil, um Ärger abzulassen, taugt es etwas. Gutmenschen monieren gelegentlich, ich hätte zu viele *bêtes noires*, aber ich brauche meine *bêtes noires*, um das *noir* aus mir heraus und hinein in die *bêtes* zu schaffen. Außerdem hat deine Familie diesbezüglich doch einen fabelhaften Lauf gehabt. Wie lange geht das schon? Sechs Generationen, und sämtliche Nachkommen, nicht nur die ältesten Söhne, waren im Grunde genommen Müßiggänger. Sie haben vielleicht zur Tarnung gearbeitet, vor allem in Amerika, wo jeder ein Büro haben muss, und sei's nur, um vor dem Lunch eine halbe Stunde lang auf dem Drehsessel herumzulümmeln, mit den Schuhen auf dem Schreibtisch, aber eine Notwendigkeit gab es nie. Auch wenn ich nicht aus Erfahrung sprechen kann, es muss für dich und deine Kinder ziemlich spannend sein, nach so langer Befreiung vom Wettbewerb wieder so richtig mit dabei zu sein. Weiß Gott, was ich aus meinem Leben gemacht hätte, wenn ich meine Zeit nicht zwischen Stadt und Land, Inland und Ausland, Ehefrauen und Geliebten aufgeteilt hätte. Ich habe die Zeit zerteilt und jetzt zerteilt sie mich, wie? Ich muss mir diese religiösen Fanatiker, die deine Mutter um sich geschart hat, mal aus der Nähe ansehen.«

Nicholas humpelte davon und erwartete offenbar keine weitere Antwort als fasziniertes Schweigen.

Wenn Patrick sich ins Gedächtnis rief, wie Krankheit und Sterben Eleanors fadenscheinige schamanistische Phantasien zerfetzt hatten, kamen ihm Nicholas' »religiöse Fanatiker« eher wie gutgläubige Wehrdienstverweigerer vor. Eleanor hatte am Ende ihres Lebens einen gnadenlosen Crash-Kurs in Sachen Selbsterkenntnis absolvieren müssen, ausgerüstet nur mit einem Krafttier in der einen Hand und einer Rassel in der anderen. Zurückgeworfen auf die strengste Übung überhaupt: ohne Sprache, ohne Bewegung, ohne Sex, ohne Drogen, ohne Reisen, ohne Geldausgeben, kaum Essen; nur die einsame, stille Betrachtung ihrer Gedanken. Wenn Betrachtung das passende Wort war. Vielleicht hatte sie das Gefühl, ihre Gedanken betrachteten sie wie hungrige Raubtiere.

»Haben Sie gerade an sie gedacht?«, fragte eine sanfte irische Stimme. Annette legte lind die Hand auf Patricks Unterarm und neigte verständnisvoll den Kopf zur Seite.

»Ich dachte gerade, unser Leben ist die Geschichte derjenigen Dinge, denen wir uns widmen«, sagte Patrick. »Der Rest ist Verpackung.«

»Oh, das finde ich zu krass«, meinte Annette. »Maya Angelou sagt, der Sinn unseres Lebens liege in unserer Wirkung auf andere Menschen, ob wir ihnen guttun oder nicht. Eleanor hat anderen Menschen immer gutgetan, das gehörte zu den Geschenken, die sie der Welt machte. Oh«, sagte sie plötzlich ganz aufgeregt und packte Patricks Unterarm, »vorhin, beim Reinkommen, wurde mir folgende Querverbindung klar: Wir sind hier im Mortlake-Krematorium, um uns von Eleanor zu verabschieden, und nun raten Sie mal, was ich ihr vorgelesen habe, als ich sie das letzte Mal sah? Da kommen Sie nie drauf. *The Lady of the Lake*. Das ist ein Krimi aus der Artussage, kein besonders guter übrigens. Aber das sagt doch alles, nicht? Lady of the Lake – Mortlake. Wenn man Eleanors Beziehung zum Wasser und ihre Freude an den Artuslegenden bedenkt.«

Patrick konstatierte verblüfft, wie sehr Annette an die tröstliche Wirkung ihrer Worte glaubte und stellte fest, dass

Verzweiflung seinen Ärger verdrängte. Die Vorstellung, dass seine Mutter freiwillig unter diesen ausgemachten Narren gelebt hatte! Welcher Erkenntnis hatte sie sich so unbedingt verweigern wollen?

»Wer kann schon sagen, warum ein Krematorium und ein schlechter Roman entfernt ähnliche Namen haben?«, sagte Patrick. »Es ist überaus verlockend, die Grenzen des rationalen Denkens so weit zu überschreiten. Ich verrate Ihnen, wer ausgesprochen viel Sinn für solche Querverbindungen hat: Sehen Sie da drüben den alten Mann mit dem Gehstock? Erzählen Sie ihm das. Er liebt so etwas. Er heißt Nick.« Patrick erinnerte sich dunkel, dass Nicholas diese Abkürzung hasste.

»Seamus lässt Sie herzlich grüßen«, sagte Annette und akzeptierte es fröhlich, weggeschickt zu werden.

»Danke.« Patrick senkte den Kopf und versuchte, nicht die Kontrolle über seine maßlose Rücksichtnahme zu verlieren.

Was tat er da? Das war doch alles längst überholt. Der Krieg mit Seamus und der Stiftung seiner Mutter gehörte der Vergangenheit an. Jetzt wo er Waise war, schien alles perfekt. Es kam ihm vor, als habe er sein ganzes Leben lang auf dieses Gefühl der Vollständigkeit gewartet. Wie gut hatten es doch all die Oliver Twists dieser Erde, die von Anfang an in diesem beneidenswerten Zustand lebten, dessen Erlangung ihn fünfundvierzig Jahre gekostet hatte – doch der relative Luxus, von Bumble und Fagin erzogen worden zu sein, statt von David und Eleanor Melrose, musste zwangsläufig zu einer Schwächung der Persönlichkeit führen. Das geduldige Ertragen potenziell tödlicher Einflüsse hatte Patrick zu dem Mann gemacht, der er heute war; einem Mann, der allein in einem Einzimmerapartment lebte und dessen letzter Aufenthalt im

Suizidbeobachtungsraum der Depressionsstation des Priory Hospital knapp ein Jahr zurücklag. Das *Delirium tremens,* sich der verheerenden Banalität des Alkohols zu unterwerfen, hatte er nach seiner renitenten Jugend als Junkie als Erbteil empfunden. Als Rechtsanwalt widerstrebte es ihm mittlerweile, sich auf illegale Weise umzubringen. Alkohol floss bis in die tiefsten Wurzeln seines Stammbaums. Patrick erinnerte sich noch genau, wie er als Fünfjähriger auf einem Esel durch die Kasinogärten Monte Carlos geritten war, zwischen Palmen und strotzenden rot-weißen Blumenbeeten, und sein Großvater unkontrollierbar zitternd auf einer grünen Bank gesessen hatte, festgepinnt von der Sonne, während sich auf den perlgrauen Hosen seines perfekt geschnittenen Anzugs langsam ein Fleck ausbreitete.

Mangels Versicherung musste Patrick seinen Aufenthalt in der Priory selbst bezahlen und erschöpfte in einem dreißigtägigen Hasardspiel um Heilung seine gesamten Mittel. Ein Monat, vom psychiatrischen Standpunkt aus betrachtet unnütz kurz, genügte ihm trotzdem, sich Hals über Kopf in eine zwanzigjährige Patientin namens Becky zu verlieben. Sie sah aus wie Botticellis Venus, schöner noch dank des blutigen Gitters aus Rasierklingenschnitten, das sich kreuz und quer die schlanken, weißen Arme hinaufzog. Als er sie im Aufenthaltsraum der Depressionsstation zum ersten Mal erblickte, sandte ihre strahlende Schwermut einen flammenden Pfeil ins Pulverfass seiner frustrierten Leere.

»Ich bin eine autoaggressive, therapieresistente Depressive«, erzählte sie ihm. »Man hat mich auf acht verschiedene Tabletten gesetzt.«

»Acht«, sagte Patrick bewundernd. Er selbst bekam nur noch drei: das Antidepressivum für den Tag, das Antidepressivum für die Nacht und die zweiunddreißig Oxazepam-

Tranquilizer täglich, die er gegen das Delirium tremens schluckte.

Soweit er bei einer so hohen Dosis Oxazepam überhaupt noch denken konnte, dachte er nur noch an Betty. Am nächsten Tag hievte er sich von seiner raschelnden Matratze und latschte zur Selbsthilfegruppe der Depressiven, in der Hoffnung, Becky wiederzusehen. Sie war nicht da, aber Patrick konnte dem Kreis der Depressiven in ihren Trainingsanzügen nicht mehr entrinnen. »Was den Sport betrifft, möge unser Outfit für die Tat stehen«, seufzte er und sackte auf den nächsten Stuhl.

Ein Amerikaner namens Gary eröffnete den Reigen persönlicher Bekenntnisse mit den Worten: »Folgendes Szenario: Mal angenommen, ihr lebtet aus beruflichen Gründen in Deutschland, und angenommen, ein Freund, von dem ihr lange nichts gehört habt, ruft euch aus den Staaten an und will euch besuchen …« Nach einer Geschichte skandalöser Ausnutzung und Undankbarkeit fragte er die Gruppe, was er diesem Freund sagen solle. »Streich ihn aus deinem Leben«, sagte der verbitterte, radikale Terry, »wer solche Freunde hat, braucht keine Feinde mehr!«

»Okay«, Gary kostete diesen Moment aus, »und wenn ich euch jetzt eröffnen würde, dieser ›Freund‹ sei meine Mutter, was würdet ihr dann sagen? Wo läge da der Unterschied?«

Schlagartig machte sich in der Gruppe Betroffenheit breit. Ein Mann, der sich »total euphorisch« fühlte, seit seine Mutter ihn am Sonntag abgeholt hatte, um ihm ein Paar neue Hosen zu kaufen, appellierte an Gary, seine Mutter niemals zu verlassen. Aber es gab auch eine Frau namens Jill, die »einen langen Spaziergang am Fluss« gemacht hatte, »von dem ich eigentlich nicht mehr zurückkommen sollte – na ja, sagen wir mal so, ich bin *klatschnass* zurückgekommen und hab zu Dr. Pagazzi, den ich wahnsinnig gerne mag, gesagt, das hätte wohl etwas mit meiner Mutter zu tun, und er hat gemeint: ›Damit fangen wir gar nicht erst an.‹« Jill riet Gary, so wie sie jeden Kontakt zu seiner Mutter abzubrechen. Am Ende der Sitzung versuchte der weise Leiter, ein Schotte, die Gruppe vor dieser Flut egozentrischer Ratschläge zu schützen.

»Jemand hat mich mal gefragt, warum Mütter immer genau wissen, auf welchen Knopf sie bei uns drücken müssen«, sagte er, »und ich habe geantwortet: ›Weil sie es ja waren, die uns die Knöpfe eingepflanzt haben.‹«

Alle nickten düster, und Patrick fragte sich, nicht zum ersten Mal, wie es wohl wäre, frei zu sein, ein Leben ohne die Tyrannei von Sucht, Konditionierung und Groll zu führen.

Nach der Selbsthilfegruppe sah er Becky mit hängenden Schultern, verbotenerweise rauchend, barfuß die Treppe hinter der Wäscherei hinuntertappen. Er folgte ihr und fand sie auf einer Stufe zusammengekauert, die riesigen Pupillen in Tränen schwimmend. »Es ist grässlich hier«, sagte sie. »Die wollen mich rauswerfen, weil ich angeblich negativ eingestellt bin. Aber ich bin nur im Bett geblieben, weil ich so *deprimiert* bin. Keine Ahnung, wo ich hinsoll, zu meinen Eltern zurück, das pack ich nicht.«

Sie bettelte geradezu darum, gerettet zu werden. Warum lief er nicht einfach mit ihr weg und nahm sie mit in sein Einzimmerapartment? Sie zählte zu den wenigen lebenden Menschen, die *noch* suizidgefährdeter waren als er. Sie könnten als Priory-Flüchtlinge nebeneinander auf dem Bett liegen, von denen sich der eine in Krämpfen wand und die andere sich ritzte. Warum brachte er sie nicht einfach dorthin und ließ sie die Sache für ihn zu Ende bringen? Er würde ihre blauen Venen bandagieren, ihre erbleichenden Lippen küssen. Nein nein nein nein nein. Es ging ihm zu gut, zumindest war er zu alt.

Mittlerweile konnte er sich nur noch mit einer bewussten Anstrengung an Becky erinnern. Er hatte schon oft beobachtet, dass seine Obsessionen ihn wie Erröten überkamen, und wenn er sie einfach ignorierte, sah er sie wieder verblassen. Dass er nun Waise war, glich einem Aufwind, der dieses neue Freiheitsgefühl womöglich immer höher trug. Er musste nur den Mut haben, die Chance, die sich ihm dadurch bot, ohne Schuldgefühle zu nutzen.

Patrick ließ sich zu Nicholas und Annette hinübertreiben, neugierig auf das Resultat seiner Kuppelei.

»Stellen Sie sich ans Grab oder neben den Verbrennungsofen«, belehrte Nicholas soeben Annette, »und wiederholen Sie diese Worte: ›Lebewohl, altes Haus. Einer von uns musste als Erster sterben, und ich bin entzückt, dass du es warst!‹ Das ist meine spirituelle Praxis, und Sie können sie gerne übernehmen und in Ihren höchst amüsanten ›spirituellen Werkzeugkasten‹ legen.«

»Ihr Freund ist wirklich einmalig!«, sagte Annette, als sie Patrick kommen sah. »Nur hat er noch nicht erkannt, dass wir in einem liebenden Universum leben. Und es liebt auch Sie, Nick«, versicherte sie Nicholas und legte ihm, der eine ausweichende Bewegung machte, die Hand auf die Schulter.

»Ich habe Bibesco ja bereits zitiert«, blaffte Nicholas, »und zitiere ihn gerne noch einmal: ›Für den Mann von Welt ist das Universum nichts als ein Vorort.‹«

»Er ist wohl nie um eine Antwort verlegen«, sagte Annette. »Vermutlich witzelt er sich später mal direkt in den Himmel hinein. Sankt Petrus liebt Leute mit Esprit.«

»Ach ja?«, sagte Nicholas, überraschenderweise besänftigt. »Das ist das Beste, was ich je über diesen trotteligen Privatsekretär gehört habe. Als würde das Höchste Wesen einwilligen, die Ewigkeit unter lauter Nonnen, Armen und halbgar gekochten Missionaren zu verbringen und sich seine herrlichen Konzerte durch das Klappern schamanischer Rasseln und das Geschrei der Gläubigen verderben zu lassen, die mit ihrer Kreuzigung prahlen! Welch eine Erleichterung, dass den Pförtner an der Himmelstür endlich ein aufgeklärter Befehl erreichte: ›Schickt UNS um Himmelswillen einen geistreichen Gesprächspartner!‹«

Annette betrachtete Nicholas mit mildem Vorwurf.

»Ah«, sagte er und nickte Patrick zu, »ich hätte nie gedacht, dass ich beim Anblick deiner unmöglichen Tante einmal solche Dankbarkeit empfinden würde.« Er hob den Stock und schwenkte ihn in Richtung Nancy. Sie stand in der Tür und wirkte erschöpft vor lauter Hochmut, als werde es ihr zu anstrengend, ständig die Augenbrauen hochzuziehen.

»Hilfe!«, sagte sie zu Nicholas. »Wer sind diese seltsamen Leute?«

»Zeloten, Moonies, Schamanen, verhinderte Terroristen, religiöse Fanatiker jeder Couleur«, erklärte Nicholas und bot Nancy seinen Arm. »Meide jeden Blickkontakt, halte dich bei mir, dann überlebst du vielleicht und hast hinterher was zu erzählen.«

Als Nancy Patrick sah, fuhr sie ihn wütend an. »Gerade heute hätte die Beerdigung *keinesfalls* stattfinden dürfen!«, sagte sie.

»Wieso?«, fragte er verwirrt.

»Heute ist die Hochzeit von Prince Charles. Die einzigen Leute, die vielleicht sonst noch gekommen wären, sind in Windsor Castle!«

»Und du wärst garantiert auch dort, wenn man dich eingeladen hätte«, sagte Patrick. »Schau doch einfach mal mit einem Union Jack und einem Periskop aus Pappe vorbei, wenn du glaubst, dort sei es amüsanter.«

»Wenn ich daran denke, wie man uns erzogen hat«, jammerte Nancy, »es ist doch absolut lächerlich, was meine Schwester mit ...« Ihr fehlten die Worte.

»... dem goldenen Adressbuch getan hat«, säuselte Nicholas und umklammerte seinen Gehstock fester, als sie gegen ihn sank.

»Ja«, sagte Nancy, »was sie mit dem goldenen Adressbuch getan hat.«

2

Nancy beobachtete, wie sich ihr unerfreulicher Neffe dem Sarg seiner Mutter näherte. Patrick würde nie begreifen, in was für fabelhaften Verhältnissen sie und Eleanor aufgewachsen waren. Eleanor hatte törichterweise dagegen rebelliert, wogegen Nancy all das aus den andächtig gefalteten Händen gerissen worden war.

»Das goldene Adressbuch«, seufzte sie erneut und hakte sich bei Nicholas unter. »Mummy hatte zum Beispiel in ihrem ganzen Leben nur einen einzigen Autounfall, aber während sie da kopfüber im verbeulten Blech hing, baumelte neben ihr die Infantin von Spanien.«

»Das nenne ich konsequent«, erwiderte Nicholas. »Bei einem Autounfall kann man ja an die unmöglichsten Leute geraten. Stell dir den Aufruhr beim Adelsverband vor, wenn einer unserer Blutstropfen auf dem Armaturenbrett eines Lastwagens landet und sich dort mit den Körperflüssigkeiten des Kerls vermischt, dessen Kopf aufs Lenkrad geprallt ist.«

»Musst du denn über alles Witze reißen?«, fauchte Nancy.

»Ich tue mein Möglichstes«, sagte Nicholas. »Aber man kann nicht behaupten, deine Mutter hätte sich für das gemeine Volk begeistert. Hat sie nicht die komplette Dorfstraße entlang der Grenzmauer des Pavillon Colombe aufgekauft, um sie zwecks Erweiterung des Parks abzureißen? Wie viele Häuser waren das?«

»Siebenundzwanzig«, erwiderte Nancy schon etwas heiterer. »Die wurden gar nicht alle abgerissen. Manche wurden in Ruinen verwandelt, die ideal zum Haus passten. Es gab Lusthäuser und Grotten, und Mummy ließ eine Replik des Hauptgebäudes anfertigen, nur fünfzigmal kleiner. Wir haben dort immer den Tee genommen, das war wie in *Alice im Wunderland.*« Nancys Gesicht umwölkte sich. »Da war ein grässlicher alter Mann, der nicht verkaufen wollte, obwohl Mummy ihm viel zu viel für sein winzig kleines Häuschen bot, deshalb gab es im Verlauf der alten Mauer eine Einbuchtung nach innen, wenn du verstehst, was ich meine.«

»Jedes Paradies bedarf einer Schlange«, sagte Nicholas.

»Das hat er nur getan, um uns zu ärgern«, erwiderte Nancy. »Er hat auf dem Dach die französische Flagge gehisst und den ganzen Tag lang Edith Piaf gespielt. Wir mussten ihn regelrecht zuwuchern mit unseren Pflanzen.«

»Vielleicht mochte er Edith Piaf«, meinte Nicholas.

»Ach, sei doch nicht albern! Kein Mensch kann Edith Piaf in dieser Lautstärke mögen.«

Nicholas' Tonfall hatte Nancys empfindliche Ohren gekränkt. Mummy hatte nicht gewollt, dass gewöhnliche Leute ihrem Besitz zu nahe kamen – und wenn schon! Das konnte wohl kaum verwundern, wo alles andere so himmlisch war. In diesem Garten hatte Fragonard *Les Demoiselles Colombe* gemalt, daher war es wichtig, einige Fragonards im Haus zu haben. Bei den ursprünglichen Besitzern hatten im Salon zwei große Guardis gehangen, da war es nur authentisch, sie zurückzuholen.

Nancy fühlte sich vom Prunk und Niedergang der Familie ihrer Mutter regelrecht verfolgt. Eines Tages würde sie ein

Buch über ihre Mutter und ihre Tanten schreiben, die legendären Jonson-Schwestern. Sie sammelte schon seit Jahren Material dafür, faszinierende Details, die man nur noch systematisieren musste. Erst letzte Woche hatte sie einen miserablen jungen Rechercheur an die Luft gesetzt – der zehnte dieser habgierigen Egomanen, die im Voraus bezahlt werden wollten – doch zuvor hatte ihr letzter Sklave noch eine Kopie der Geburtsurkunde ihrer Großmutter entdeckt. Diesem herrlich kuriosen Dokument zufolge war Nancys Großmutter »auf Indianerland geboren worden«. Wie hätte das Töchterchen eines jungen Armeeoffiziers, geboren unter dieser unwahrscheinlichen Adresse, damals – als es zwischen den knarrenden Holzpritschen und den nervösen Pferden eines Lehmforts in den Western Territories herumwackelte – ahnen können, dass seine eigenen Töchter später einmal die Flure europäischer Schlösser entlangwackeln und ihre Häuser mit dem Strandgut gescheiterter Dynastien füllen würden – dass sie in Marie Antoinettes schwarzem Marmorbad planschen würden, während ihre gelben Labradore auf Teppichen dösten, die aus dem Thronsaal des kaiserlichen Palasts in Peking kamen? Selbst die Bleiwannen auf der Terrasse des Pavillon Colombe waren für Napoleon gefertigt worden. Goldene Bienen, die regennasse silberne Blüten aufsuchten. Sie hatte immer geglaubt, Jean habe Mummy zum Kauf dieser Wannen veranlasst, um sich auf obskure Weise an Napoleon dafür zu rächen, dass der seinen Ahnen, den berühmten Herzog von Valençay als ein »Stück Scheiße im Seidenstrumpf« bezeichnet hatte. Nancy sagte gern, ihr Stiefvater sei der Familientradition treu geblieben, ohne den Seidenstrumpf. Sie umklammerte Nicholas' Arm noch fester, als könne der grässliche Jean versuchen, ihr auch den noch zu stehlen.

Hätte Mummy sich doch nur nicht von Daddy scheiden

lassen. Welch glanzvolles Leben hatten sie in Sunninghill Park geführt, wo sie und Eleanor groß geworden waren. Ständig kam der Prince of Wales vorbei, und nie waren weniger als zwanzig Leute im Haus, die sich köstlich amüsierten. Natürlich stimmte es, dass Daddy die schlechte Angewohnheit hatte, Mummy sündhaft teure Geschenke zu kaufen, die sie dann selber bezahlen musste. Wenn sie sagte »Ach, Liebling, das sollst du doch nicht!«, war das ihr voller Ernst. Im Lauf der Zeit traute sie sich kaum noch, irgendetwas zum Garten zu sagen. Kaum erwähnte sie, dass eine Blumenrabatte etwas Blau vertragen könnte, ließ Daddy ein paar Tage später irgendeine unmögliche Pflanze aus Tibet einfliegen, die circa drei Minuten blühte und so viel kostete wie ein ganzes Haus. Doch bevor das Trinken überhandnahm, war Daddy ein attraktiver, warmherziger Mann gewesen, von so ansteckendem Witz, dass die Diener das Essen oft klappernd servierten, weil sie die Platten vor lauter Lachen nicht gerade halten konnten.

Nach dem Börsenkrach flogen Anwälte aus Amerika ein und baten die Craigs, sich den Kopf zu zerbrechen, worauf sie verzichten könnten. Sie dachten eine Ewigkeit nach. Sunninghill Park konnten sie natürlich nicht verkaufen. Sie mussten ja weiter ihre Freunde einladen können. Und Bedienstete zu entlassen wäre zu grausam und zu unbequem gewesen. Das Haus in Burton Street brauchten sie unbedingt, wenn sie mal über Nacht in London blieben. Sie brauchten zwei Rolls-Royces und zwei Chauffeure, weil Daddy unverbesserlich pünktlich und Mummy unverbesserlich unpünktlich war. Schließlich opferten sie eine der sechs Zeitungen, die jeder Gast mit dem Frühstück bekam. Die Anwälte gaben nach. Die Jonson'schen Geldtöpfe waren zu tief, als dass man von einer Krise sprechen konnte; sie waren keine Börsenspekulanten, sondern Industrielle, denen ganze Viertel des städtischen Amerika gehörten. Gehärtete Fette, Waschbenzin und Wohnraum, diese Dinge wurden immer gebraucht.

Selbst wenn Daddy zu extravagant gewesen war, Mummys Heirat mit Jean blieb eine Torheit und nur mit dem Titel zu erklären, der dabei heraussprang – sie war zweifellos neidisch auf Tante Gerty, die mit einem Großherzog verheiratet war. Jeans Rolle in der Jonson-Story bestand darin, Schande auf sich zu laden, als Lügner und Dieb, lüsterner Stiefvater und tyrannischer Gatte. Während Mummy krebskrank im Sterben lag, bekam Jean einen seiner Wutanfälle und brüllte, ihr Testament ziehe seine Ehre in Zweifel. Ihre Häuser, Gemälde und Möbel seien ihm ja nur auf Lebenszeit vermacht und fielen dann an die Kinder, als könne man ihm nicht vertrauen, dass er selbst den Kindern einmal alles vererben würde. Aber ihm sei sehr wohl bewusst, dass dies alles den Jonsons gehöre … und so weiter und so fort; das Morphium, die Schmerzen, das Gebrüll, die empörten Versprechungen. Sie änderte ihr Testament, und Jean brach sein Wort und hinterließ alles seinem Neffen.

Mein Gott, wie tief Nancy diesen Jean verabscheute! Obwohl er schon fast vierzig Jahre tot war, hätte sie ihn am liebsten täglich umgebracht. Er hatte alles gestohlen und ihr Leben ruiniert. Sunninghill, der Pavillon, der Palazzo Arichele, alles verloren. Sie trauerte sogar einigen Jonson-Häusern hinterher, die sie sowieso nur dann geerbt hätte, wenn zuvor etliche Leute das Zeitliche gesegnet hätten, was natürlich eine Tragödie gewesen wäre; allerdings hätte *sie* wenigstens gewusst, wie man solche Häuser führt, was man von gewissen anderen Leuten nicht behaupten konnte.

»All die schönen Dinge, die schönen Häuser«, sagte Nancy, »wo sind sie nur geblieben?«

»Die Häuser stehen vermutlich dort, wo sie immer standen«, meinte Nicholas, »aber sie werden von Leuten bewohnt, die sie sich leisten können.«

»Aber das ist es ja, ich *sollte* sie mir leisten können!«

»Verwende nie den Konjunktiv, wenn es um Geld geht.«

Nicholas war wirklich unausstehlich! Keinesfalls würde sie ihm von ihrem Buch erzählen. Ernest Hemingway hatte Daddy gesagt, er solle unbedingt ein Buch schreiben, weil er immer so lustige Geschichten erzählte. Als Daddy protestierte, er könne doch gar nicht schreiben, schickte ihm Hemingway ein Tonbandgerät. Daddy vergaß, den Stecker einzustecken, und als sich die Spulen nicht drehten, verlor er die Geduld und schmiss das Ding aus dem Fenster. Die Frau, auf der es landete, zeigte ihn zwar zum Glück nicht an und Daddy hatte wieder eine herrliche Geschichte mehr, doch durch diesen Vorfall war Nancy abergläubisch geworden, was Tonbandgeräte betraf. Vielleicht sollte sie einen Ghostwriter engagieren. Exorziert durch einen Geist! Das wäre originell. Aber sie musste dem armen Geist ja eine Ahnung davon vermitteln, an welche Reihenfolge sie dachte. Entweder Thema um Thema, oder Jahrzehnt um Jahrzehnt, aber das war ein Zugang für spießige, intellektuelle Bücherwürmer. Sie dachte eher an Schwester um Schwester; schließlich war die Rivalität zwischen ihnen die treibende Kraft.

Gerty, die jüngste und schönste der drei Jonson-Schwestern, war zweifellos Mummys größte Konkurrentin. Sie heiratete den Großherzog Vladimir, Neffe des letzten russischen Zaren. »Onkel Vlad«, wie Nancy ihn nannte, hatte bei der Ermordung Rasputins mitgeholfen, indem er Prinz Yusopow seinen kaiserlichen Revolver lieh für das, was eigentlich der Todesschuss sein sollte, sich aber nur als Zwischenakt zwischen der Vergiftung des störrischen Priesters und seiner

Ertränkung in der Newa erwies: Sämtlichen Bitten zum Trotz wurde Vladimir aufgrund seiner Beteiligung an jenem Mord vom Zaren verbannt, und verpasste so die russische Revolution und die Chance, durch Russlands neue bolschewistische Herren erdrosselt, erschossen oder mit dem Bayonett erstochen zu werden. Im Exil betrieb Onkel Vlad die eigene Ermordung dann selbst, indem er täglich vor dem Lunch dreiundzwanzig Martinis trank. Dank der russischen Marotte, leer getrunkene Gläser an der Wand zu zerschmettern, kehrte im Haus sehr selten Stille ein. In Nancys Besitz befand sich Daddys Exemplar der in Vergessenheit geratenen Memoiren von Onkel Vlads Schwester, der Großherzogin Anna. Sie waren in purpurroter Tinte »meinem lieben Schwager« gewidmet, obwohl er eigentlich der Ehemann der Schwägerin ihres Bruders war. Diese Widmung erschien Nancy irgendwie typisch für die vereinnahmende Großzügigkeit, die es dieser phantastischen Familie ermöglicht hatte, zwei Kontinente zu überbrücken, von Kiew bis Wladiwostock. Vor Onkel Vlads Heirat mit Gerty in Biarritz musste seine Schwester ihnen den Segen erteilen, den traditionell eigentlich ihre Eltern erteilt hätten. Sie fürchteten diesen Moment, weil er sie an den grauenhaften Grund für die Abwesenheit ihrer Familie erinnerte. Die Großherzogin beschrieb ihre Empfindungen in *Der Palast der Erinnerungen*:

»Durch das Fenster sah ich die riesigen Wellen gegen die Felsen branden; die Sonne war untergegangen. Der graue Ozean wirkte in jenem Moment so gnadenlos gleichgültig wie das Schicksal selbst, und unendlich einsam.«

Gerty beschloss, zur russisch-orthodoxen Religion zu konvertieren, um Vladimirs Familie näher zu sein. Anna schrieb weiter:

»Unser Cousin, der Herzog von Leuchtenberg, und ich waren ihre Trauzeugen. Es war eine lange und ermüdende Zeremonie, und mir tat Gerty leid, die kein Wort davon verstand.«

Wenn ihr Hausgeist so gut schreiben konnte, würde sie einen Bestseller landen, davon war Nancy überzeugt. Die älteste Jonson-Schwester war die reichste von allen: die herrische, praktisch veranlagte Tante Edith. Während ihre flatterhaften jüngeren Schwestern sich in bebilderte Geschichtsbücher vertieften und mit den Überbleibseln der berühmtesten Familien der Welt Händchen hielten, schloss die vernünftige Tante Edith, die sich die Antiquitäten am liebsten gleich kistenweise liefern ließ, eine konsolidierende Ehe mit einem Mann, dessen Vater so wie ihr eigener Vater im Jahr 1900 zu Amerikas hundert reichsten Männern gezählt hatte. Nancy wohnte während der beiden ersten Kriegsjahre bei Edith, während Mummy versuchte, Teile ihrer wirklich wertvollen Besitztümer in der Schweiz einzulagern, bevor sie zu ihren Töchtern nach Amerika zog. Ediths Mann, Onkel Bill, sorgte für Abwechslung in der Familie, indem er die Geschenke, die er seiner Frau machte, selbst bezahlte. Einmal schenkte er ihr zum Geburtstag ein weißes, schindelgedecktes Haus mit grünen Fensterläden und sanft geschwungenen Seitenflügeln, oberhalb eines Teichs an einem Rasenhang gelegen, inmitten eines zehntausend Morgen großen Waldgrundstücks. Sie war hingerissen. Nützliche Ratschläge dieser Art fanden sich in Büchern à la *Die Kunst des Schenkens* natürlich nie.

Patrick warf einen Blick auf seine unglückliche Tante, die immer noch am Eingang stand und sich bei Nicholas beklagte. Er musste an den Lieblingsspruch des Leiters seiner Depressionsgruppe denken: »Groll bedeutet, Gift zu trinken und zu hoffen, dass jemand anders daran stirbt«. Alle Patienten hatten ihn mit diesem Satz, in mehr oder weniger überzeugendem schottischem Akzent, mindestens einmal täglich nachgemacht.

Wenn Patrick nun mit nervöser Distanz am Sarg seiner Mutter stand, dann nicht, weil er dem »goldenen Adressbuch« seiner Tante gehuldigt hatte. Für ihn war die Vergangenheit ein Leichnam, der auf die Einäscherung wartete, und obwohl dieser Wunsch gleich wortwörtlich in einem nur wenige Meter entfernten Ofen in Erfüllung gehen würde, bedurfte es eines ganz anderen Feuers, um das einzuäschern, was Nancy quälte: die psychischen Auswirkungen ererbten Reichtums, der rasende Wunsch, diesen Reichtum loszuwerden und der rasende Wunsch, sich daran festzuklammern; der demoralisierende Effekt dessen, dass man all die Dinge besaß, für deren Erwerb andere Menschen ihr kostbares Leben opferten; die mehr oder minder heimliche Überlegenheit und die mehr oder minder heimliche Scham des Reichen, die zu typischen Tarnungen führten: der Philantropielösung, der Alkohollösung, der Maske der Exzentrizität, der Suche nach Heil im vollendeten Geschmack; die Besiegten, die Müßiggänger und die Leichtfertigen und ihre Gegenspieler, die Bannerträger – sie alle lebten in einer Welt, deren schillernde Wahlmöglichkeiten Arbeit und Liebe nur schwer durchdringen konnten. Waren diese Werte schon an sich unproduktiv, so wirkten sie nach zwei Generationen der Enterbung um so absurder. Patrick wollte sich von dem distanzieren, was er die virulente Irrelevanz seiner Tante nannte, andererseits war die ganze mütterliche Ahnenreihe seiner Familie geprägt von einer Faszination durch den gesellschaftlichen Status, die er unbedingt begreifen wollte.

Er dachte an seinen Besuch bei Eleanor, kurz nachdem sie ihr letztes philantropisches Projekt gestartet hatte, die Transpersonale Stiftung. Sie hatte beschlossen, die enttäuschende

Existenz als Person aufzugeben, zugunsten der spannenden Aussicht, eine entgrenzte Person zu werden. Sie verleugnete einen Teil dessen, was sie war, Tochter einer chaotischen Familie und Mutter einer weiteren, und täuschte stattdessen vor, etwas zu sein, das sie nicht war, nämlich eine Heilerin und Heilige. Die Auswirkungen dieses pubertären Projekts auf ihren alternden Körper führten zum ersten der ein Dutzend Schlaganfälle, die sie schließlich zerstörten. Als Patrick sie nach diesem ersten Schlaganfall in Lacoste besuchte, konnte sie noch ziemlich fließend sprechen, war jedoch äußerst misstrauisch geworden. Kaum waren sie allein in ihrem Zimmer mit den zerschlissenen Vorhängen, die sich im Abendwind wie volle Segel blähten, packte sie ihn am Arm und zischte eindringlich: »Sag keinem, dass meine Mutter eine Herzogin war!«

Er nickte verschwörerisch. Sie lockerte ihren Griff und starrte auf der Suche nach der nächsten Sorge an die Zimmerdecke.

Nancys Anweisungen wären ohne jede Rechtfertigung durch einen Schlaganfall exakt entgegengesetzt ausgefallen. Sag es keinem? Sag es allen! Dem karikaturesken Kontrast von Nancys Diesseitigkeit und Eleanors Jenseitigkeit, Nancys Üppigkeit und Eleanors Magerkeit lag eine gemeinsame Ursache zugrunde, eine Vergangenheit, die gefälscht werden musste, durch Verdrängung oder selektive Glorifizierung. Was war das? Waren Eleanor und Nancy überhaupt Individuen, oder gehörten sie nur zum typischen Strandgut ihrer Gesellschaftsschicht und Familie?

Eleanor hatte Patrick Anfang der 1970er-Jahre, als er zwölf war, zu ihrer Tante Edith gebracht. Während sich der Rest der Welt um die OPEC-Krise sorgte, um Stagflation, Flächenbombardierung und die Frage, ob die Wirkung von LSD permanent, ewig oder nur vorübergehend sei, führte

Edith einen Lebensstil, der keinerlei Konzessionen machte an die fünfzig Jahre, die verflossen waren, seit sie Live Oak geschenkt bekommen hatte. Neben ihren vierzig schwarzen Angestellten wirkten die Sklaven in *Vom Winde verweht* wie Filmstatisten. Am Abend, als Patrick und Eleanor eintrafen, fragte Moses, einer der Hausdiener, ob er freibekommen könne, um zur Beerdigung seines Bruders zu gehen. Edith sagte Nein. Man dinierte zu viert, und Moses wurde gebraucht, um die Maisgrütze zu servieren. Patrick wäre es egal gewesen, wenn der Diener, der die Wachteln vorlegte, oder der Diener, der das Gemüse herumreichte, auch noch die Maisgrütze serviert hätte, aber die Dinge hatten ihre Ordnung, und Edith duldete keine Störung dieser Ordnung. Moses, in weißen Handschuhen und weißem Jackett, trat lautlos vor, und während ihm Tränen über die Wangen liefen, reichte er Patrick dessen allererste Portion Maisgrütze. Patrick fragte sich, ob sie ihm unter anderen Umständen vielleicht geschmeckt hätte.

Später, am prasselnden Kaminfeuer in ihrem Zimmer, wütete Eleanor gegen die Grausamkeit ihrer Tante. Die Szene beim Abendessen verfolgte sie. Eleanor konnte den Geschmack der Maisgrütze einfach nicht von Moses' Tränen trennen, ebenso wenig wie den makellosen Geschmack ihrer Mutter von ihren Kindheitstränen. Eleanors Eindruck, dass ihre geistige Gesundheit in der Freundlichkeit von Bediensteten wurzelte, hieß, dass sie immer auf Moses' Seite sein würde. Hätte sie das formulieren können, hätte diese Loyalität sie vielleicht politisiert; so jedoch wurde sie karitativ. Am meisten brachte sie auf, dass ihre Tante ihr das Gefühl vermittelte, immer noch zwölf Jahre alt zu sein, wie damals zu Kriegsbeginn, als sie als leidenschaftlich engagierter, aber stummer Gast in Fairley wohnte, Bills und Ediths Haus auf

Long Island. Die Erinnerung daran, so alt wie Patrick gewesen zu sein, hypnotisierte seine Mutter geradezu. Ihre Entwicklungshemmung hatte seine Anstrengungen, erwachsen zu werden, generell massiv überschattet. Während seiner frühen Kindheit hatte sie sich innerlich ständig damit beschäftigt, wie viel ihr Kindermädchen ihr bedeutet hatte, und es dabei ganz versäumt, ihrem Sohn ein ähnliches Vorbild an Wärme und Verlässlichkeit zur Seite zu stellen.

Als Patrick vom Sarg seiner Mutter aufblickte, sah er, dass Nancy und Nicholas erneut auf ihn zukamen, denn ihr Instinkt für gesellschaftliche Hierarchien erhob den trauernden Sohn der Verstorbenen bei der Beerdigung seiner Mutter vorübergehend zum Platzhirsch. Indem er die Hand auf Eleanors Sarg legte, schmiedete er eine heimliche Allianz gegen Missverständnisse.

»Mein Lieber«, sagte Nicholas, sichtlich animiert, weil er gerade etwas Wichtiges erfahren hatte, »bis Nancy mich soeben ins Bild setzte, hatte ich ja keine Ahnung, was für eine Partykönigin deine Mama gewesen ist, bevor sie sich auf ihre ›guten Werke‹ verlegte!« Es sah aus, als stoße er diese Wendung mit seinem Spazierstock beiseite, aus dem Weg. »Man stelle sich vor, die schüchterne, fromme kleine Eleanor auf dem Beistegui-Ball! Ich kannte sie damals noch nicht, sonst hätte ich mich genötigt gesehen, sie vor dieser Horde heißhungriger Harlekins zu beschützen.« Nicholas schwenkte seine freie Hand kunstvoll durch die Luft. »Was für ein magischer Moment: als hätte man die vergoldeten Müßiggänger in Watteaus Gemälden aus ihrem verwunschenen Gefängnis entlassen und mit einer kolossalen Dosis Anabolika und einer Schnellbootflotte ausgestattet.«

»Ach, so schüchtern war sie gar nicht, du weißt schon, was

ich meine«, korrigierte ihn Nancy. »Sie hatte jede Menge Verehrer. Weißt du, deine Mutter hätte eine blendende Partie machen können.«

»Und mir das Problem ersparen können, geboren zu werden.«

»Ach, red keinen Unsinn! Du wärst sowieso geboren worden.«

»Nicht unbedingt.«

»Wenn ich an all die Hochstapler denke«, sagte Nicholas, »die behaupten, damals bei jener legendären Party dabei gewesen zu sein, vermag ich kaum zu glauben, dass ich jemanden kannte, der wirklich dabei war und es vorzog, das unerwähnt zu lassen. Und jetzt ist es zu spät, sie zu ihrer Bescheidenheit zu beglückwünschen.« Er tätschelte den Sarg, wie vielleicht der Besitzer eines Rennpferds sein siegreiches Tier tätscheln würde. »Was die Sinnlosigkeit speziell dieser Ziererei beweist.«

Nancy entdeckte einen weißhaarigen Mann in schwarzem Nadelstreifenanzug und schwarzer Seidenkrawatte, der durch den Mittelgang schritt.

»Henry!«, rief sie und taumelte theatralisch zurück. »Nur gut, dass wir Jonsons Verstärkung kriegen!« Nancy liebte Henry. Er war so reich. Es wäre zwar besser gewesen, wenn das Geld ihr gehört hätte, doch dass es ein naher Verwandter besaß, war die zweitbeste Lösung.

»Wie geht's dir, Kohlkopf?«, begrüßte sie ihn.

Henry küsste Nancy zur Begrüßung, schien jedoch nicht sonderlich erfreut darüber, als »Kohlkopf« tituliert zu werden.

»Mein Gott, ich hatte nicht damit gerechnet, dass du kommen würdest«, meinte Patrick. Er hatte heftige Gewissensbisse.

»Ich hatte auch nicht damit gerechnet, dass du kommen würdest«, sagte Henry. »In dieser Familie sagt einem ja kein Mensch etwas. Ich bin gerade ein paar Tage hier, wohne im Connaught, und als sie mir morgens mit dem Frühstück die *Times* ins Zimmer rollten, sah ich, dass deine Mutter gestorben ist und heute die Trauerfeier stattfindet. Zum Glück hat mir das Hotel gleich einen Wagen besorgt, und so habe ich's noch rechtzeitig geschafft.«

Patrick beschloss, gleich zur Sache zu kommen. »Ich habe dich nicht mehr gesehen, seit wir dich freundlicherweise auf deiner Insel besuchen durften«, sagte er. »Ich muss damals ja der reinste Albtraum gewesen sein. Tut mir leid.«

»Wahrscheinlich ist niemand gerne unglücklich«, sagte Henry. »Das bricht sich immer irgendwie Bahn. Aber wir dürfen nicht zulassen, dass Differenzen über außenpolitische Fragen den wesentlichen Dingen im Wege stehen.«

»Allerdings«, erwiderte Patrick, betroffen von Henrys Güte. »Ich freue mich so, dass du es heute hierher geschafft hast. Eleanor hat dich sehr gemocht.«

»Nun, ich habe deine Mutter geliebt. Wie du weißt, hat sie zu Kriegsbeginn ein paar Jahre lang bei uns in Fairley gelebt und deshalb standen wir uns natürlich nahe. Sie hatte so etwas Unschuldiges, das sehr attraktiv war; es zog einen an und hielt einen gleichzeitig auf Distanz. Schwer zu erklären, aber egal, was du über deine Mutter und ihr karitatives Engagement denkst, du weißt hoffentlich, dass sie ein guter Mensch mit den besten Absichten war.«

»Ja«, erwiderte Patrick und nahm die schlichte Zuneigung Henrys einen Moment lang einfach so hin. »Vermutlich ist ›unschuldig‹ genau das richtige Wort.« Wieder einmal staunte er über das Phänomen der Projektion: wie feindselig war Henry ihm erschienen, als Patrick allen Menschen feindselig entgegentrat; wie freundlich wirkte Henry jetzt, wo Patrick nichts mehr gegen ihn hatte. Wie es wohl wäre, nicht mehr zu projizieren? Ging das überhaupt?

Als er sich zum Gehen wandte, streckte Henry die Hand aus und berührte Patricks Schulter.

»Mein Beileid«, sagte er in einer Förmlichkeit, in der nun Rührung mitschwang. Er nickte Nancy und Nicholas zu.

»Entschuldigt mich bitte«, sagte Patrick und sah nach hinten, zum Eingang des Krematoriums. »Ich muss Johnny Hall begrüßen.«

»Wer soll das denn sein?«, fragte Nancy herablassend.

»Gute Frage«, erwiderte Nicholas finster. »Ein Niemand, wäre er nicht zufällig der Psychoanalytiker meiner Tochter. So aber ist er der Feind.«

3

Patrick entfernte sich vom Sarg seiner Mutter, wohl wissend, dass er, wenn er nicht in einer dramatischen Aufwallung zurückeilte, nun zum letzten Mal neben ihr gestanden hatte. Er hatte den kalten, klammen Inhalt des Sargs gestern Abend im Beerdigungsinstitut Bunyon gesehen. Eine freundliche Frau in blauem Kostüm und mit kurzem weißem Haar hatte ihn an der Tür empfangen.

»Hallo, mein Lieber, ich hab ein Taxi gehört und mir schon gedacht, dass Sie es sind.«

Sie führte ihn ins Untergeschoss. Rosa-brauner Rautenteppich, wie in der Bar eines Landhotels. Dezente Reklame für Extraleistungen: die gerahmte Fotografie einer Frau, die vor einer schwarzen Kiste kniete, aus der eine ob ihrer Befreiung höchst erleichterte Taube aufflog. In einem Wirbel weißer Schwingen pfeilschnell himmelwärts. Kehrte sie zum Bunyon'schen Taubenschlag zurück und wurde dann recycelt? (Ach nein, nicht schon wieder in die schwarze Kiste!) »Wir lassen am Tag des Begräbnisses eine Taube für Sie frei.« Man hatte den Eindruck, als werde jeder Buchstabe, der den Eingang des Beerdigungsinstituts passierte, sofort in Frakturschrift verzerrt, als sei der Tod ein deutsches Dorf. Bleiglasfenster, elektrisch beleuchtet, säumten die Treppe ins Untergeschoss.

»Ich lasse Sie jetzt mit ihr allein. Wenn Sie etwas brauchen, rufen Sie mich einfach. Ich bin oben.«

»Danke«, sagte Patrick und wartete, bis sie um die Ecke verschwunden war, bevor er die »Weidenkapelle« betrat.

Er schloss die Tür hinter sich und warf einen hastigen Blick in den Sarg, als hätte seine Mutter ihn ermahnt, es sei unhöflich, jemanden anzustarren. Was auch immer er da ansah war nicht die »sie«, die man ihm vor wenigen Minuten mit feierlicher Distanzlosigkeit versprochen hatte. Die Abwesenheit von Leben in diesem vertrauten Körper, die starren, geläuterten Züge, dieses Gesicht, das er noch vor seinem eigenen gekannt hatte, das war das Entscheidende. Hier lag ein Objekt, das sich im Übergang zum jenseitigen Ende des Lebens befand. Statt des Kuscheltiers oder der Schmusedecke, mit denen ein Kind sich über die Abwesenheit der Mutter hinwegtröstet, bot man ihm einen Leichnam, dessen dürre Finger eine weiße Kunstrose umklammerten, deren steife Seidenblütenblätter man über einem Herzen, das nicht mehr schlug, drapiert hatte. Mit dem Sarkasmus einer Reliquie, aber auch der Geltung eines Metonyms stand dies gleichermaßen für seine Mutter und für ihre Abwesenheit. In jedem Fall war es ihr letztes Erscheinungsbild, bevor sie sich in das Gedächtnis der Menschen zurückzog.

Er musste unbedingt noch einmal einen Blick auf sie werfen, einen längeren Blick, einen weniger theoretischen Blick, aber wie konnte er sich in diesem befremdlichen Keller konzentrieren? Die »Weidenkapelle« lag offenbar unter einem belebten Gehsteig und wurde von der schrillen Theatralik von Handygesprächen und dem Klackern von Absätzen durchbohrt. Ein Taxi löste sich rumpelnd aus dem Verkehrsstrom und spritzte einen Wasserschwall auf das Pflaster oberhalb des Deckenwinkels ihm gegenüber. Ein Tennyson-Gedicht, an das er Jahrzehnte nicht mehr gedacht hatte, fiel ihm ein: ›Todt, längst todt, / Längst todt! / Und eine Handvoll Staub mein Herz, / Und über den Kopf mir die Räder jagen, / Und meine Knochen zittern vor Schmerz, / weil man nicht tief genug den Sarg, / kaum fußtief unter der Erde barg. / Und die Hufe der Rosse schlagen, schlagen, / Die Hufe der Rosse schlagen, / Sie schlagen in Schädel und Hirn dir hinein, / und endlos braust der Strom der Füße, der Wagen.‹ Er verstand, warum der Bestatter beschlossen hatte, diesen Raum »Weidenkapelle« zu nennen, und nicht Kohlenkeller oder Flachgrab. »Hallo, Ihre Mum liegt im Kohlenkeller«, murmelte Patrick. »Wir könnten im Flachgrab eine Taube freilassen, aber sie hätte nicht die geringste Chance zu entfleuchen.« Er setzte sich, verschränkte die Arme und wiegte den Oberkörper vor und zurück. Seine Eingeweide rebellierten schon die ganzen drei Tage, seit er vom Tod seiner Mutter erfahren hatte. Es brauchte keine zehn Jahre Psychoanalyse, um herauszufinden, dass er sich beschissen fühlte. Er tat das, was er in Stresssituationen immer tat; er beobachtete alles, redete vielstimmig mit sich selbst, umkreiste die unzumutbaren Gefühle, die es sich diesmal im Sarg seiner Mutter bequem gemacht hatten.

Sie hatte die Welt quälend langsam verlassen, war Zentimeter um Zentimeter ins Vergessen gerutscht. Anfangs genoss er unwillkürlich ihre vergleichsweise ruhige Gegenwart, doch dann merkte er, dass er sich an die Geräusche der Stadt draußen klammerte, um nicht in den tiefen Schacht der Stille in der Mitte des Raums gesogen zu werden. Er musste genauer hinschauen, aber erst einmal musste er unbedingt die Lampen ausschalten. Sie gleißten durch in die niedrige Polystyrendecke eingelassene Chromgitter und bleichten den Schein der vier massiven Kerzen aus, die, auf Messingständer gespießt, die Sargecken flankierten. Er dimmte die Punktstrahler und gab den Kerzen so etwas von ihrem kirchlichen Prunk zurück. Doch jetzt musste er noch etwas anderes überprüfen. Ein rosaroter Vorhang teilte den Raum. Bevor er sich seiner Mutter zuwenden konnte, musste er wissen, was sich dahinter verbarg. Wie sich herausstellte, verhüllte der Vorhang einen Lagerbereich voller Gerätschaften: eine graue Metallkarre mit soliden Rädern, ein paar nüchterne Gummischläuche und ein riesiges Goldkruzifix. Was man zur Einbalsamierung eines Christen so brauchte. Eleanor hatte erwartet, nach ihrem Tod dann am Ende des Tunnels Jesus zu begegnen. Der Ärmste war ein Sklave seiner Fans und wartete nur darauf, Scharen neugieriger Toter die Neonlandschaft zu zeigen, die jenseits des Wiedergeburtskanals irdischer Auslöschung liegt. Es war gewiss ein hartes Los, zum Hauptklischee des Optimismus auserkoren zu sein, zum Licht am Ende des Tunnels, zum Herrscher über ein funkelndes Heer halb voller Gläser und Silberstreifen am Horizont.

Zögernd ließ Patrick den Vorhang sinken, und jetzt fiel ihm keine Ablenkung mehr ein. Langsam näherte er sich dem Sarg, wie ein Mann, der sich einem Abgrund nähert. Wenigstens wusste er, dass dieser Sarg den Leichnam seiner Mutter barg. Vor zwanzig Jahren, beim Besuch der sterblichen Überreste seines Vaters in New York, hatte man ihn in den falschen Raum geschickt. »In liebevollem Gedenken an Hermann Newton«. Damals hatte er alles getan, um sich dem Trauerprozess zu verweigern, diesmal jedoch wollte er nicht ausweichen. Ein kühler, nüchterner Teil seines Bewusstseins versuchte Patricks Emotionen unter seinen aphoristischen Einfluss zu bringen, doch der stechende Schmerz in seinen Eingeweiden unterlief dieses Bestreben und schwächte seine Abwehrmechanismen.

Während er in den Sarg starrte, ergriff die Traurigkeit eines verstörten Tiers Besitz von ihm. Er hätte gern ungläubig bei der Leiche verweilt, hätte seiner Mutter gern noch etwas von der Zuwendung geschenkt, die sie im Leben eingefordert hatte: einen Händedruck, eine Berührung, ein Wort, einen fragenden Blick. Er streckte die Hand aus, legte sie ihr auf die Brust und spürte erschüttert, wie mager sie war. Er beugte sich über sie, küsste sie auf die Stirn und spürte erschüttert, wie kalt sie war. Diese schneidenden Empfindungen schwächten seine Abwehr noch mehr, und es durchflutete ihn ungestüm aufwallendes Mitgefühl für den zerstörten Menschen, der hier vor ihm lag. Für einen flüchtigen Moment reduzierte diese überwältigende Zärtlichkeit den Charakter seiner Mutter auf ein Detail, und seine Beziehung zu ihr auf ein Detail des Details.

Er setzte sich wieder und beugte sich über seine gekreuzten Beine und verschränkten Arme, um die Magenschmerzen ein klein wenig zu lindern. Und plötzlich wurde ihm ein Zusammenhang klar. Natürlich, wie seltsam – wie starrköpfig. Sieben Jahre alt, zum ersten Mal allein mit seiner Mutter ins Ausland verreist, ein paar Monate nach der Scheidung seiner Eltern. Sein erster jäher Eindruck von Italien: die weißen Autokennzeichen, die blaue Bucht, die ockergelben Kirchen. Seine Mutter und er wohnten im Excelsior in Neapel an einer Uferpromenade, die vom Lärm wespenhaft durch die Gegend kurvender Motorräder und überfüllter Straßenbahnen nur so vibrierte. Vom Balkon ihres herrlichen Zimmers aus zeigte seine Mutter auf die Straßenkinder, die auf den Dächern der Trambahn kauerten oder sich am letzten Wagen festklammerten. Patrick, der geglaubt hatte, Eleanor sei mit ihm nach Neapel in Urlaub gefahren, erschrak, als er erfuhr, dass sie diese armen Kinder retten wollte. Es gebe da einen ganz wunderbaren Priester namens Vater Tortelli, der unermüdlich verlorene neapolitanische Jungen von der Straße auflese und ihnen in dem Kinderheim, das Eleanor von London aus finanzierte, Zuflucht gewähre. Jetzt sehe sie das Heim zum ersten Mal. Das sei doch hochinteressant? Das sei doch ein gutes Werk? Sie zeigte Patrick eine Fotografie Pater Tortellis: ein vierschrötiger fünfzigjähriger Mann im schwarzen Hemd, der aussah, als sei ihm der Boxring nicht fremd. Seine bärenhaften Arme schlossen sich um die fragilen, knochigen Schultern zweier sonnengebräunter Jungen in weißen Unterhemden. Vater Tortelli bewahrte sie vor der Straße, aber wer bewahrte sie vor Vater Tortelli? Eleanor jedenfalls nicht. Sie stellte ihm die Mittel zur Verfügung, sein Kinderheim mit einem stetig anschwellenden Strom von Waisen und Ausreißern zu füllen. An jenem Tag bekam Patrick nach dem Lunch einen heftigen Magen-Darm-Katarrh, und statt ihn unter luxuriösen Umständen zu vernachlässigen, während sie sich um andere Kinder kümmerte, musste seine Mutter bei ihm bleiben und seine Hand halten, während er im grünen Marmorbad vor Schmerzen brüllte.

Jetzt aber konnten keine noch so heftigen Bauchschmerzen sie zwingen, bei ihm zu bleiben. Er hätte dies auch gar nicht gewollt, aber sein Körper hegte seine eigenen Erinnerungen, von denen er unablässig erzählte, ohne Bezug zu Patricks gegenwärtigen Wünschen. Was hatte Eleanor dazu getrieben, ihrem Ehemann und jenem Vater Tortelli Kinder zuzuführen, und warum war dieser Trieb so stark gewesen, dass sie sofort nach dem Scheitern der Ehe den weltlichen Vater durch einen geistlichen Vater ersetzen musste, einen Arzt durch einen Priester? Patrick zweifelte nicht im Geringsten daran, dass ihre Motive unbewusst gewesen waren, so unbewusst wie sein somatisches Gedächtnis, das seit drei Tagen die Regie übernommen hatte. Was blieb ihm übrig, als diese Fragmente aus dem Dunkel zu zerren und zur Kenntnis zu nehmen?

Es klopfte leise, dann ging die Tür auf, und die Angestellte steckte den Kopf ins Zimmer.

»Ich wollte nur schauen, ob alles in Ordnung ist«, flüsterte sie.

»Vielleicht«, erwiderte Patrick.

Die Reise zurück in seine Wohnung hatte etwas Halluzinatorisches, als er, immer noch überwältigt von den vielen heftigen Eindrücken und fernen Erinnerungen, in dem fluoreszierenden Bus schwankend durch die Regennacht fuhr. Es waren zwei Zeugen Jehovas im Bus, ein schwarzer Mann, der Handzettel verteilte, und eine schwarze Frau, die mit lauter Stimme predigte. »Bereut eure Sünden und schließt Jesus in euer Herz, denn wenn ihr sterbt, wird es zu spät sein für Reue, und ihr werdet in den Flammen der Hölle brennen …!«

Ein rotäugiger Ire in einem abgewetzten Tweedjackett brüllte von einem der hinteren Sitze aus die zweite Stimme dazu: »Halt's Maul, du scheiß Schlampe, lass dich vom Satan ficken! Was ihr da treibt, ist verboten, für Muslime genauso wie für Christen oder Satanisten!« Und als der Zeuge Jehovas mit den Handzetteln zum Oberdeck wollte, ließ der Ire nicht locker und hetzte mit einem sadistischen Südstaatenakzent weiter: »Ich seh dich, Niggerjunge! Pass auf, sonst lynche ich dich, Niggerjunge! Wenn die Schlampe nicht gleich das Maul hält, polier ich dir die Fresse, Niggerjunge!«

»Ach, halt *du* doch dein Maul!«, sagte ein genervter Pendler.

Patrick fiel auf, dass seine Magenschmerzen verschwunden waren. Er beobachtete, wie der Ire auf seinem Sitz hin und her schwankte, wie seine Lippen lautlos mit den Zeugen Jehovas weiterstritten oder mit irgendeinem Jesuiten aus seiner Jugend. Gebt uns einen Jungen bis zum Alter von sieben Jahren, und er bleibt sein Leben lang bei uns. Ich nicht, dachte Patrick, mich kriegt ihr nicht.

Während sich der Bus stockend dem Ziel näherte, dachte Patrick an jene kurzen, aber entscheidenden Nächte im Suizidüberwachungsraum, als er ein schweißgetränktes T-Shirt nach dem anderen abstreifte, sich abwechselnd aus dem saunaheißen Bettzeug befreite, nur um dann wieder in der eiskalten Luft zu frieren; wie er das Licht an- und ausschaltete, gepeinigt von der Helle, geängstigt von der Dunkelheit; und dabei schlingerte ständig ein toxisches Kopfweh durch seinen Schädel, wie eine Flipperkugel im Automaten. Er hatte sich außer dem *Tibetanischen Totenbuch* nichts zu lesen mitgebracht, in der Hoffnung, dessen exotische Ikonographie werde ihm lächerlich genug vorkommen, um auch die letzten Hirngespinste vom Weiterbestehen des Bewusstseins nach dem Tod zu vertreiben, an die er sich vielleicht noch klammern mochte. Aber dann wurde seine Phantasie von einem Abschnitt des Vorworts zum *Chonyid Bardo* verführt: »Sohn der Edlen, zur Zeit, da Körper und Geist sich trennten, muss Dir ein Blick auf die Reine Wahrheit vergönnt gewesen sein, subtil, funkelnd, hell, glanzvoll, herrlich strahlend und ehrfurchtgebietend, gleich einer Fata Morgana, die in einem unablässig schwingenden Strom im Frühling über eine Landschaft zieht. Fürchte dich nicht! Erschrecke nicht! Hab keine Angst! Dies ist der Glanz deiner eigenen wahren Seinsnatur. Erkenne sie.«

Diese Worte besaßen eine psychedelische Autorität, die die materialistische Auslöschung, an die er so gern glauben wollte, überwältigte. Er rang um seinen Glauben an die Endgültigkeit des Todes, doch es half nichts, er sah in ihm nur noch eine von vielen abergläubischen Vorstellungen, die auch nicht zwingend rationaler war als die anderen. Der Gedanke, das Leben nach dem Tode sei erfunden worden, um Menschen zu beruhigen, die die Endgültigkeit des Todes nicht zu ertragen vermochten, war keineswegs plausibler als der Gedanke, die Endgültigkeit des Todes sei erfunden worden, um Menschen zu beruhigen, die den Albtraum einer endlos währenden Existenz nicht zu ertragen vermochten. Sein Delirium tremens kollaborierte mit den Dichtern des *Bardo* und erzeugte ein siedendes Gefühl, durch Strom hingerichtet zu werden, als er voller Angst, dass ihm die Tötung seines rationalen Bewusstseins einen »Blick auf die Reine Wahrheit« bescheren werde, zum Schlachthaus des Schlafes getrieben wurde.

Erinnerungen und Sätze ballten sich zusammen und lösten sich auf wie Nebelbänke auf einer nächtlichen Straße. Gedanken drohten aus der Ferne, verschwanden aber, wenn er näherkam.

»Saß in Träumen ertrunken und brannte darauf zu enden.« Wer hatte das gesagt? Die Worte anderer. Hatte er »die Worte anderer« bereits gedacht? Die Dinge wirkten weit entfernt und schienen sich, einen Moment später, zu wiederholen. War es wie Nebel oder eher wie heißer Sand, etwas, durch das er sich hindurchquälte, möglichst ohne damit in Berührung zu kommen? Kalt und nass, heiß und trocken. Wie konnte es beides zugleich sein? Wie etwas anderes als beides zugleich? Ähnliches an Unähnlichem – wieder so ein Satz, der wie eine Miniatureisenbahn in einem engen Kreis zu rotieren schien. Bitte! Das soll aufhören!

Eine Szene, die immer wieder durch seine wahnhaften Gedanken taumelte, war sein Besuch bei dem Philosophen

Victor Eisen nach dessen Nahtoderfahrung. Patrick hatte den alten Nachbarn aus Saint-Nazaire in der Londoner Klinik besucht. Er war immer noch an die Maschinen gefesselt gewesen, die wenige Tage zuvor das Erlöschen aller Lebensfunktionen signalisiert hatten. Victors welke, gelbe Arme hingen schlaff aus dem Krankenhaushemd, doch als er das Geschehene beschrieb, sprach er mit der Selbstgewissheit lebenslanger fester Überzeugungen so rasch und eindringlich wie immer.

»Ich kam an ein Flussufer, und auf der anderen Seite war eine rote Ampel, die das Universum regelte. Links und rechts davon stand je eine Gestalt, und ich wusste, dass es sich um den Herrn der Zeit und den Herrn des Weltraums handelte. Sie kommunizierten mit mir direkt durch ihre Gedanken, ohne sich irgendeiner Sprache zu bedienen. Sie erklärten mir, die Raum-Zeit-Struktur sei zerrissen und ich müsse sie reparieren – das Schicksal des Universums hänge von mir ab. Ich spürte, wie ungemein dringlich und sinnvoll dies war, und ich empfand ein gewaltiges Sendungsbewusstsein und machte mich auf den Weg, um meine Aufgabe zu erfüllen – da wurde ich wieder in meinen Körper gezerrt und kehrte höchst widerwillig zurück.«

Drei Wochen lang wurde Victor von jenem Gefühl der Ursprünglichkeit beherrscht, das seine Vision begleitet hatte, doch der Umstand, dass er seinen Atheismus stets öffentlich vertreten hatte, und die Furcht, dass die in seinem philosophischen Werk niedergelegten logischen Reduktionen entkräftet werden könnten, veranlassten ihn schließlich dazu, seine neue Offenheit auf die biologische Krise zu schieben, die er damals durchlaufen hatte. Er definierte die dringliche Mission, auf die ihn der Herrscher des Universums entsandt hatte, als die Allegorie eines Gehirns, das zunehmend an Sauerstoffmangel litt. Es hatte sich um eine Bewusstseinsstörung gehandelt, nicht um eine Bewusstseinserweiterung.

Während er schwitzend in jenem engen Raum lag und an Victors Bedürfnis dachte, allem eine Bedeutung zuzuordnen, fragte sich Patrick, ob er sein Ich jemals so leicht machen könnte, um entspannt darauf zu verzichten, die Bedeutung der Dinge zu verstehen. Wie würde sich das anfühlen?

Inzwischen machte der Suizidüberwachungsraum seinem erhabenen Namen alle Ehre. Während er hier lag, verstand Patrick nämlich, dass der Selbstmord schon immer unbestritten die Kulisse seiner Existenz gebildet hatte. Sogar schon bevor er dann ständig ein Exemplar von *Der Mythos des Sisyphos* in der Manteltasche mit sich herumtrug, dessen erster Satz ihm mit Anfang zwanzig zum Mantra wurde, hatte Patrick jeden Tag mit der grundlegenden Frage begrüßt: »Fällt irgendjemandem ein guter Grund ein, sich nicht umzubringen?« Da er damals in einer theatralischen, von irren und spöttischen Stimmen bevölkerten Einsamkeit lebte, war mit einer positiven Antwort kaum zu rechnen. Ausgeklügelter Aufschub war das Beste, worauf er hoffen konnte, und schließlich gewann die Pflicht zu reden die Oberhand über den Wunsch zu sterben. Während der nächsten zwanzig Jahre verebbte das suizidale Geplapper zu gelegentlichem Gewisper an einer Steilküste oder in einer stillen Apotheke. Als es dann mit voller Macht wiederkehrte, glich es eher einem grimmigen Selbstgespräch als einem surrealen Chor. Die relative Schlichtheit der jüngsten Attacke führte ihn zu der Erkenntnis, dass er in den friedlichen Tod nur oberflächlich verliebt gewesen war und ihn seine eigene Persönlichkeit weit stärker in den Bann schlug. Der Suizid trug die Maske der Selbstablehnung; doch eigentlich nahm niemand seine Persönlichkeit ernster als die Person, die sich auf Geheiß eben dieser Persönlichkeit umbringen wollte. Keiner war wilder entschlossen, um jeden Preis die Fäden in der Hand zu behalten, den geheimnisvollsten Aspekt des Lebens den eigenen herrschaftlichen Plänen zu unterjochen.

Der Monat, den er in der Priory verbracht hatte, war ein entscheidender Lebensabschnitt für ihn gewesen und hatte die Krise transformiert, die zum Scheitern seiner Ehe und zur Eskalation seiner Sauferei geführt hatte. Beunruhigender Gedanke, dass er nach nur drei Tagen, verlockt durch Beckys Weggang, fast abgehauen wäre. Bevor sie ging, hatte sie ihn im Aufenthaltsraum der Depressionsstation entdeckt.

»Ich hab nach dir gesucht. Ich soll eigentlich mit niemandem reden«, flüsterte sie spöttisch, »weil ich einen schlechten Einfluss ausübe.«

Sie gab ihm ein gefaltetes Zettelchen, küsste ihn flüchtig auf die Lippen und eilte aus dem Raum.

Dies ist die Adresse meiner Schwester. Sie ist gerade in den USA, deshalb werde ich allein dort sein, falls Du Lust hast, aus dieser Scheiß-Klinik abzuhauen und was wirklich IRRES zu tun.

Liebe Grüße. Becks.

Der Zettel erinnerte ihn an das krakelige IRRE, das er in der Mittelstufe oft an den Rand seines Chemiehefts gekritzelt hatte, nach einem Joint vormittags in der großen Pause. Ein Besuch bei ihr kommt nicht infrage, dachte er, als er die Taxizentrale anrief, deren Nummer in der Telefonzelle unter der Hintertreppe hing. War das mit machtlos gemeint?

»Tu's nicht«, murmelte er und zog energisch die Tür des Taxis zu, um zu zeigen, wie entschlossen er war, sich keinesfalls auf ein blutbeflecktes Festival der Dysfunktion einzulassen. Er nannte dem Fahrer die Adresse, die auf Beckys Zettel stand.

»Dann geht's Ihnen ja wieder gut, wenn man Sie entlassen hat!«, sagte der Fahrer munter.

»Ich habe mich selber entlassen. Konnte es mir nicht mehr leisten.«

»Ziemlich teuer, wie?«

Patrick gab keine Antwort, sein Blick glasig vor Begehren und innerem Widerstreit.

»Kennen Sie den Witz vom Mann, der in die Praxis des Psychiaters kommt?«, fragte der Fahrer und lächelte in den Rückspiegel, während er die Einfahrt hinunterfuhr. »Der Mann sagt: ›Ach, Herr Doktor, es ist so schrecklich, seit drei Jahren halte ich mich für einen Schmetterling, aber es wird immer schlimmer: Neuerdings halte ich mich für eine Motte!‹ ›Großer Gott‹, meint der Psychiater, ›da machen Sie was durch! Und warum sind Sie heute zu mir gekommen?‹ ›Na ja‹, erwidert der Mann, ›ich hab Licht im Fenster gesehen, und da bin ich einfach reingeflogen.‹«

»Der ist gut«, sagte Patrick und versank noch tiefer in die Vorstellung von Beckys Nacktheit, während er sich fragte, wie lange seine letzte Dosis Oxazepam wirken mochte. »Haben Sie sich auf Patienten aus der Priory spezialisiert, wegen Ihres sonnigen Gemüts?«

»Das sagen Sie so«, meinte der Fahrer, »aber Sie hätten mich letztes Jahr sehen sollen; da bin ich vier Monate lang buchstäblich nicht aus dem Bett gekommen, hab buchstäblich in nichts mehr einen Sinn gesehen.«

»Oh, das tut mir leid«, bemerkte Patrick.

Von Hammersmith Broadway bis zum Kreisverkehr bei der Station Shepherd's Bush redeten sie über das grundlose

Weinen, die suizidalen Tagträume, die quälende Langsamkeit, die schlaflosen Nächte und apathischen Tage.

Als sie Bayswater erreichten, waren sie dicke Freunde, und der Fahrer drehte sich zu Patrick um und verkündete im Vollgefühl seiner wiedererlangten Fröhlichkeit: »In ein paar Monaten werden Sie auf das zurückblicken, was Sie gerade durchgemacht haben, und sich fragen: Was war *das* denn? Dieses ganze Theater, dieser Ärger? So ging's mir jedenfalls.«

Patrick starrte auf Beckys Zettel. Sie hatte mit dem Namen eines Biers unterschrieben. Becks. Mit heiserer Marlon-Brando-als-Vito-Corleone-Stimme flüsterte er vor sich hin: »Falls eine zu dir kommt und dich um ein Treffen bittet und den Namen einer bekannten Biersorte trägt – *die* will, dass du einen Rückfall erleidest …«

Nicht die Stimmen, er durfte nicht zulassen, dass das wieder losging. »Es beginnt mit einer kleinen Marlon-Brando-Parodie«, seufzte Mrs. Mopp, »und schon …«

»Halt die Klappe!«, fuhr Patrick dazwischen.

»Was?«

»Oh, nicht Sie. Entschuldigung.«

Sie bogen auf einen großen Platz, der eine Parkanlage umgab. Der Fahrer hielt vor einem Gebäude mit weißer Stuckfassade. Patrick lehnte sich zur Seite und schaute aus dem Wagenfenster. Dort oben im dritten Stock war Becky, schön, verfügbar und psychisch krank.

Wenn er daran dachte, was er für ein bisschen Intimität alles getan hatte; die Erde flog ihm nur so über die Schulter, während er sich sein eigenes Grab schaufelte. Da waren die netten Frauen, die ihm jene Fürsorge schenkten, die er nie erfahren hatte. Diese Frauen musste er, um den Beweis zu haben, dass ihnen letztlich nicht zu trauen war, so lange quälen, bis sie ihn verließen. Und dann gab es die Schlampen, die einem Zeit sparten, weil man ihnen sowieso nicht trauen konnte. In der Regel wechselte er zwischen diesen beiden groben Kategorien und war entzückt über kleine Varianten, die kurzfristig verschleierten, wie zwecklos es war, die zerbröckelnde Festung seiner Persönlichkeit zu verteidigen und gleichzeitig zu hoffen, dass diese Festung sich freundlicherweise in einen Tempel friedvoller Erfüllung zurückverwandeln würde. Wagen, verzagen, verzagen und wagen. Mit etwas Abstand betrachtet wirkte sein Liebesleben wie ein Aufziehspielzeug, das ein Kind immer wieder über die Klippe des Küchentischrands marschieren lässt. Romantisch wurde es, wenn die Liebe am gefährdetsten war, nicht etwa dann, wenn die Chancen gut standen, dass sie zu ihrem höchsten Ausdruck finden könnte. Wenn eine Kandidatin wie Becky nur verzweifelt genug war, entwickelte sie die Anziehungskraft der unübersehbar dem Untergang Geweihten. Es war beschämend, sich so täuschen zu lassen, und noch beschämender, auf die Täuschung einzugehen – wie ein Mann, der vor seinem eigenen drohend aufragenden Schatten davonläuft.

»Ich weiß, das klingt jetzt ein bisschen *irre* – mir fällt leider gerade kein besseres Wort ein«, sagte Patrick und prustete los, »aber könnten Sie mich eventuell zurückfahren? Ich bin noch nicht so weit.«

»Zurück zur Priory?«, fragte der Fahrer, schon nicht mehr ganz so verständnisvoll.

Von denjenigen unter uns, die zurückmüssen, will er nichts wissen, dachte Patrick. Er schloss die Augen und streckte sich auf dem Rücksitz aus. ›Das Reden würde reden und so weit daneben gehen.‹ Und dann? Und dann? ›Bloß nicht ins Irrenhaus und was dazu gehört.‹ Und was dazugehört. Welch eine wunderbare Sprachlosigkeit, wie sie sich drohend ausdehnt und dann wie unter Zwang wieder zusammenzieht.

Auf der Rückfahrt bekam Patrick Brustschmerzen, die sich nicht einmal mehr durch sein wildes Verlangen nach einer pathologischen Romanze erklären ließen. Seine Hände zitterten, Schweiß trat ihm auf die Stirn. Als er Dr. Pagazzis Sprechzimmer erreicht hatte, begann er schon leicht zu halluzinieren, er fühlte sich gefangen in einem zweidimensionalen Raum ohne Tiefe, wie ein Insekt, das auf der Suche nach einem Weg ins Freie über eine Fensterscheibe kriecht. Dr. Pagazzi rügte ihn, weil er seine Vier-Uhr-Dosis Oxazepam ausgelassen hatte, und sagte, ihm drohe ein Herzinfarkt, wenn er es zu schnell absetze. Patrick hob mit zitternder Hand den hässlichen Plastikbehälter und schluckte drei Oxazepam.

Am nächsten Tag ließ er die Selbsthilfegruppe an seiner Beinaheflucht »teilhaben«. Wie sich herausstellte, waren alle schon einmal fast weggelaufen oder tatsächlich weggelaufen und zurückgekehrt, oder hatten viel übers Weglaufen nachgedacht. Andere wiederum fürchteten sich vorm Weglaufen, schienen sich von jenen, die gern weggelaufen wären, aber nur oberflächlich zu unterscheiden: Sie alle quälte der Gedanke, wie viel Therapie sie noch benötigten, bevor sie wieder ein »normales Leben« beginnen konnten. Patrick bemerkte überrascht, wie dankbar er für das Gefühl der Zusammengehörigkeit mit den anderen Patienten war. Die lebenslange Gewohnheit, sich von allen anderen abzuheben, wurde kurzfristig von einer Woge des Wohlwollens für die ganze Gruppe zu Fall gebracht.

Johnny Hall hatte bescheiden am hinteren Ende des Raums Platz genommen. Patrick kämpfte sich um das andere Ende der Kirchenbank herum zu seinem alten Freund durch.

»Wie hältst du dich?«, fragte Johnny.

»Ganz gut«, meinte Patrick und setzte sich neben ihn. »Ich spüre eine seltsame innere Erregung, die ich niemandem eingestehen würde, außer dir und Mary. Die ersten Tage hat es mich ziemlich umgeworfen, aber dann hatte ich das, was man in deinem Gewerbe eine Einsicht nennen würde. Ich war gestern Abend im Beerdigungsinstitut und habe bei Eleanors Leichnam gesessen. Ich hab eine Beziehung hergestellt ... Das erzähl ich dir später.«

Johnny lächelte ermutigend. »Mein Gott«, sagte er nach einer Pause, »Nicholas Pratt. Mit dem hatte ich nicht gerechnet.«

»Ich auch nicht. Du Glücklicher kannst dein Berufsethos vorschieben, um nicht mit ihm reden zu müssen.«

»Kann das nicht jeder?«

»Stimmt.«

»Wir sehen uns nachher im Onslow«, sagte Johnny und überließ Patrick dem Saaldiener, der sich genähert hatte und nun erwartungsvoll dastand.

»Wir können beginnen, sobald Sie so weit sind, Sir«, sagte der Saaldiener, und klang dabei so, als würden sich bald schon Leichen stapeln, wenn die Zeremonie nicht unverzüglich begann.

Patrick sah sich um. Ein paar Dutzend Leute saßen in den Kirchenbänken vor Eleanors Sarg.

»Gut«, sagte er, »wir fangen in zehn Minuten an.«

»Zehn Minuten?«, fragte der Saaldiener wie ein kleiner Junge, dem man gerade eröffnet hat, dass er etwas wahnsinnig Spannendes tun dürfe, wenn er dann mal einundzwanzig sei.

»Ja, es kommen immer noch Leute«, erwiderte Patrick, denn er sah Julia am Eingang stehen, die sich vor dem trüben

Morgenlicht als zerfließender, gezackter schwarzer Fleck abhob: schwarzer Schleier, schwarzer Hut, steifes schwarzes Seidenkleid und darunter vermutlich weichere schwarze Seide. Sofort spürte er die Wirkung ihrer Geisteshaltung, jener starken, aber exklusiven Empfindsamkeit. Sie glich einer Spinnwebe, die beim kleinsten Hauch erbebt, gegen das Licht jedoch, das im feuchten Gras ihre Fäden schimmern lässt, gleichgültig bleibt.

»Du kommst gerade rechtzeitig«, sagte Patrick und küsste Julia durch ihren kratzigen schwarzen Schleier.

»Du meinst, zu spät, wie immer.«

»Nein; gerade rechtzeitig. Wir legen gleich los, falls das der passende Ausdruck ist.«

»Wohl kaum«, sagte sie mit dem kurzen, heiseren Lachen, das ihn immer wieder ins Mark traf.

Das letzte Mal hatten sie sich in dem französischen Hotel gesehen, wo ihre Affäre geendet hatte. Obwohl ihre Zimmer miteinander verbunden waren, hatten sie einander nichts mehr zu sagen. Sie saßen während langer Mahlzeiten unter einem künstlichen Himmelsgewölbe – mit zarten Wölkchen und Girlanden herabregnender Rosen bemalt – und starrten eine Treppe an, die zu einem privaten Hafen hinabführte; Wellen klatschten gegen die Bootskiele, Taue zerrten knarrend an den Pollern, Poller rosteten in steinerne Piere hinein; alles strebte sehnsüchtig von dort weg.

»Jetzt, wo du nicht mehr mit Mary zusammen bist, brauchst du mich nicht mehr. Ich … war der Kitt.«

»Stimmt.«

Das eine Wort war vielleicht zu karg gewesen und konnte nur noch durch Schweigen übertroffen werden. Sie war aufgestanden und ohne weiteren Kommentar gegangen. Eine Möwe war vom schmutzigen Geländer aufgeflogen und mit kreischendem Schrei und klatschendem Flügelschlag aufs Meer hinausgesegelt. Er hatte den Wunsch verspürt, Julia zurückzurufen, doch der Impuls erstickte in dem dicken Teppich, der sich immer weiter zwischen ihnen ausdehnte.

Als sie ihn, den trauernden Sohn, jetzt ansah, merkte Julia, dass sie sich ganz von Patrick gelöst hatte, bis auf den Wunsch, er möge sie unwiderstehlich finden.

»Wie lange habe ich dich nicht gesehen!«, sagte Patrick und sah auf Julias Lippen hinunter, rot unter dem schwarzen Netz des Schleiers. Lästigerweise zogen ihn fast alle Frauen, mit denen er jemals im Bett gewesen war, auch weiterhin an, selbst wenn er aus allen erdenklichen Gründen heftige Abneigung gegen ein Wiederaufleben der Beziehung empfand.

»Anderthalb Jahre«, sagte Julia. »Stimmt es, dass du das Trinken aufgegeben hast? Gerade jetzt muss das doch schwer sein.«

»Gar nicht: In der Krise braucht es Helden. So viel ich gehört habe, erwischt es einen eher, wenn alles gut läuft.«

»Wenn du nicht auf dich bezogen darüber reden kannst, dass alles gut läuft, hat sich wohl nicht so viel geändert.«

»Doch, aber meine Sprachmuster brauchen vielleicht noch eine Weile, um sich anzupassen.«

»Ich kann es kaum erwarten.«

»Wenn sich die Gelegenheit zur Ironie bietet …«

»Lässt du sie dir nicht entgehen.«

»Das ist die stärkste Sucht von allen«, sagte Patrick. »Heroin? Lächerlich. Aber versuch einfach mal, die Ironie aufzugeben, dieses tief verwurzelte Bedürfnis, zwei Dinge gleichzeitig zu meinen, an zwei Orten gleichzeitig zu sein, für die Katastrophe einer festgelegten Bedeutung nicht zur Verfügung zu stehen.«

»Hör auf!«, sagte Julia. »Ich hab schon genug Probleme

damit, trotz Nikotinpflastern weiterzurauchen. Nimm mir nicht auch noch die Ironie«, flehte sie und umklammerte ihn theatralisch, »lass mir das bisschen Sarkasmus!«

»Sarkasmus zählt nicht. Der bedeutet nur eins: Verachtung.«

»Du hast schon immer zu viel Wert auf Qualität gelegt«, sagte Julia. »Manchen von uns liegt Sarkasmus nun mal.«

Julia merkte, dass sie mit Patrick spielte. Schwach spürte sie in ihrem Innern ein kleines nostalgisches Ziehen, erinnerte sich dann aber energisch daran, dass sie sich zum Glück ganz von ihm gelöst hatte. Außerdem gab es jetzt Gunther, einen charmanten deutschen Banker, der sich in der Wochenmitte in London aufhielt. Gut, er war verheiratet, wie Patrick damals auch, aber sonst war er in jeder Hinsicht das Gegenteil: clever, fit, reich und diszipliniert. Er überraschte sie mit Karten für die Oper, Reservierungen in Kaviarbars, Mitgliedschaften in Nightclubs, alles organisiert von seiner persönlichen Assistentin. Manchmal schlug er alle Vorsicht in den Wind, und zog mit ihr los, in gebügelten Jeans und seiner Wildlederjacke mit Reißverschluss; dann besuchten sie Jazzclubs in Stadtteilen, die sie kaum kannten, aber natürlich wartete vor der Tür beruhigenderweise stets ein großer, leiser Wagen, um sie nach Hays Mews zurückzubringen, gleich hinter Berkeley Square, wo Gunther, wie alle seine Freunde, im Untergeschoss seines dreigeschossig ausgebauten Kutscherhäuschens einen Swimmingpool hatte. Er sammelte hässliche zeitgenössische Kunstwerke mit der willkürlichen Leichtgläubigkeit eines Mannes, der Freunde in der Kunstwelt hat. In seinem Ankleideraum hingen ambitionierte Schwarz-Weiß-Fotografien weiblicher Brustwarzen. Er gab Julia das Gefühl, weltgewandt und kultiviert zu sein, erweckte in ihr aber nie den Wunsch, mit ihm zu spielen. Dieser

Gedanke kam ihr einfach nicht, wenn sie mit Gunther zusammen war. Er hatte sich nie bemühen müssen, die Ironie abzulegen. Er wusste natürlich, dass es so etwas gab und er hatte sich ihr verbissen, mit aller Albernheit, die ihm zu Gebote stand, an die Fersen geheftet.

»Wir sollten uns einen Platz suchen«, sagte Patrick. »Ich bin nicht sicher, wie es weitergeht; ich hatte noch nicht mal Zeit, einen Blick auf die Gottesdienstordnung zu werfen.«

»Aber hast du ihn denn nicht organisiert?«

»Nein, das war Mary.«

»Reizend!«, sagte Julia. »Sie ist immer so hilfsbereit, eigentlich mütterlicher als deine richtige Mutter.«

Julia spürte, dass sich ihr Herzschlag beschleunigte; vielleicht war sie zu weit gegangen. Erstaunlich, dass in ihr plötzlich wieder die alte Rivalität mit diesem Ausbund an Selbstaufopferung aufflammte, wo das doch alles längst passé war.

»Stimmt, bis sie dann eigene Kinder bekam«, erwiderte Patrick liebenswürdig. »Dann ist meine Tarnung aufgeflogen.«

Nachdem Julia zuerst befürchtet hatte, er könne gekränkt sein, ärgerte sie seine aufreizende Ruhe jetzt über alle Maßen.

Säuselnd erwachte die Orgel zum Leben.

»Na ja, ob richtig oder nicht, ich muss jetzt die sterblichen Überreste der einzigen Mutter einäschern, die ich je haben werde«, sagte Patrick, lächelte Julia tapfer an und begab sich durch den Mittelgang zur ersten Reihe, wo Mary ihm einen Platz freihielt.

4

Mary saß in der ersten Reihe des Krematoriums, starrte Eleanors Sarg an und hielt ihre aufflackernde Empörung im Zaum. Sie hatte sich gerade suchend nach Patrick umgeschaut, und da hatte sie ihn mit Julia flirten sehen. Mittlerweile, wo nichts mehr von ihrer kultivierten Gleichgültigkeit abhing, versetzte die Erbitterung ihr einen Schlag. Typisch: Sie stand ihm hilfreich bei, aber Patrick, der ausnahmsweise einmal einen Grund für die Qualen seiner Dauerkrise gehabt hätte, widmete sich einer anderen Frau. Dabei ging es ihr nicht einmal darum, dass er ihr selbst mehr Aufmerksamkeit schenken sollte; sie wünschte sich von Patrick eigentlich nur ein etwas freieres, etwas weniger berechenbares Verhalten. Fairerweise – manchmal wäre sie gern nicht immer so fair gewesen – musste man anerkennen, dass ja auch Patrick das wollte. Sie ermahnte sich, dass sie sich durch die Trennung schließlich nähergekommen waren. Nicht mehr durch eingeschliffene Reaktionen aufeinandergeworfen oder auseinandergetrieben, kreisten sie nun in einer relativ stabilen Umlaufbahn um die Kinder und umeinander.

Marys Ärger wurde noch weiter gemildert, als ihr ein zweiter Blick nach hinten ein ernstes Lächeln von Erasmus Price bescherte, ihrem eigenen kleinen Zugeständnis an die Tröstungen des Betrugs. Sie hatte ihre Affäre mit ihm in Südfrankreich begonnen, wo Patrick während der finalen Zerfallsphase ihrer Ehe unbedingt ein Haus mieten musste, als ob er zwanghaft um die Gegend seines Elternhauses in Saint-Nazaire kreiste. Mary hatte vergeblich gegen diese Extravaganz protestiert; Patrick befand sich im Endstadium seines Alkoholismus und taumelte, Diskussionen nicht mehr zugänglich, durchs Labyrinth seines Unterbewusstseins.

Die Prices, deren Ehe gerade gleichfalls zerbrach, hatten zwei Söhne ungefähr im Alter von Robert und Thomas. Trotz dieser vielversprechenden Symmetrien war den beiden Familien keine Harmonie beschieden.

»Jeder, der sich darüber wundert, dass ›eine Woche in der Politik sehr lang sein kann‹«, sagte Patrick am zweiten Tag, »sollte mal die Prices zu sich einladen. Da wird die Woche zur Ewigkeit. Weißt du eigentlich, wie er zu diesem peinlichen Namen kam? Als sein Vater gerade mit der Herausgabe des fünfundsechzigsten Bands der *Sämtlichen Werke des Erasmus* bei Oxford University Press beschäftigt war, störte ihn die Gattin mit der Eröffnung, dass sie einen Sohn geboren habe. ›Nennen wir ihn doch Erasmus‹, rief er aus, als sei ihm soeben eine Erleuchtung gekommen, ›oder Luther, dessen alles entscheidenden Brief an Erasmus ich gerade heute Morgen noch einmal gelesen habe!‹ Angesichts dieser Alternative … ‹« Patrick sank in sich zusammen.

Mary ignorierte ihn, denn ihr war klar, dass er nur seinen täglichen Vorwand suchte, sich weiter sinnlos zu betrinken. Wenn Patrick dann umgekippt und Emily Price zu Bett gegangen war, saß Mary spätabends mit Erasmus zusammen und hörte sich seine Probleme an.

»Manche Leute glauben, die Zukunft gehöre ihnen und sie könnten sie verpassen«, sagte er am ersten Abend und starrte in sein weindunkles Glas, »doch mir geht dieses Gefühl vollkommen ab. Selbst wenn mir die Arbeit gut von der Hand geht, würde es mir nichts ausmachen, augenblicklich schmerzlos mein Leben auszuhauchen.«

Warum fühlte sie sich zu diesen schwermütigen Männern hingezogen? Aber als Philosoph konnte Erasmus seinen Pessimismus wenigstens, wie Schopenhauer, in eine Weltsicht verwandeln. Bei der Erwähnung des deutschen Philosophen heiterte sich seine Stimmung auf.

»Von seinen Äußerungen die liebste ist mir jener Rat, den er einem sterbenden Freund gab: ›Du hörst auf, etwas zu sein, welches du besser getan hättest, nie zu werden.‹«

»Das war sicher hilfreich«, sagte Mary.

»Da vergeht einem jede Nostalgie«, flüsterte er bewundernd.

Erasmus zufolge war seine Ehe irreparabel; für Mary war es ein Rätsel, wie sie zustande gekommen war. Als Gast hatte Emily Price drei große Nachteile: Sie war unfähig, ›bitte‹ zu sagen, sie war unfähig, ›danke‹ zu sagen, und sie war unfähig, ›Entschuldigung‹ zu sagen, während sie massenhaft Situationen schuf, die nach diesen Worten verlangten. Als Emily sah, wie Mary Thomas' magere, bleiche Schultern mit Sun-Blocker einrieb, eilte sie herbei, schöpfte die weiße Creme aus Marys hohler Hand und sagte: »Wenn ich das sehe, muss ich auch gleich was davon haben!« In eigener Sache hatte derselbe Hunger sie nach der Geburt ihres ältesten Sohnes hartnäckig verfolgt: »Kaum hab ich ihn gesehen, da dachte ich: *Ich will noch einen.*«

Emily klagte über Cambridge, sie klagte über ihren Mann und ihre Söhne, sie klagte über ihr Haus, sie klagte über Frankreich und über Sonne und Wolken und Laub und Wind und Kronkorken. Sie fand kein Ende; sie musste das volllaufende Boot ihrer Unzufriedenheit leer schöpfen. Manchmal gab sie durch ihr Gejammere falsche Ziele vor: Cambridge war die Hölle, London war phantastisch, doch als Erasmus sich um einen Job an der London University bewarb, brachte sie ihn dazu, die Bewerbung zurückzuziehen. Damals hatte sie behauptet, er sei zu feige, sich zu bewerben, aber während des Urlaubs mit den Melroses gestand sie die Wahrheit: »Ich wollte nur nach London ziehen, um dann über die Luftqualität und die Schulen jammern zu können.«

Emilys anstrengende Persönlichkeit riss Patrick vorübergehend aus seinem Stupor.

»Sie könnte das Kernstück einer Tagung kleinianischer Psychoanalytiker sein – ›Böse Mutterbrüste‹«, er lag schwitzend auf dem Bett und kicherte, während Mary sich in Geduld übte. »Sie hatte einen schweren Start ins Leben«, seufzte er. »Ihre Mutter erlaubte ihr nicht, die Kugelschreiber im Haus zu benutzen, falls mal die Tinte ausgeht.« Er fiel vor Lachen aus dem Bett, stieß sich den Kopf am Nachttisch und musste wegen der Beule erst mal eine Handvoll Codeintabletten schlucken.

Wenn Mary ihre Toleranz aufgab, dann radikal. Sie spürte Emilys unterschwellige Bedürftigkeit wie den Hitzestoß aus einem Schmelzofen, aber aus irgendeinem Grund entschied sie sich dafür, die für sie typische Empathie einmal beiseitezuschieben, es bei den ärgerlichen Konsequenzen zu belassen und die traurigen Gründe für Emilys Verhalten nicht mitzufühlen, schon gar nicht nach Erasmus' tollpatschigem Annäherungsversuch am zweiten Abend ihres endlosen Gesprächs über gescheiterte Ehen, den sie nicht gänzlich zurückgewiesen hatte. Eine Woche lang hielten sie sich mithilfe der Trümmer ihrer jeweiligen Ehe über Wasser. Nach ihrer Rückkehr nach London brauchten sie zwei Monate, um zuzugeben, wie sinnlos es war, aus diesen vollgesogenen Wrackteilen eine Affäre zimmern zu wollen – gerade lang genug, dass Mary sich getreulich durch Erasmus' neuestes Werk kämpfen konnte – *So klug wie zuvor: Entwicklungen in der Bewusstseinsphilosophie.*

Der Umstand, dass *So klug wie zuvor* auf Marys Nachttisch lag, brachte Patrick auf die mühselige Romanze seiner Frau.

»Du könntest dieses Buch doch niemals lesen, wenn du nicht eine Affäre mit dem Autor hättest«, riet er mit halb geschlossenen Augen.

»Glaub mir, sogar dann ist es praktisch unmöglich.«

Er gönnte sich die Wohltat, die Augen ganz zu schließen, ein seltsames Lächeln auf den Lippen. Wie sie mit gewissem Widerwillen erkannte, freute er sich darüber, dass die schwere Bürde seiner Untreue durch ihren banalen Beitrag nun ein kleines Gegengewicht bekommen hatte.

Darauf folgte, was ihre Mutter eine »absolut unerträgliche« Phase genannt hätte, in der Patrick sein neues Blackout-Einzimmerapartment nur noch verließ, um sie über Bewusstseinsforschung zu belehren oder auszufragen, manchmal mit der langsamen, sentenziösen Präzision des Rauschs, manchmal mit dessen visionärem Fieber, alles dargelegt mit der bestechenden Eloquenz eines Mannes, der es gewohnt ist, öffentlich Plädoyers zu halten.

»Das Subjekt des Bewusstseins muss, um das Gebiet der Wissenschaft zu betreten, zum Objekt des Bewusstseins werden, und genau dies kann es nicht, denn das Auge vermag sich nicht selbst wahrzunehmen, es kann nicht rasch genug aus der Höhle springen, um einen Blick auf die Linse zu erhaschen. Die Sprache der Erfahrung und die Sprache des Experiments stehen wie Öl und Wasser im gleichen Reagenzglas und mischen sich nie, es sei denn, durch die Gewalttätigkeit der Philosophie. Die Gewalttätigkeit der Philosophie. Würdest du mir da zustimmen? Hoppla. Nicht traurig sein wegen der Lampe, ich kauf dir eine neue.

Nein, im Ernst, wie stehst du zu Mikrotubuli? Micro-Tubular Bells. Bist du dafür oder dagegen? Bist du der Meinung, eine Theorie des erweiterten Bewusstseins könne sich getrost auf die Nicht-Lokalität von Quanten stützen? Glaubst du, dass zwei verbundene Teilchen, empfangen im warmen, spiralig kreisenden Quantenschoß eines Mikrotubulus, sich weiterhin Informationen senden könnten, während sie durch die endlosen Weiten interstellarer Finsternis rasen; immer noch kommunizierend, trotz des Phänomens der *eisigen Trennung* – Bist du dafür oder dagegen? Und was würde es für die Erfahrung bedeuten, wenn diese Teilchen weiterhin im gleichen Rhythmus schwingen, da unsere Erfahrung ja nicht aus Teilchen besteht?«

»Halt um Gottes willen den Mund.«

»Wer wird uns von der Erklärungslücke befreien?«, schrie er, wie Heinrich der Zweite nach einem Mörder schrie, der seinen aufrührerischen Priester töten sollte. »Und ist jene Lücke nur ein Produkt unseres missverstandenen Diskurses?« Er faselte weiter. »Ist die Realität eine einvernehmliche Halluzination? Und ist ein Nervenzusammenbruch eigentlich die *Weigerung, einvernehmlich zu handeln*? Na los, nicht so schüchtern, sag mir, was du meinst!«

»Warum gehst du nicht einfach in dein Apartment zurück und kippst dort um? Ich will nicht, dass dich die Kinder in diesem Zustand sehen.«

»Was für ein Zustand? Den Zustand philosophischer Neugierde? Ich dachte, du würdest das gutheißen.«

»Ich muss jetzt die Jungen abholen. Bitte, geh nach Hause.«

»Wie reizend, dass du es als mein Zuhause bezeichnest! Leider bin ich nicht in dieser glücklichen Lage.«

Dann ging er, brach die Bewusstseinsdebatte türenknallend ab. Aber selbst »miese Schlampe« klang angenehm direkt, nachdem er zuvor abstrakte Phrasen wie »Eigenschaftsdualismus« verdreht und zurechtgebogen hatte, um sein Gefühl der Unbehaustheit auszudrücken. Seine stürmischen Abgänge lösten immer weniger Schuldgefühle in ihr aus. Sie fürchtete Roberts und Thomas' Fragen – wegen der schlechten Laune ihres Vaters, seines wütenden Schweigens, seines demonstrativen Insichgekehrtseins, der Inszenierung seines tölpischen Elends. Doch im Grunde sahen die Kinder ihn kaum. Während der letzten beiden Monate, bevor er in die Priory kam, und während des Monats, den er dort verbrachte, war er »geschäftlich unterwegs«. Mit seinem ungewöhnlichen Imitationstalent schaffte Robert es trotzdem, die Dinge nachzuahmen, um die es in Erasmus' Büchern und bei Patricks verhüllten Attacken auf seine Frau ging.

»Woher kommen Gedanken?«, murmelte Robert und schritt nachdenklich auf und ab. »Bevor man sich entschließt, die Hand zu bewegen, wo existiert der Entschluss?«

»Ehrlich, Bobby«, sagte Thomas kichernd. »Ich denke, Brains müsste das wissen.«

»N-nun ja, Mr. Tracy«, stotterte Robert und zappelte an imaginären Fäden auf und ab, »wenn Sie Ihre Hand bewegen, dann ... dann sagt Ihnen Ihr Gehirn, dass Sie die Hand bewegen sollen, aber was sagt Ihrem Gehirn, dass es dies der Hand sagt?«

»Wirklich ein Rätsel, Brains«, brummte Robert in Mr. Tracys tiefem Bass.

»N-nun ja, Mr. Tracy«, antwortete Robert wieder als stotternder Wissenschaftler, »ich habe eine M-maschine erfunden, die das Rätsel vielleicht lösen k-kann. Sie heißt Thinkatron.«

»Anschalten, anschalten!«, rief Thomas und wedelte mit seinem Schmusetuch.

Robert stimmte ein lautes, immer bedrohlicher werdendes Summen an.

»O nein, gleich explodiert es!«, warnte Thomas. »Gleich explodiert das Thinkatron!«

Robert warf sich mit dem Geräusch einer gewaltigen Explosion zu Boden.

» Na so was, Mr. Tracy, ich m-muss die Primärkreise überladen haben!«

»Keine Sorge, Brains«, erwiderte Thomas großmütig, »ich bin sicher, Sie kriegen das wieder hin. Aber mal im Ernst«, fügte er an Mary gewandt hinzu, »worum geht's überhaupt bei dieser ›Bewusstseinsdiskussion‹, über die sich Dada so aufregt?«

»O Gott«, sagte Mary und sehnte sich nach einem ihr nahestehenden Menschen, der sich mal *nicht* mit ihr über das Thema Bewusstsein unterhalten wollte. Sie hoffte Thomas abzuschrecken, wenn sie den gelehrten Gegenstand unendlich akademisch klingen ließ. »Im Grunde handelt es sich um den philosophischen und wissenschaftlichen Diskurs darüber, ob Gehirn und Geist identisch sind.«

Thomas nahm den Daumen aus dem Mund. »Natürlich nicht«, sagte er und riss die Augen auf, »schließlich ist das Gehirn Teil des Körpers, und der Geist ist die äußere Seele.«

»Stimmt«, meinte Mary verblüfft.

»Aber was ich nicht verstehe«, sagte Thomas, »ist: Warum existieren die Dinge?«

»Wie meinst du das? Warum es etwas gibt, und warum es nicht eher nichts gibt?«

»Ja.«

»Keine Ahnung, aber vermutlich lohnt es sich, sich weiter darüber zu wundern.«

»Ich wundere mich, Mama. Ich wundere mich sehr.«

Als sie Erasmus erzählte, dass Thomas den Geist als äußere Seele bezeichnet hatte, schien er weniger beeindruckt zu sein als sie.

»Das ist eine eher altmodische Auffassung«, bemerkte er, »obgleich die moderne Sicht, dass die Seele der innere Geist sei, einfach bloß die Beziehung zwischen zwei undurchdringlichen Signifikanten vertauscht.«

»Stimmt«, sagte Mary. »Aber trotzdem, findest du es nicht ziemlich ungewöhnlich, dass sich ein Sechsjähriger so klar zu diesem anerkanntermaßen vertrackten Thema äußert?«

»Kinder sagen oft Dinge, die uns ungewöhnlich erscheinen und zwar gerade, weil die großen Fragen für sie noch nicht ›anerkanntermaßen vertrackt‹ sind. Oliver zum Beispiel ist momentan besessen vom Tod, und er ist auch erst sechs. Er kann ihn nicht ertragen, der Tod ist noch nicht Teil dessen, *wie es ist*; er ist noch ein Skandal, ein verhängnisvoller Makel des Schöpfungsplans; er macht alles zunichte. Wir haben uns an die Tatsache des Todes gewöhnt, auch wenn die Erfahrung immer fremd und eigenartig bleibt. Oliver hat den Trick noch nicht heraus, wie man dem Henker eine Kapuze aufsetzt, wie man die Erfahrung durch die Realität verhüllt. Er nimmt den Tod noch als reine Erfahrung. Neulich hat er wegen einer toten Fliege auf dem Fenstersims geweint. Er hat mich gefragt, warum etwas sterben muss, und ich konnte ihm nur eine Tautologie anbieten: weil nichts ewig währt.«

Dass Erasmus einfach jede Situation aus einem allgemeinen und theoretischen Blickwinkel betrachten musste, brachte Mary manchmal in Rage. Es war ihr doch nur um ein bisschen Anerkennung für Thomas gegangen. Selbst als sie ihm schließlich mitteilte, dass es ihrer Meinung nach sinnlos sei, ihre Affäre fortzusetzen, akzeptierte Erasmus dies mit kränkender Gelassenheit, um gleich darauf zu gestehen, dass er »seit einiger Zeit mit dem panpsychistischen Ansatz spiele«, als könne sie die Enthüllung der experimentierfreudigen Seite seines Intellekts zu einem Sinneswandel verführen.

Mary hatte beschlossen, die Kinder nicht zu Eleanors Beerdigung mitzunehmen, sondern sie bei ihrer Mutter zu lassen. Thomas konnte sich an Eleanor nicht mehr erinnern, und Robert war so durchdrungen vom Gefühl des Verrats, das seinen Vater beherrschte, dass dieser Anlass vermutlich eher eine verglommene Feindseligkeit neu entfacht, als die natürliche Trauer über den Verlust gelindert hätte. Das letzte Mal waren sie vor etwa zwei Jahren alle zusammen in Kew Gardens gewesen, während der Glockenblumenblüte, kurz nachdem Eleanor aus Saint-Nazaire zurückgekehrt war, um in England zu leben. Auf dem Weg zum Woodland Walk schob Mary Eleanors Rollstuhl auf gewundenen Wegen durch die spektakulär gefärbten Rhododendron-Wände des Dell. Patrick blieb etwas zurück, tat so, als bleibe er immer wieder fasziniert vor einer ausladenden rosa- oder orangefarbenen Blüte stehen, und leerte dabei die eine oder andere Miniflasche »Johnny Walker Black Label«, während Robert und Thomas die gigantischen Büsche erkundeten, die sich zu beiden Seite bis zu den Hängen breiteten. Als plötzlich mitten auf dem Weg ein Goldfasan stand, mit Federn glänzend wie Emaille, hielt Mary erstaunt den Rollstuhl an. Der Fasan überquerte den heißen Schlackenweg mit der hüpfenden Majestät des Vogelgangs, der Preis einer begabten Anstrengung, ähnlich dem hochgereckten Kopf eines schwimmenden Hunds. Eleanor, die in einer alten babyblauen Flanellhose und einer kastanienbraunen Strickjacke mit großen, flachen Goldknöpfen und löchrigen Ellenbogen zerknittert im Rollstuhl saß, sah den Vogel mit jenem Ausdruck erschrockenen Widerwillens an, der sich in ihren erstarrten Gesichtszügen eingenistet hatte. Entschlossen, kein Wort mit seiner Mutter zu reden, eilte Patrick vorbei und murmelte, er »müsse die Jungs im Auge behalten«.

Eleanor winkte Mary wild gestikulierend näher zu sich heran und produzierte einen ihrer rar gewordenen vollständigen Sätze.

»Ich kann nie vergessen, dass er Davids Sohn ist.«

»Ich glaube nicht, dass es heutzutage sein Vater ist, der ihn quält«, sagte Mary, selbst überrascht über ihren scharfen Ton.

»Quält …«, wiederholte Eleanor.

Mary schob den Rollstuhl schon durch die scheckigen Schlaglöcher des Woodland Walk, als Eleanor endlich den nächsten Satz herausbrachte.

»Alles … in … Ordnung?« Zunehmend erregt stellte sie die gleiche Frage immer wieder, ohne auf den mit gelben Bärlauchstängeln vermischten Glockenblumenflor unter den wandernden, wachsenden Eichenschatten zu achten. Sie versuchte Mary vor Patrick zu retten, nicht weil sie auch nur das geringste Verständnis für ihre Situation gehabt hätte, sondern um sich selbst, durch eine Art rückwirkender Magie, vor David zu retten. Marys Versuche, die Frage zu bejahen, quälten Eleanor, denn sie hätte nur eine einzige Antwort akzeptieren können: »Nein! Nichts ist in Ordnung! Ich führe ein höllisches Leben neben einem geisteskranken Tyrannen, genau wie du damals, du Ärmste! Andererseits ist es meine tiefe Überzeugung, dass uns das Universum retten wird, dank der phantastischen schamanischen Kräfte der verwundeten Heilerin, die du eigentlich bist.«

Aus irgendeinem Grund konnte Mary sich nicht dazu durchringen, dies auszusprechen, und doch bestand zwischen den beiden Frauen eine beunruhigende Schwesternschaft. Gewisse Aspekte von Eleanors Erziehung kamen Mary nur allzu bekannt vor: die extreme Schüchternheit, die übermäßige Bedeutung des Kindermädchens, das schwache Selbstvertrauen, die masochistische Hinwendung zu schwierigen Männern. Eleanor war das warnende Beispiel für diese Kräfte, eine Warnung vor der Sinnlosigkeit der Selbstaufopferung, wenn fast kein Selbst vorhanden war, das geopfert werden konnte, eine Warnung, mit der Verlorenheit umzugehen, indem man sich noch mehr verlor. Außerdem war Eleanor ein Baby, kein »großes Kind« wie so viele Erwachsene, sondern ein Säugling, perfekt konserviert im Einmachglas des Gelds, des Alkohols und der Phantasie.

Seit jenem farbenprächtigen Tag in Kew hatte Mary keinen der Jungen mehr zum Besuch bei der Großmutter im Pflegeheim mitgenommen. Auch Patrick stellte seine Besuche ein, nachdem Eleanor vor zwei Jahren auf unerträgliche Weise mit dem Gedanken des assistierten Suizids geliebäugelt hatte. Nur Mary hielt durch, teils aufgrund des kargen, pflichtschuldigen Gedankens daran, dass Eleanor schließlich ihre Schwiegermutter war; teils aus der schon eher obskuren Überzeugung heraus, das Gleichgewicht zwischen Eleanor und ihrer Familie sei gestört, und mit der Wiederherstellung dieses Gleichgewichts müsse sofort begonnen werden, egal ob Eleanor sich daran beteiligen konnte oder nicht. Es war natürlich seltsam, Monat um Monat ins Leere zu reden, in der Hoffnung etwas Gutes zu tun, während Eleanor immer regloser und ausdrucksloser an die Decke starrte. Und da nicht der geringste Dialog stattfand, scheiterte Mary oft an ihrer Verachtung für Eleanors damalige Unfähigkeit, ihr Kind zu beschützen.

Sie erinnerte sich an Eleanors Schilderung der ersten Wochen, nachdem sie mit dem neugeborenen Patrick aus der Klinik zurückgekommen war. Das Weinen seines Sohnes peinigte David dermaßen, dass er ihr befahl, das brüllende Balg in das entlegenste Zimmer im Dachgeschoss zu bringen. Eleanor fühlte sich in Davids geliebtem Cornwall ohnehin schon wie in der Verbannung, am Ende einer Landzunge mit Blick über eine dicht bewaldete Flussmündung, und sie konnte es, als sie so plötzlich, dass sie nicht einmal mehr in ihre Hausschuhe schlüpfen oder rasch eine Decke für das Baby mitnehmen konnte, aus ihrem Schlafzimmer verstoßen wurde, kaum glauben, dass es hier ein verschärftes Exil gab, eine kleine, kalte Kammer in dem großen, kalten Haus. Für sie war das Haus sowieso von düsterem Schrecken durchtränkt. Sie hatte David im Standesamt von Truro geheiratet, als sie mit ihrem ersten Kind schon hochschwanger war. In Überschätzung seiner ärztlichen Fähigkeiten hatte er sie ermutigt, das Kind zu Hause zu gebären. Da sie einen Inkubator gebraucht hätte, starb Georgina zwei Tage später. David fuhr mit dem Segelboot in die Mündung hinaus, begrub das Kind auf See und verschwand dann drei Tage lang, um sich zu betrinken. Eleanor blieb blutend und verlassen im Bett, und starrte durch das Erkerfenster ihres Schlafzimmers aufs graue Wasser hinaus. Nach Georginas Tod hatte sie sich geweigert, mit David zu schlafen. Eines Abends schlug er ihr, als sie auf dem Weg nach oben war, mit der Faust in die Kniekehlen. Als sie stürzte, verdrehte er ihr den Arm auf den Rücken und vergewaltigte sie auf der Treppe. Und just als sie dachte, jetzt verabscheue sie ihn tief genug, um sich zu trennen, merkte sie, dass sie schwanger war.

Oben im Dachgeschoss, mit dem Kind dieser Vergewaltigung im Arm, fühlte sie sich bis zur Hysterie verunsichert. Beim Anblick des schmalen Betts packte sie die Furcht, sie könne sich im Schlaf versehentlich auf das Kind rollen und es ersticken, also setzte sie sich auf den hölzernen Stuhl in der Ecke neben dem kalten Kamin, wachte die ganze Nacht und hielt das Kind umklammert. Während jener Nächte auf dem hölzernen Stuhl wurde sie immer wieder in den Schlaf gezogen und erwachte dann plötzlich, weil sie spürte, wie der Säugling ihr Nachthemd hinabglitt, auf die Knie, dem Abgrund zu. Sie hielt ihn im letzten Moment fest, voller Angst, sein weiches Köpfchen könne auf dem harten Boden zerschmettern; die Angst, ihn totzudrücken, hinderte sie aber weiterhin daran, zu tun, wonach sie beide sich so sehnten: ins Bett zu gehen.

Tagsüber ging es etwas besser. Die Säuglingsschwester kam vorbei, um zu helfen, die Haushälterin wuselte in der Küche, und da David zum Segeln und Trinken unterwegs war, verbreitete sich im Haus eine vordergründig fröhliche Stimmung. Die drei Frauen bemutterten Patrick, und als Eleanor sich in ihrem eigenen Zimmer ausruhte, vergaß sie beinahe die furchtbaren Nächte; sie vergaß beinahe Georginas Tod, wenn sie die Augen schloss und nicht mehr den Streifen grauen Meers vor ihrem Fenster sah, und wenn sie das Baby stillte und sie zusammen einschliefen, vergaß sie beinahe, welchem Gewaltakt es sein Leben verdankte.

Doch eines Tages, drei Wochen nachdem sie aus der Klinik nach Hause gekommen waren, blieb David da. Von morgens an war er in einer gefährlichen Stimmung; sie roch den Brandy in seinem Kaffee, sah die rasende Eifersucht in seinem Blick. Bis zum Mittag hatte er alle im Haus mit seinen schneidenden Bemerkungen verletzt, und die Frauen hatten Angst, spürten, wie er auf der Suche nach einer Gelegenheit, sie zu kränken und zu demütigen, durchs Haus lief. Dennoch waren sie erstaunt, als er plötzlich raschen Schritts in die Küche kam; er trug eine schäbige Ledertasche und schlecht sitzende grüne Chirurgenkleidung. Er befahl den Frauen, auf dem blank geschrubbten Eichentisch Platz zu machen, entfaltete ein Handtuch, entnahm der Tasche eine Holzkiste mit chirurgischen Instrumenten und klappte sie neben dem Handtuch auf. Er verlangte einen Topf mit kochendem Wasser, als sei alles einvernehmlich beschlossen und allen klar, worum es ging.

»Wofür?«, fragte die Haushälterin, die als Erste aus ihrer Trance erwachte.

»Um die Instrumente zu sterilisieren«, antwortete David in einem Ton, als erkläre er einem sehr beschränkten Menschen einen sehr simplen Sachverhalt. »Jetzt ist der richtige Zeitpunkt für die Beschneidung. Aber ich kann euch versichern«, fügte er hinzu, als wolle er ihre tiefsten Ängste zerstreuen, »nicht aus religiösen Gründen«, er erlaubte sich ein flüchtiges Lächeln, »sondern aus medizinischen.«

»Du hast getrunken!«, stieß Eleanor hervor.

»Nur einen Becher Wundbenzin«, witzelte er, leicht euphorisch bei der Aussicht auf den Eingriff; und dann, schon nicht mehr zum Scherzen aufgelegt: »Bringt mir den Jungen.«

»Sind Sie denn sicher, dass es zu seinem Besten ist?«, fragte die Säuglingsschwester.

»Ziehen Sie meine Autorität nicht in Zweifel!«, sagte David und spielte alles aus: den älteren Mann, den Arzt, den Arbeitgeber, die Jahrhunderte der Herrschaft, aber auch den lähmenden Giftpfeil seiner psychischen Präsenz, die es lebensbedrohlich erscheinen ließ, sich ihm zu widersetzen.

In Eleanors Augen war er als Mörder mehr als glaubwürdig. Spätabends, wenn er, umgeben von leeren Flaschen und ausgedrückten Zigarren, nur noch einen letzten Zuhörer hatte, erzählte David gern die Geschichte jener Wildschweinjagd, an der er Ende der Zwanzigerjahre in Indien teilgenommen hatte. Es begeisterte ihn, unter Lebensgefahr mit einem Speer durchs hohe Gras zu galoppieren und einen Keiler zu jagen, dessen Hauer die Beine eines Pferds verletzen, den Reiter zu Boden werfen, aufspießen und töten konnten. Eins dieser flinken, zähen Wildschweine zu durchbohren war ebenfalls ein ungeheures Vergnügen, viel unmittelbarer als ein Abschuss aus großer Entfernung. Der einzige Schönheitsfehler dieser Expedition bestand darin, dass einer der Teilnehmer von einem streunenden Hund gebissen wurde und Symptome der Tollwut entwickelte. Da das nächste Krankenhaus drei Tage entfernt lag, wäre jede Hilfe zu spät gekommen, und so beschlossen die Jäger, ihren schäumenden, um sich schlagenden Freund in eins der dicken, ursprünglich für den Transport toter Wildschweine gedachten Netze zu binden, und ihn nach oben zu ziehen, indem sie die Zipfel des Netzes an die Äste eines hohen Jakarandabaums knüpften. Selbst diesen harten Männern fiel es schwer, angesichts des am nahen Baum hängenden Bündels tollwütiger Qual die wohltuende Entspannung nach einem Tag erquickenden Zeitvertreibs zu genießen: die Lampionreihe, die den Tisch säumte, der stille Glanz des Silbers, die gut geschulten Diener, der Triumph, dass man der wilden Weite der indischen Nacht die Zivilisation aufzwang – all dies schien infrage gestellt. Bei dem Gebrüll bekam David die famose Geschichte, wie Archie Montcrieff einmal mit einer zweirädrigen Ponykutsche in den Ballsaal des Vizekönigs gefahren war, nur zur Hälfte mit. Archie hatte eine improvisierte Toga getragen und »in einer Art seltsamem Cockney-Latein« Obszönitäten gebrüllt, während das Pony den Tanzboden düngte. Wäre sein Vater nicht so eng mit dem Vizekönig befreundet gewesen, hätte er dem Militär womöglich den Rücken kehren müssen, so aber ließ der Vizekönig – natürlich rein privat – gelten, dass Archie ihn während eines dieser »todlangweiligen Bälle« etwas aufgeheitert hatte.

Als die Geschichte aus war, murmelte David »Dieser Lärm ist ja unerträglich«, erhob sich vom Tisch und holte seine Pistole aus dem Zelt. Er ging zu dem Tollwütigen hinüber und schoss ihm in den Kopf. Als er zu der wie vom Donner gerührten Gesellschaft zurückkehrte, nahm er »mit einem Gefühl absoluter Ruhe« wieder Platz und sagte: »Das war die größte Gnade.« Der Satz machte am Tisch die Runde: die größte Gnade. Die wohlhabenden, einflussreichen Männer, manche in ziemlich hohen Regierungspositionen, einer von ihnen Richter, mussten ihm wohl oder übel zustimmen. Nachdem das Gebrüll verstummt war und man ein paar Whisky Soda gekippt hatte, kamen am Ende des Abends alle überein, dass David eine außergewöhnlich beherzte Tat vollbracht hatte. Wenn er schilderte, wie er die ganze Versammlung umgestimmt hatte, konnte David sich ein Lächeln kaum verkneifen, und am Schluss fügte er manchmal in einem Anfall von Pietät hinzu, er betrachte diesen Pistolenschuss als Beginn seiner »Liebe zur Medizin«, obwohl er damals noch keinen Blick in *Gray's Atlas der Anatomie* geworfen hätte.

Eleanor fühlte sich in der Küche in Cornwall gezwungen, ihm das Baby zu übergeben. Es schrie wie am Spieß. Eleanor stellte sich vor, dass noch in hundert Meilen Entfernung

Hunde in ihren Zwingern winseln müssten, so laut und schrill klang das Geschrei. Die Frauen drängten sich weinend zusammen und beschworen David, innezuhalten und vorsichtig zu sein und dem Kind wenigstens eine örtliche Betäubung zu geben. Sie wussten, dass dies keine Operation, sondern die Attacke eines wütenden alten Mannes auf die Genitalien seines Sohnes war; doch wie der Chor in der griechischen Tragödie konnten sie die Handlung nur klagend kommentieren und nicht verhindern.

»Ich hätte am liebsten gesagt, ›du hast schon Georgina getötet, und jetzt willst du auch noch Patrick töten‹«, sagte Eleanor zu Mary, um ihr zu zeigen, wie couragiert sie gewesen wäre, wenn sie den Mund aufgemacht hätte. »Am liebsten hätte ich die Polizei gerufen!«

Und warum hast du's nicht getan?, dachte Mary nur, aber sie sagte kein Wort dazu, dass Eleanor kein Wort gesagt hatte; sie nickte nur und beschränkte sich auf ihre Rolle als gute Zuhörerin.

»Es war wie ...«, fuhr Eleanor fort, »es war wie auf diesem Goya-Bild, wo Saturn seinen Sohn verschlingt.« Aufgewachsen zwischen großartigen Gemälden hatte Eleanor als junge Frau ihre Liebe zur Kunstgeschichte entdeckt. Die wurde durch ihre Enterbung rüde guillotiniert und abgelöst durch einen Hang zu grellen, optimistisch-symbolistischen Klecksen. Dennoch wusste sie noch gut, wie sie mit zwanzig in ihrem ersten Wagen durch Spanien gefahren war und wie die Düsternis jener späten Gemälde Goyas bei einem Besuch im Prado sie erschreckt hatte.

Der Vergleich machte Mary betroffen, einerseits, weil es für Eleanor ungewöhnlich war, derlei Bezüge herzustellen, andererseits, weil sie das Bild gut kannte und alles vor Augen hatte – den klaffenden Mund, den starren Blick und das zottige weiße Haar des alten Gotts der Melancholie, der, vor Neid und der Angst vor Usurpation wahnsinnig geworden, den blutenden Leichnam seines enthaupteten Kindes verschlingt. Angesichts dieser flehentlichen Bitte Eleanors um Entlastung erkannte Mary, dass ihre Schwiegermutter niemanden hätte retten können, dafür stand sie zu sehr im Bann ihrer eigenen Verletzlichkeit, hoffte sie zu inständig selber auf Rettung. Erst später in dieser Ehe gelang es Eleanor, sich Polizeischutz zu sichern. Es war in Saint-Nazaire, kurz nachdem sie vom Tod ihrer Mutter erfahren hatte und, in Unkenntnis des Testaments, damit rechnete, nun über ein gewaltiges Vermögen verfügen zu können. Sie musste vormittags zur Beerdigung nach Rom fliegen, und David saß ihr gegenüber am Frühstückstisch und brütete über den möglichen Konsequenzen, die die größere Unabhängigkeit seiner Frau nach sich ziehen würde.

»Du kannst es kaum erwarten, das viele schöne Geld in die Finger zu kriegen«, sagte er und kam zu ihr herüber. Sie witterte Gefahr, stand auf. »Aber dazu kommt es nicht«, fügte er hinzu, packte sie und drückte ihr fachmännisch die Daumen in die Kehle, »weil ich dich vorher umbringe.«

Schon halb bewusstlos war es ihr gelungen, ihm mit letzter Kraft in die Eier zu treten. Vor Schmerz ließ er sie los, lang genug, dass sie über den Tisch rutschen und aus dem Haus rennen konnte. Er lief ihr eine Weile hinterher, doch die dreiundzwanzig Jahre Altersunterschied forderten ihren Tribut, er ermüdete rasch, und so entkam sie in den Wald. Überzeugt, dass er sie mit dem Wagen verfolgen würde, schlug sie sich durchs Gestrüpp bis zur örtlichen Polizeiwache durch, die sie blutig, zerkratzt und tränenüberströmt erreichte. Die beiden Gendarmen fuhren sie zum Haus zurück und bewachten den hochmütigen, mürrischen David, während sie ihre Taschen für Rom packte. Sie ging erleichtert, ließ Patrick jedoch im wenig verlässlichen Schutz eines der vielen verängstigten Kindermädchen zurück, – sie blieben durchschnittlich sechs Wochen. Eleanor mochte nun außer Reichweite sein, doch nachdem David dem Kindermädchen großzügig freigegeben und Yvette nach Hause geschickt hatte, blieb ihm als Trost, seinen Sohn zu misshandeln, und das ohne jedes Eingreifen der Gendarmerie.

Dass Eleanor jenen Mutterinstinkt verraten hatte, der Marys eigenes Leben so sehr beherrschte, stellte letztlich eine unüberwindliche Barriere für Marys Zuneigung zu ihr dar. Sie dachte an ihre eigenen Söhne, als sie drei Wochen alt waren: ihre heißen seidigen Köpfchen, die sich an sie drängten und nach dem Schock der Geburt erneut Zuflucht bei ihrem Körper suchten. Der Gedanke, diese Kinder, bevor ihre Haut auch nur raue Wolle ertragen konnte, einem finsteren, grausamen Mann auszuliefern, damit er mit einem Messer auf sie einhacken konnte, bedeutete ein Maß an Verrat, das Marys Vorstellungskraft überstieg.

Zweifellos hatte David lange unter den Törichten und Sanften gesucht, bis er die Frau gefunden hatte, die seine speziellen Vorlieben ertrug, doch wie konnte sich Eleanor, nachdem seine Verworfenheit in vollem Umfang sichtbar geworden war, dem Vorwurf entziehen, mit einem Sadisten und Pädophilen konspiriert zu haben? Sie hatte Kinder aus anderen Familien eingeladen, die Ferien in Südfrankreich zu verbringen, und sie waren, wie Patrick, vergewaltigt und in eine Hölle aus Scham und Heimlichkeit eingeführt worden, unter glaubhafter Androhung von Strafe und Tod. Kurz vor ihrem ersten Schlaganfall erhielt Eleanor einen Brief von einer Frau, die eins dieser Kinder gewesen war. Sie schrieb, dass sie nach einem durch Schlaflosigkeit, Selbstverletzung, Frigidität, Promiskuität, chronische Angstzustände und Suizidversuche bestimmten Leben nun, dank sieben Jahren Therapie, begonnen habe, eine normalere Existenz zu führen, und endlich fähig sei, Eleanor zu verzeihen, dass sie sie damals, während der Sommerferien bei den Melroses, nicht beschützt hatte. Als sie Mary den Brief zeigte, ließ Eleanor sich darüber aus, wie ungerecht es doch sei, ihr Schuldgefühle wegen Vorfällen einzuimpfen, von denen sie nicht einmal etwas geahnt hatte, auch wenn sie im Schlafzimmer nebenan geschehen waren.

Aber wie ahnungslos konnte sie wirklich gewesen sein? Im Jahr, bevor der Brief eintraf, der Eleanor so erschreckte, hatte Patrick einen Brief von Sophie erhalten, einem ehemaligen Au-Pair, das es heldenhaft über zwei Jahre lang bei den Melroses ausgehalten hatte, mehr als das Zwanzigfache der durchschnittlichen Verweildauer all der fassungslosen jungen Ausländerinnen, die sich in rascher Folge abwechselten. In ihrem Brief gab Sophie zu, jahrzehntelang unter Schuldgefühlen gelitten zu haben, wegen der Zeit, in der sie sich um Patrick gekümmert hatte. Damals in dem Haus in Lacoste hatte sie immer wieder Schreie am Ende des Flurs gehört, und sie wusste, dass Patrick gequält wurde – nicht nur bestraft wurde oder seinen Willen nicht bekam –, aber sie war erst neunzehn und zögerte einzuschreiten. Sie gestand auch, dass sie entsetzliche Angst vor David hatte und sich, obwohl sie Patrick sehr lieb gewonnen hatte und mit Eleanor Mitleid empfand, danach sehnte, diese groteske Familie zu verlassen.

Wenn sogar Sophie gewusst hatte, dass dort irgendetwas fürchterlich im Argen lag, wie hatte Eleanor ahnungslos bleiben können? Zwar ist es ganz normal, dass Dinge ignoriert werden, die man eigentlich unmöglich ignorieren kann, doch Eleanor hielt mit anomaler Zähigkeit an ihrer Verblendung fest. All ihre Kurse über Selbstfindung und schamanische Heilkunst hindurch wich sie der Erkenntnis aus, dass sie die starke Neigung besaß, Erkenntnissen auszuweichen. Hätte sie jemals ihre wahren Krafttiere entdeckt, dann wären es, so Marys Vermutung, die drei Affen gewesen: Nichts Böses sehen, nichts Böses hören, nichts Böses sagen. Mary argwöhnte auch, dass diese grimmigen Wächter bei einem ihrer Schlaganfälle umgekommen waren, und Eleanor plötzlich mit dem bruchstückhaften Wissen überschwemmt worden war, dessen Einzelteile sie bis dahin so strikt voneinander abgeschottet hatte wie die Zellen einer Untergrundorganisation. In einer Parodie der Ganzheit fügten sich die Fragmente aneinander, als es für Kohärenz zu spät war.

Eleanor war während ihrer beiden letzten Lebensjahre ans Pflegeheim gefesselt und verließ kaum noch das Bett. Im ersten Jahr ging Mary noch davon aus, dass zumindest einer der Fäden, die Eleanor an ihre gepeinigte Existenz banden, die Sorge um ihre Familie war, und Mary versicherte ihr immer wieder, dass es allen gut gehe. Später begriff sie, dass Eleanor nicht die Stärke ihrer Bindung fesselte, sondern eher deren Schwäche: Ohne etwas Substanzielles, das sie »loslassen« konnte, blieb ihr nur die Vergänglichkeit ihrer Schuld und Verwirrung. Ein Teil von ihr sehnte sich danach zu sterben, aber sie fand nie Zeit dazu; die wuchernden Ängste ließen keine Lücke; der Wunsch zu sterben kollidierte sofort mit der Furcht zu sterben, was wiederum erneut den Wunsch gebar.

Das zweite Jahr über schwieg Mary die meiste Zeit. Sie saß in dem Zimmer und wünschte Eleanor alles Gute. Was sollte sie sonst tun?

Das letzte Mal hatte sie ihre Schwiegermutter vor zwei Wochen gesehen. Mittlerweile hatte Eleanor einen Zustand der Stille erreicht, der von vollkommener Abwesenheit nicht mehr zu unterscheiden war. Ausgemergelt und abgehärmt, schien ihr Gesicht zu keiner Regung mehr fähig. Mary fiel ein, dass Eleanor ihr in einem jener befremdend vertraulichen Gespräche einmal gesagt hatte, sie wisse genau, wann sie sterben werde. Die mysteriöse Quelle dieses Wissens (Astrologie? Channelling? Ein morbider Guru? Eine Trommelsession? Ein prophetischer Traum?) wurde nie offenbart, doch die Eröffnung geschah mit der leicht überheblichen Gelassenheit reiner Einbildung. Mary fand, die Gewissheit des Todes und die Ungewissheit des Wann und Warum seien elementare Tatsachen des Lebens. Eleanor wiederum wusste genau, zu welchem Zeitpunkt sie sterben würde, und dass ihr Tod nicht endgültig sei. Soweit es Mary beurteilen konnte, hatte diese Überzeugung zusammen mit allen anderen Zügen ihrer Persönlichkeit Eleanor am Schluss verlassen, als sei ein Sandsturm durch sie hindurchgerast, habe jedes tröstliche Zeichen hinweggefegt und eine glatte, sterile Landschaft unter einem trockenen, leeren Himmel hinterlassen.

Dennoch, Eleanor war am Ostersonntag gestorben, und Mary wusste, dass nichts sie mehr freute als dies. Oder dass nichts sie mehr gefreut hätte, wenn sie es denn gewusst hätte. Vielleicht war das ja der Fall gewesen, obwohl es zuletzt den Anschein hatte, als sei ihr Bewusstsein in einem Bereich fixiert, der von etwas so Weltlichem wie einem Kalender weit entfernt lag. Trotzdem, wer konnte schon wissen, ob das vielleicht der Tag gewesen war, für den sie mit ihrem Tod gerechnet hatte.

Mary setzte sich auf der unbequemen Krematoriumsbank zurecht. Wo blieb eine überzeugende, taugliche Bewusstseinstheorie, wenn man sie wirklich brauchte? Sie warf noch einen Blick nach hinten, wo ein paar Reihen weiter Erasmus saß, doch der schien eingenickt zu sein. Als sie sich wieder zum nur wenige Meter entfernten Sarg umdrehte, fielen Marys Mutmaßungen in sich zusammen. Ihr stand auf einmal unerträglich lebhaft vor Augen, wie es sich für Eleanor angefühlt haben musste, dass während dieser beiden letzten grausamen Jahre ihre Persönlichkeit zerstört wurde, Bereich um Bereich, Erinnerung um Erinnerung.

Marys Augen schwammen in Tränen.

»Alles in Ordnung?«, flüsterte Patrick, als er sich neben sie setzte.

»Ich musste an deine Mutter denken«, sagte sie.

»Eine treffliche Wahl«, murmelte Patrick im Ton eines beflissenen Ladenbesitzers.

Aus irgendeinem Grund musste Mary hemmungslos lachen und Patrick lachte mit, und sie bissen sich auf die Unterlippe und konnten nur mit Mühe verhindern, dass ihre Schultern allzu heftig bebten.

5

In der Hoffnung, seinen Anfall kummervollen Gelächters unter Kontrolle zu bekommen, atmete Patrick langsam aus und versank in das dumpf-angespannte Warten auf den Anfang der Zeremonie. Die Orgel seufzte, als sei ihr langweilig oder als suche sie nach einer angemessenen Melodie, und mäanderte dann ergeben weiter. Er musste sich zusammenreißen: Er war hier, um den Tod seiner Mutter zu beklagen, eine ernste Sache.

Ihm standen mancherlei Hindernisse im Weg. Lange Zeit hatte es ihm die Wut über den Verlust seines französischen Hauses unmöglich gemacht, den Groll auf Eleanor zu überwinden. Ohne Saint-Nazaire war ein rudimentärer Teil seines Selbst jener imaginären Geborgenheit beraubt, die ihn als Kind davor bewahrt hatte, den Verstand zu verlieren. Natürlich hing er auch an der Schönheit des Orts, doch viel stärker hing er an einem geheimen Schutz, auf den er nicht zu verzichten wagte, weil ihn das womöglich ganz vernichtet hätte. Die wechselnden Gesichter, die sich aus den Spalten, Flecken und Furchen des Kalkgebirges gegenüber dem Haus bildeten, leisteten ihm seit je Gesellschaft. Die den Bergkamm säumenden Kiefern glichen einer Kolonne Soldaten, die ihn retten kamen. Es gab Verstecke, wo niemand ihn je gefunden hatte; und die Terrassen der Weinberge hatte er mit dem Gefühl zu fliegen hinunterspringen können, wenn er fliehen musste. Es gab dort einen gefährlichen Brunnen, in dem er Gesteinsbrocken und Erdklumpen ertränken konnte, ohne selbst zu ertrinken. Doch die heroischste Beziehung bestand zu jener Eidechse, die in einem kritischen Augenblick seine Seele in Obhut genommen hatte und blitzschnell aufs Dach hinausgeglitten war, auf sicheres Terrain, ins Exil. Wie sollte ihn die Eidechse jemals wiederfinden können, wenn Patrick nicht mehr dort war?

In seiner letzten Nacht in Saint-Nazaire gab es ein spektakuläres Unwetter. Wetterleuchten flackerte hinter geriffelten Wolkenbänken und ließ die dunkle Talschale im Licht zittern. Erst rissen dicke, tropische Regentropfen nur Löcher ins staubige Erdreich, doch bald rannen Bäche die steilen Pfade hinab, und kleine Wasserfälle stürzten die Stufen der terrassierten Hänge hinunter. Patrick ging hinaus und wanderte voller Wut durch den warmen, schweren Regen. Er wusste, dass er seinen magischen Kontrakt mit dieser Landschaft beenden musste, aber die elektrisch geladene Luft und der gewaltige Protest des Sturms erneuerten das archaische Kinderdenken, als liefen die dicken Klaviersaitendrähte, auf die der Donner und der prasselnde Regen einhämmerten, auch durch seinen Körper und das Erdreich. Da das Wasser über sein Gesicht strömte, brauchte er nicht zu weinen, er brauchte nicht zu schreien, denn droben barst krachend der Himmel. Er stand in der Einfahrt, zwischen den milchigen Pfützen, dem Murmeln immer neuer Bäche und dem Duft nassen Rosmarins, bis er, niedergedrückt durch das, was er unmöglich aufgeben konnte, zu Boden sank, und reglos im schlammigen Kies hockte. Gegabelte Blitze landeten wie Geweihe auf dem Kalkgebirge. Im jähen Licht machte er auf dem Boden zwischen sich und der Mauer, die die Einfahrt säumte, eine Gestalt aus. Als er im trüben Licht angestrengt hinstarrte, sah er, dass sich eine Kröte in die Wasserwelt jenseits der Lorbeerbüsche gewagt hatte, und Patrick stellte sich vor, dass sie den ganzen Sommer über auf Regen gewartet hatte und sich jetzt dankbar auf einem Fleckchen Schlamm zwischen zwei Pfützen ausruhte. Sie saßen einander völlig regungslos gegenüber.

Patrick dachte an die weißen Krötenleichen, die er jedes Frühjahr am Grund der Steinteiche sah. Rund um ihre leblosen Körper klammerten sich Hunderte weicher schwarzer Kaulquappen an die graugrünen Algen, die die Wände bedeckten, oder schwammen zappelnd durch den offenen Teich, oder wurden von den Rinnsalen mitgeschwemmt, die das Wasser von Teich zu Teich trugen, von der Quelle zum Strom unten in der Furche des Tals. Manche Kaulquappen glitten schlaff das Gefälle hinunter, andere schwammen verzweifelt gegen die Strömung an. Robert und Thomas verbrachten in den Osterferien Stunden damit, die kleinen Dämme zu entfernen, die sich über Nacht gebildet hatten, um dann, wenn der bedeckte Teil des Kanals blockiert und das Gras um den unteren Teich überflutet war, die gestrandeten Kaulquappen in der hohlen Hand zu tragen. Patrick erinnerte sich, dass er als Kind dasselbe getan hatte, und entsannn sich des überwältigenden Mitgefühls, das er empfunden hatte, wenn er sie durch seine überfließenden Finger zurück in den sicheren Teich gleiten ließ.

Damals hatte es in den Frühlingsnächten Froschkonzerte gegeben, und tagsüber hockten Ochsenfrösche auf den Seerosenblättern und blähten sich auf wie Kaugummiblasen; doch im System imaginierter Geborgenheit, die das Grundstück ihm damals gegeben hatte, zählten vor allem die glückbringenden Laubfrösche. Hätte er nur einen von ihnen berühren können, wäre alles gut geworden. Sie waren so schwer zu finden. Dank der rundlichen Haftscheiben an ihren Zehenspitzen konnten sie überall in den Bäumen hängen, getarnt durchs helle Grün eines jungen Blatts oder einer unreifen Feige. Wenn er einen dieser winzigen Frösche an der weichen, grauen Rinde haftend entdeckte, die glänzende Haut über das eckige Skelett gespannt, wirkte das Tier wie ein pulsierender Edelstein. Dann streckte er den Zeigefinger aus und berührte es leicht, damit es ihm Glück brachte. Es war vielleicht nur ein einziges Mal geschehen, aber er hatte tausendmal daran gedacht.

In Erinnerung an jene aufgeladene, zaghafte Geste betrachtete er nun etwas skeptisch den warzigen Kopf der nassen Kröte, die vor ihm saß. Gleichzeitig musste er an die Arden-Ausgabe des *King Lear* aus seiner Schulzeit denken, und an die Fußnote über den Edelstein im Kopf der Kröte, das Sinnbild des in der hässlichen, schlammigen, widerwärtigen Erfahrung verborgenen Schatzes. Eines Tages käme er ohne Aberglauben aus, aber noch nicht. Er streckte die Hand aus und berührte den Kopf der Kröte. Er empfand etwas von der Ehrfurcht, die er damals als Kind empfunden hatte, doch das wiederaufflammende Bewusstsein dessen, was er zu verlieren drohte, verlieh dem Gefühl eine Intensität, die sich selbst auslöschte. Die wahnsinnige Verschmelzung der Mythologien erzeugte einen Exzess des Sinngehalts, der jeden Augenblick in eine Welt ohne jeglichen Sinn umschlagen konnte. Patrick wich zurück, und wie ein Mensch, der nach einer langen exotischen Reise zu den vertrauten Kompromissen seiner Stadtwohnung zurückkehrt, wurde ihm klar, dass er ein Mann mittleren Alters war, der exzentrischerweise mitten im Gewitter in seiner matschigen Einfahrt hockte und mit einer Kröte zu kommunizieren versuchte. Steifgliedrig stand er auf und latschte zum Haus zurück, und obwohl er sich angemessen erbärmlich fühlte, trat er dennoch patschend in die Pfützen, seinem nutzlosen Erwachsensein zum Trotz.

Eleanor hatte Saint-Nazaire verschenkt, aber wenigstens hatte sie es ihm ursprünglich zur Verfügung gestellt, wenn auch nur als gewaltigen Ersatz für sich selbst, ein Mutterland, das dazu da war, ihre Unfähigkeit auszugleichen. Diese Schönheit war gewissermaßen eine Falle, die blühenden Mandelzweige, die sich in den wolkenlosen Himmel reckten, die geschlossenen Irisblüten – Pinsel, in Blau getaucht –, das helle, bernsteingelbe Harz, das wie Blut aus der metallischgrauen Rinde der Kirschbäume rann – all das war eine Falle, er durfte nicht mehr daran denken. Das Schutzbedürfnis eines Kindes hätte aus jedem beliebigen Material, egal wie rituell und bizarr, ein System errichtet. Eine Spinne im Besenschrank oder das Erscheinen eines Nachbarn im Treppenhaus des Wohnblocks gegenüber oder die Anzahl roter Autos von der Haustür bis zum Schultor – all das hätte die Bürde von Liebe und Bestätigung auf sich nehmen können. In seinem Fall war es ein Berghang in Frankreich gewesen. Seine Heimat hatte sich vom dunklen Kiefernwald oben auf dem Kamm bis zum fahlen Bambus erstreckt, der drunten am Fuß des Berges am Fluss wuchs. Dazwischen Terrassen, wo Weinreben aus knorrigen Strünken brachen, die im Winter wie rostiges Eisen wirkten, und Olivenbäume von Grün zu Grau und von Grau zu Grün changierten, gekämmt vom Wind. Auf halbem Weg nach unten lag das Ensemble von Häusern und Zypressen und das Netz der Teiche, wo er das äußerste Grauen erlebt und die am weitesten hergeholten Gnadenfristen ausgehandelt hatte. Selbst den steilen Berghang gegenüber dem Haus hatte seine Phantasie besiedelt, und nicht nur mit der den Grat entlangmarschierenden

Baumarmee. Später wurde die Unnahbarkeit des Berges gegenüber menschlichen Übergriffen zum Ausdruck seiner eigenen, weniger verlässlichen Distanziertheit.

Niemand, der sein ganzes Leben an einem Ort verbracht hat, würde diesen Ort nicht vermissen, wenn er ihn verlassen musste. Klägliche Irrtümer, Projektionen, Ersatzobjekte und Affektverlagerungen gehörten zum unvermeidlichen Austausch zwischen Bewusstsein und gewohnter Umgebung, doch die krankhafte Intensität, die er diesen Vorgängen verliehen hatte, machte es unerlässlich, sie durchschauen zu können. Wie würde es sich anfühlen, ohne Trost zu leben, ohne die Sehnsucht nach Trost? Er würde es nie herausfinden, wenn er nicht das Trostsystem mitsamt den Wurzeln ausriss, das vom Hang in Saint-Nazaire seinen Ausgang genommen und sich seither auf jeden Arzneischrank, jedes Bett und jede Flasche in seinem Leben ausgeweitet hatte; Ersatz für den Ersatz: das System war stets wesentlicher als seine Inhalte, und noch wesentlicher war der mentale Akt. Was, wenn Erinnerungen nur Erinnerungen waren, ohne die Macht, einen zu trösten oder zu quälen? Würden sie überhaupt existieren, oder war es stets der emotionale Druck, der Bilder heraufbeschwor aus so etwas wie der Gesamtheit der bisherigen Erfahrungen? Selbst wenn das zutraf, musste es bessere Bibliothekare geben als Panik, Groll und selbstzerfleischende Nostalgie, die in den dunklen, überfüllten Magazinen suchten.

Während normale Großzügigkeit dem Wunsch entspringt, jemandem etwas zu schenken, war Eleanors Philanthropie dem Wunsch entsprungen, allen alles zu schenken. Die Ursprünge dieses Zwangs waren komplex. Dazu gehörten das Wiederholungssyndrom der enterbten Tochter; die Ablehnung des Materialismus und Snobismus, die die Welt ihrer Mutter beherrscht hatten; sowie die elementare Scham, überhaupt Geld zu besitzen, ein unbewusster Drang, ihren Nettowert und ihren Selbstwert in einer perfekten Nullsumme zu verschmelzen. Doch neben all diesen negativen Kräften gab es auch das inspirierende Vorbild ihrer Großtante Virginia Jonson. Mit einer für sie untypischen Begeisterung für eine Vorfahrin erläuterte Eleanor Patrick ausführlich die heroische Dimension von Virginias Wohltätigkeit; sie habe das Leben zahlloser Menschen durch jene leidenschaftliche Selbstlosigkeit verändert, die oft unbeugsamer ist als blanker Egoismus.

Virginia hatte bereits zwei Söhne verloren, als ihr Mann im Jahr 1901 verstarb. Im Lauf der nächsten fünfundzwanzig Jahre verschleuderte sie mit ihrer traurigen Philanthropie das halbe Jonson'sche Vermögen. 1903 stiftete sie dem Thomas J. Jonson Memorial Fund zwanzig Millionen Dollar und testamentarisch weitere fünfundzwanzig Millionen, und dies zu einer Zeit, als derart gewaltige Summen die große Ausnahme bildeten, und nicht die typische Weihnachtsgratifikation eines mittelmäßigen Hedgefond-Managers. Sie sammelte auch Gemälde von Tizian, Rubens, Van Dyck, Rembrandt, Tintoretto, Bronzino, Lorenzo di Credi, Murillo, Velasquez, Hals, Le Brun, Gainsborough, Romney und Botticelli und stiftete all diese Werke dem Jonson-Wing des Cleveland Art Museum. Dieses kulturelle Vermächtnis interessierte Eleanor am wenigsten, vielleicht weil es zu sehr jener privaten Raffgier glich, die sich in ihrem eigenen Zweig der Jonson-Familie abspielte. Was sie eigentlich bewunderte, waren Virginias gute Werke, etwa die von ihr erbauten Krankenhäuser und CVJM-Heime, und vor allem die neue Stadt, die sie auf einem vierhundert Morgen großen Grundstück erschaffen hatte, in der Hoffnung, Clevelands Slums zu leeren, indem man den Armen ideale Unterkünfte schenkte. Die Stadt wurde »Friendship« getauft, nach Virginias Sommerresidenz in Newport. Als die Bauarbeiten 1926 abgeschlossen waren, richtete Virginia im *Friendship Messenger* eine »Grußbotschaft« an die ersten Bewohner:

Guten Morgen! Scheint die Sonne etwas heller, dort in Friendship? Ist die Luft ein wenig frischer? Ist Ihr Zuhause ein wenig schöner? Geht die Hausarbeit ein wenig leichter von der Hand? Und die Kinder – machen sie Ihnen nun etwas weniger Sorgen? Haben ihre Gesichter eine frischere Farbe bekommen, sind ihre Beine ein bisschen stämmiger geworden? Sind sie in Friendship beim Lachen und Spielen viel lauter als früher? Dann bin ich zufrieden.

Für Eleanor hatte diese Queen Victoria von Ohio etwas zutiefst Anrührendes, eine kleine Frau mit bleichem, aufgedunsenem Gesicht, stets schwarz gekleidet, ganz zurückgezogen, die, getrieben von tiefem Glauben, nicht nach persönlichem Ruhm für ihre Wohltaten strebte und bis an ihr Lebensende Straßen und Gebäude nach ihren toten Söhnen benannte – ihr Albert hatte seine *Avenue* und ihr Sheldon hatte seinen *Close*, in den sichereren, kinderfreundlichen Bezirken Friendships.

Gleichzeitig zeigte die kühle Beziehung zwischen den Jonson-Schwestern und ihrer Tante Virginia, dass sie nach Ansicht ihrer Nichten nicht den richtigen Mittelweg zwischen Gemeinsinn und Familiensinn gefunden hatte. Wenn irgendjemand das Jonson-Vermögen verschenken sollte, dann, so sahen dies die Jonson-Schwestern, doch wohl eher sie als eine mittellose Pfarrerstochter, die ihren Onkel Thomas geheiratet hatte. Virginia vermachte jeder testamentarisch je hunderttausend Dollar. Selbst ihre Freunde kamen besser weg. Sie stattete eine Stiftung mit zweieinhalb Millionen Dollar aus, um neunundsechzig Freunde bis ans Ende ihres Lebens mit einer Rente zu bedenken. Patrick hatte den Verdacht, der uneingestandene Grund für die Bewunderung, die Eleanor ihrer Großtante Virginia entgegenbrachte, habe in deren Talent gelegen, Eleanors Mutter und Tanten zu ärgern. Eleanor und Virginia distanzierten sich vom dynastischen Streben nach Reichtum. Sie betrachteten Geld als etwas, das Gott den Menschen anvertraut hat, damit sie in der Welt gute Werke vollbrachten. Patrick hoffte, Eleanor möge während ihres verzweifelten Schweigens im Pflegeheim zumindest manchmal von dem Platz geträumt haben, den sie einst neben der großen Jonson'schen Philantropin einnehmen würde, die ihr nur *vorausgegangen* war.

Virginias Geiz gegenüber den Jonson-Schwestern basierte zweifellos auch auf der Gewissheit, dass ihr Schwager ihnen ein riesiges Vermögen hinterlassen würde.

Dennoch wurde in deren Generation der Reiz, reich zu sein, bereits von den schockierenden Erfahrungen beim Erben und der Ironie der Philanthropie überschattet. Der Börsenkrach von 1929 ereignete sich zwei Jahre nach Virginias Tod. Die Armen wurden notleidend und die weiße Mittelschicht floh verarmt aus der Innenstadt in die Fachwerkbehaglichkeit von Friendship, obwohl Virginia den Ort im Gedenken an ihren Ehemann erbaut hatte, der »ein Freund der Negerrasse« gewesen war.

Eleanor verknüpfte Freundschaft mit etwas viel Vagerem als der Negerrasse. »Freundin der neo-schamanischen Wiedererweckung der Keltendämmerung« zu sein schien wenig angetan zur Förderung konkreter sozialer Fortschritte. In Patricks Kindheit hatte Eleanors karitatives Wirken den guten Werken Virginias noch viel stärker geähnelt, bis auf den Umstand, dass es fast ausschließlich Kindern gewidmet gewesen war. Eleanor hatte ihn oft mit seinem Vater alleingelassen, während sie an einer Ausschusssitzung des *Save the Children Fund* teilnahm. Dass Eleanors ernstem Charakter jeglicher Sinn für Ironie abging, schuf einen Schwarzmarkt für den blinden Sarkasmus ihrer Handlungen. Später wurden Father Tortelli und seine neapolitanischen Straßenkinder zum Zielobjekt ihrer Wohltätigkeit, die ja ein Ausweichmanöver war. Patrick konnte sich des Gedankens nicht erwehren, dass ihr leidenschaftlicher Wunsch, alle Kinder dieser Welt zu retten, ein unbewusstes Eingeständnis ihres Unvermögens war, das eigene Kind zu retten. Arme Eleanor, wie groß musste damals ihre Angst gewesen sein. Patrick empfand plötzlich das Bedürfnis, sie zu beschützen.

Als Patricks Kindheit zu Ende ging und damit auch die vagen Echos ihrer eigenen Kindheit verhallten, beendete Eleanor ihr wohltätiges Engagement für Kinder und ließ sich mit ihrer New Age-Suche auf die zweite Pubertät ein. Sie bewies hier dasselbe Verallgemeinerungstalent, das auch ihre Rettungsaktionen für Kinder ausgezeichnet hatte, nur dass ihre Identitätskrise nicht mehr bloß global, sondern nun sogar interplanetarisch und kosmisch war, ohne in den beständigen Felsen der Selbsterkenntnis auch nur einen Millimeter tief zu ritzen. Während ihr »die Energie des Universums« keineswegs fremd war, blieb sie sich selbst fremd. Patrick konnte zwar nicht behaupten, dass er eine wohltätige Schenkung, die den gesamten Besitz seiner Mutter einschloss, freudig begrüßt hätte, aber da es nun einmal sein musste, bedauerte er ganz besonders, dass alles an die Transpersonale Stiftung geflossen war.

Auch Tante Virginia hätte dies nicht gebilligt. Ihr war es darum gegangen, ihren Mitmenschen konkrete Wohltaten zu erweisen. Ihr Einfluss auf Eleanor war zwar nur indirekt, aber doch stark gewesen, und, wie alle anderen starken Einflüsse auch, matriarchalisch. Die Jonson-Männer kamen Patrick manchmal wie jene kleinen Spinnenmännchen vor, die sich rasch ihrer einzigen wichtigen Pflicht entledigen, bevor sie von den wesentlich größeren Weibchen gefressen werden. Die zwei Söhne des Gründers hinterließen zwei Witwen: Virginia, die Witwe der guten Werke, und Eleanors Großmutter, die Witwe der guten Partien, deren zweite Heirat mit dem Sohn eines englischen Grafen ihre drei Töchter auf deren glanzvolle soziale und eheliche Laufbahnen katapultierten. Patrick wusste, dass Nancy schon seit zwanzig Jahren ein Buch über die Jonsons schreiben wollte. Ohne falsche Bescheidenheit zu heucheln, hatte sie zu ihm gesagt: »Ich denke, es würde viel besser als die Bücher von Henry James und Edith Wharton und solchen Leuten, weil es *wirklich* passiert ist.«

Männern, die eine Jonson heirateten, erging es nicht viel besser als den Söhnen des Gründers. Eleanors Vater und ihr Onkel Vladimir wurden beide Alkoholiker, dadurch entmannt, dass sie die Erbin bekommen hatten, nach der sie sich (so glaubten sie) gesehnt hatten. Am Ende hockten sie gemeinsam bei White's an der Bar, kippten exklusive Drinks und leckten ihre Wunden; geschieden, ausrangiert, getrennt von ihren Kindern. Eleanor wuchs mit der Frage auf, wie eine Erbin es wohl vermeiden konnte, den Mann, den sie heiratete, zu zerstören, falls er nicht ohnehin zu korrupt war oder selbst reich genug. Sie hatte sich einen Mann aus der ersten Kategorie gewählt, indem sie David heiratete und doch wurden seine sowieso schon beeindruckende Tücke und Arroganz noch durch die Demütigung verstärkt, vom Geld seiner Frau abhängig zu sein.

Patrick gehörte nicht zu den Jonsons, die durch Heirat zu

Kastraten geworden waren, aber er wusste, was es hieß, in eine matriarchale Welt hineingeboren zu sein, Geld von einer Großmutter bekommen zu haben, die er kaum kannte, und von einer Mutter enterbt zu werden, die erwartete, dass er sich trotzdem noch um sie kümmerte. Der psychologische Einfluss dieser mächtigen Frauen – großmütig aus der unpersönlichen Entfernung, heimtückisch aus der Nähe – hatte ihm das Grundmodell dafür geliefert, wie eine Frau aussehen sollte und als was sie sich letzlich entpuppen würde. Das durch diese Kombination erzeugte Objekt der Begierde war die Hiso-Schlampe – Hiso war ein Akronym für High Society, das ein japanischer Freund erfunden hatte. Die Hiso-Schlampe musste die Reinkarnation einer Jonson-Schwester sein: glamourös, hochgradig gesellig, maßlos in ihrer Vergnügungssucht, gebettet in wundervolle Besitztümer. Und als sei das nicht genug (als sei das nicht zu viel), musste sie auch sexuell unersättlich und moralisch labil sein. Seine erste Freundin war eine Version dieses Typs im Larvenstadium gewesen. Er stellte sich immer noch manchmal vor, wie er vor ihr kniete, im Lichtschein der Leselampe, wie sich die glänzenden Falten ihres schwarzen Seidenpyjamas zwischen den gespreizten Beinen fältelten, während ein Blutrinnsal von ihrem dargereichten Arm rann und sie, lustvoll keuchend, flüsterte: »Ich kann nicht mehr, ich kann nicht mehr!«, der Schweißfilm auf ihrem knochigen Gesicht, die Spritze in seiner Hand, ihr erster Schuss Kokain. Er versuchte nach Kräften, sie süchtig zu machen, doch sie war eine Vampirin der anderen Art; sie nährte sich von der verzweifelten Besessenheit der Männer, die sie umgaben, und saugte immer mehr Verehrer mit entsprechendem Hintergrund aus, in der Hoffnung, deren Zugehörigkeitsgefühl zu erwecken, um dies dann aber dadurch zu trivialisieren, dass sie sich erst zum

Einzigen stilisierte, das begehrenswert schien, und dann einfach wegging.

Anfang dreißig bescherte ihm seine zwanghafte Suche nach Enttäuschungen Inez, die Sixtinische Kapelle unter den Hiso-Schlampen. Sie bestand darauf, dass jeder ihrer zahllosen Lover ihr allein vorbehalten sei, eine Bedingung, der sich ihr Gatte verweigerte, die sie Patrick hingegen erfolgreich abnötigte, der die relativ normale, großmütige Frau, mit der er zusammenlebte, verließ, um sich in das gierige Vakuum von Inez' Liebe zu stürzen. Ihre absolute Gleichgültigkeit den Gefühlen ihrer Liebhaber gegenüber verwandelte ihre sexuelle Empfänglichkeit in eine Art freien Fall. Am Ende war die Klippe, von der er fiel, so flach wie jene Klippe, von der Gloucester auf Geheiß seines ergebenen Sohnes springen musste: eine Klippe der Blindheit, der Schuld und Einbildung, ohne überhängende Felsen am Fuß dieser Klippe. Aber das wusste sie nicht, und er ebenso wenig.

Mit ihrem lockigen blonden Haar, den schlanken Gliedern und schönen Kleidern war Inez natürlich eine verführerische Erscheinung, und doch sah man auf den ersten Blick, dass ihre leicht hervorquellenden blauen Augen leere Bildschirme der Selbstverliebtheit waren, auf denen nur eine kleine Auswahl verlogener Gefühle flimmern durfte. Ziemlich planlos imitierte sie die Verhaltensweisen eines Menschen, der Beziehungen zu anderen Menschen hat. Gestützt auf das Geschwätz ihrer Höflinge, den Konsum von Hollywoodfilmen und ihr eigenes cleveres Kalkül mochten solche Versuche sentimental oder boshaft sein, aber sie waren stets vulgär und melodramatisch. Da die Antwort sie nicht im Mindesten interessierte, fragte sie zigmal todernst »Wie geht es dir?« Oft erschöpfte sie der Gedanke an ihre eigene Großzügigkeit, wobei die Erschöpfung eigentlich daher rührte, dass sie alles tat, um nichts hergeben zu müssen. »Ich werde der Königin von Spanien zum Geburtstag sechs reinrassige Araberhengste kaufen«, verkündete sie eines Tages. »Ist das nicht eine gute Idee?«

»Reichen sechs?«, fragte Patrick.

»Du meinst, sechs reichen nicht? Hast du eine Ahnung, wie teuer die sind?«

Er war verblüfft, als sie die Pferde kaufte, schon weniger überrascht, als sie sie für sich behielt, und gelangweilt, als sie sie dem Mann, von dem sie stammten, wieder zurückverkaufte. Wie sehr sie ihn als Freundin auch in den Wahnsinn trieb, ihre wahren Talente kamen erst im Hin und Her der Liebesaffäre zum Vorschein.

»So etwas habe ich noch nie für jemanden empfunden«, sagte sie aufgewühlt und tief bewegt. »Ich glaube nicht, dass mich bisher irgendwer verstanden hat. Ist dir das klar? Ist dir klar, wie wichtig du für mich bist?« Tränen umflorten ihren Blick, als sie kaum zu flüstern wagte: »Ich glaube, das ist das erste Mal in meinem Leben, dass ich mich wirklich geborgen fühle« und sich in seine starken männlichen Arme schmiegte.

Kurz darauf ließ Inez ihn tagelang in einem Hotel im Ausland warten, wo sie dann nie aufkreuzte. Ihre Privatsekretärin rief zweimal täglich an, um auszurichten, dass Inez aufgehalten worden war, jetzt aber wirklich unterwegs sei. Indem ihn Inez auf diese Weise qualvoll hinhielt, stellte sie am effizientesten sicher, dass er ausschließlich an sie dachte, während es ihr freistand, ob sie aus sicherer Entfernung dasselbe tat. Wenn sie in seinen Armen lag und dummes Zeug plapperte, konnten seine Gedanken schweifen, wohin sie wollten, doch wenn er am Telefon festsaß, sich finanziell ruinierte und alle anderen Pflichten vernachlässigte, waren seine Gedanken auf sie fixiert. Wenn sie sich dann schließlich sahen, beteuerte sie eilig, dass sie es kaum ausgehalten habe, und reklamierte so die Qual, die ihre ständig scheiternden Pläne erzeugten, skrupellos für sich.

Warum sollte sich jemand durch so viel Oberflächlichkeit freiwillig vernichten lassen, wenn nicht das verschüttete Bild einer lieblosen Frau nach einer äußeren Erscheinungsform verlangte? Warten lassen, im Stich lassen, hungern lassen nach dem Unerreichbaren: dies waren die Mechanismen, die das mächtige matriarchalische Stimulans in ein mächtiges mütterliches Sedativum verwandelten. Vor allem extravagante Verspätungen führten ihn auf direktem Weg in eine frühkindliche Verzweiflung zurück, wie damals, als er vergeblich auf der Treppe gesessen und auf seine Mutter gewartet hatte, voller Angst, sie sei tot.

Patrick empfand diese alten Gefühle plötzlich als physische Beengung. Er fuhr mit den Fingern an der Innenseite des Kragens entlang, um sicherzugehen, dass keine würgende Schlinge darunterlag. Er konnte das Lockmittel der Enttäuschung nicht mehr ertragen, auch nicht den siamesischen Zwilling, das Lockmittel des Trosts. Irgendwie musste er es schaffen, beide zu überwinden, aber erst einmal musste er um seine Mutter trauern. In gewisser Weise hatte er sie sein ganzes Leben lang vermisst. Er musste nicht um die verlorene Nähe trauern, sondern um das Ende der Sehnsucht nach Nähe. Wie vergeblich musste diese Sehnsucht gewesen sein, dass er sich damals so sehr in der Landschaft von Saint-Nazaire aufgelöst hatte. Wenn er sich etwas Unergründlicheres vorzustellen versuchte als sein altes Haus, dann malte er sich einfach aus, wie er dort stand, angestrengt Ausschau nach etwas Flüchtigem hielt, die Augen mit der Hand beschirmend, um eine Libelle zu beobachten, die um die Mittagszeit ins gleißende Wasser tauchte, oder Stare, die sich gegen die sinkende Sonne verwirbelten.

Er begriff jetzt, dass der Verlust von Saint-Nazaire die Trauer um seine Mutter nicht etwa verhinderte, sondern überhaupt erst ermöglichte. Der Abschied von der Phantasiewelt, durch die er seine Mutter ersetzt hatte, entließ ihn aus jener vergeblichen Sehnsucht und führte ihn in eine tiefere Trauer. Erst danach konnte er sich vorstellen, wie entsetzlich sich Eleanor, eine Frau mit so guten Absichten, geängstigt haben musste, dass sie ihrem Wunsch, ihn zu lieben, den er nicht bezweifelte, entsagt hatte, um stattdessen notgedrungen all die Angst und Panik an ihn weiterzugeben. Nun konnte er endlich um sie selbst trauern, und darüber, dass sie so eine tragische Persönlichkeit gewesen war.

6

Patrick hatte so gut wie keine Ahnung, was ihn bei der Trauerfeier erwartete. Da ihn die Todesnachricht während einer Geschäftsreise in Amerika erreicht hatte, hatte er geltend gemacht, er könne unmöglich irgendwelche Texte vorbereiten, und hatte alle Arrangements Mary überlassen. Erst gestern war er aus New York zurückgekehrt, gerade rechtzeitig, um noch mal in das Beerdigungsinstitut zu gehen, und jetzt, wo er neben Mary auf der Bank saß und zum ersten Mal nach der Gottesdienstordnung griff, merkte er, dass er auf diese Erkundung des verworrenen Lebens seiner Mutter gar nicht vorbereitet war. Eine Fotografie vorn auf dem kleinen Faltblatt zeigte Eleanor in den Sechzigerjahren, wie sie schwungvoll die Arme ausstreckte, als wolle sie die ganze Welt umarmen, die dunkle Brille fest auf der Nase, und noch kein drohendes Alkoholtestgerät weit und breit. Er zögerte, das Heftchen aufzuklappen; dies war genau die Konfusion, die Karambolage von Fakten und Gefühlen, der er seit Eleanors Flirt mit dem assistierten Suizid vor zwei Jahren durch geschicktes Manövrieren auszuweichen versucht hatte. Sie war als Persönlichkeit bereits gestorben, bevor ihr Körper starb, und er hatte versucht, so zu tun, als sei ihr Leben zu Ende, bevor es tatsächlich zu Ende war, doch kein Maß der Vorwegnahme konnte die Anforderungen eines echten Todesfalls simulieren, und jetzt beugte er sich vor, in einer Mischung aus Verlegenheit, Angst und dem Bedürfnis auszuweichen, und legte die Gottesdienstordnung auf die Ablage zurück. Er würde noch früh genug herausfinden, was darin stand.

Er war nach Amerika gereist, nachdem er von Brown and Stone LLP, den Anwälten der John J. Jonson Corporation, liebevoll »Dreifach-Jot« genannt, einen Brief erhalten hatte. Sie seien von »der Familie« – Patrick hatte mittlerweile Henry im Verdacht – darüber informiert worden, dass Eleanor Melrose nicht mehr imstande sei, ihre Geschäfte selbst zu führen, und da es sich bei ihr um die Nutznießerin eines von ihrem Großvater gegründeten Trusts handle, dessen ultimativer Nutznießer Patrick sei, sollten Maßnahmen ergriffen werden, ihm eine US-Prokura zu verschaffen, damit er das Geld im Namen seiner Mutter verwalten könne. All dies war Patrick neu, und wieder einmal erstaunte ihn das Talent seiner Mutter zur Heimlichtuerei. Vor lauter Verblüffung vergaß er zu fragen, wie viel der Trust enthielt, und bestieg das Flugzeug nach New York, ohne zu wissen, ob man ihm die Verantwortung für zwanzigtausend oder für zweihunderttausend Dollar übertragen würde.

Joe Rich und Peter Zirkovsky empfingen ihn an einem ovalen Tisch in einem der kleineren Konferenzräume von Brown and Stone's mit Glasfront auf die Lexington Avenue. Statt der schwefelgelben Notizblöcke, die er erwartet hatte, gab es hier liniertes cremefarbenes Papier, auf dem oben, Blatt für Blatt, elegant der Name der Kanzlei gedruckt stand. Eine Assistentin fotokopierte Patricks Pass, während Joe den Arztbrief begutachtete, der Eleanors Geschäftsunfähigkeit bezeugte.

»Ich hatte ja keine Ahnung von diesem Trust«, sagte Patrick.

»Ihre Mutter hat das wohl als nette Überraschung geplant«, meinte Peter mit trägem Lächeln.

»Durchaus möglich«, sagte Patrick nachsichtig. »Wohin fließen die Einkünfte?«

»Momentan schicken wir sie an …« Peter überflog ein Blatt Papier, »die *Association Transpersonnel* bei der *Banque Populaire de la Côte d'Azur* in Lacoste, Frankreich.«

»Das können Sie gleich unterbinden«, sagte Patrick.

«Moment, ganz langsam«, sagte Joe. »Wir müssen Ihnen erst die Vollmacht verschaffen.«

»Deshalb hat sie mir nichts davon gesagt«, meinte Patrick, »weil sie immer noch mildtätig ihren Lieblingsverein in Frankreich subventioniert, während ich in London ihre Pflegeheimkosten bezahlen darf.«

»Vielleicht hat sie ihre Handlungsfähigkeit verloren, bevor sie die Bestimmungen ändern konnte«, schlug Peter vor, der entschlossen schien, Patrick mit einer liebenden Mutter auszustatten.

»Der Brief ist in Ordnung«, sagte Joe. »Wir müssen Sie jetzt bitten, ein paar Dokumente zu unterschreiben, die wir dann notariell beglaubigen lassen werden.«

»Über welche Summe sprechen wir?«, fragte Patrick.

»Es ist kein großer Jonson-Trust, und er hat bei der jüngsten Börsenkorrektur gelitten«, sagte Joe.

»Hoffen wir, dass er sich von jetzt an nicht mehr korrigieren lässt«, sagte Patrick.

»Die aktuellste Schätzung, die uns vorliegt«, meinte Peter mit einem Blick in seine Unterlagen, »sind zwei Komma drei Millionen Dollar, mit einem geschätzten Ertrag von achtzigtausend.«

»Ach, na ja, eine ganz brauchbare Summe«, meinte Patrick und bemühte sich, leicht enttäuscht zu klingen.

»Genug, um sich ein Cottage auf dem Land zu kaufen«, sagte Peter und ahmte geradezu absurd schlecht einen englischen Akzent nach. »Ich habe gehört, dass die Immobilienpreise da drüben ziemlich verrückt spielen.«

»Genug, um sich ein zweites Zimmer zu kaufen«, sagte Patrick, was Peter höfliches Gelächter entlockte, obwohl Patrick tatsächlich nichts einfiel, das er sich sehnlicher gewünscht hätte, als den Schlafbereich wieder von der Sitzecke trennen zu können.

Während er die Lexington Avenue entlang zu seinem Hotel in Gramercy Park ging, gewöhnte Patrick sich allmählich an sein seltsames Glück. Der lange Arm seines Urgroßvaters, der über ein halbes Jahrhundert vor Patricks Geburt gestorben war, holte ihn jetzt aus seinen beengten Verhältnissen und bescherte ihm eine Wohnung, in der vielleicht auch einmal seine Kinder übernachten oder Freunde ihn besuchen konnten. Derweil ließ sich damit auch das Pflegeheim seiner Mutter finanzieren. Der Gedanke, dass ein wildfremder Mensch nun einen so mächtigen Einfluss auf sein Leben haben würde, war verwirrend. Selbst sein Wohltäter hatte das Geld schon geerbt. Es war sein Vater gewesen, der im Jahr 1832 die Jonson Candle Company in Cleveland gegründet hatte. 1845 war sie zu einer der lukrativsten Kerzenfirmen im ganzen Land geworden. Patrick erinnerte sich, einmal die dröge Erklärung des Firmengründers für seinen Erfolg gelesen zu haben: »Wir kannten ein neues Verfahren, um Billigfette zu destillieren. Unsere Konkurrenten verwendeten teuren Talg und teures Schweineschmalz. Kerzen standen hoch im Kurs, und mehrere Jahre lang machten wir satte Gewinne.« Später diversifizierte sich die Firma in Paraffin, Ölaufbereitung und Härteverfahren und entwickelte ein patentiertes Gemisch, das weltweit zu einem unverzichtbaren Bestandteil bei der chemischen Reinigung wurde. Die Jonsons kauften auch Häuser und Grundstücke in San Francisco, Denver, Kansas City, Toledo, Indianapolis, Chicago, New York, Trinidad und Puerto Rico, doch das ursprüngliche Vermögen beruhte auf den zähen Anstrengungen des Firmengründers, der »bei der Arbeit starb«, als er in einer seiner eigenen Fabriken durch eine Luke stürzte, aber es beruhte auch auf jenen »Billigfetten«, die nun, hundertsiebzig Jahre nach ihrer Entdeckung, immer noch das Leben eines seiner Nachfahren schmierten.

John J. Jonson Jr., Eleanors Großvater, war bereits sechzig, als er schließlich heiratete. Er hatte im Dienste des expandierenden Familienbetriebs die ganze Welt bereist und war aus China nur deshalb zurückgerufen worden, weil sein Neffe Sheldon bei einem Rodelunfall in der St. Paul's School ums Leben gekommen war. Sein ältester Neffe, Albert, war bereits ein Jahr zuvor in Harvard an Lungenentzündung gestorben. Es gab keine Erben für das Jonson'sche Vermögen, und Sheldons trauernder Vater, Thomas, teilte seinem Bruder mit, es sei nun seine Pflicht, zu heiraten. John fügte sich in sein Schicksal, heiratete nach kurzer Brautwerbung die Tochter eines Generals und zog nach New York. In rascher Folge zeugte er drei Töchter und fiel dann tot um, nicht ohne zuvor eine Vielzahl von Trusts gegründet zu haben, von denen nun einer auf verschlungenen Wegen an Patrick gefallen war, wie der an diesem Nachmittag entdeckt hatte.

Was hieß diese langfristige Begünstigung, und was besagte sie über einen Gesellschaftsvertrag, der es einem reichen Mann erlaubte, all seine Nachkommen über fast zweihundert Jahre hinweg von der Notwendigkeit zu befreien, arbeiten zu müssen? Es hatte etwas Schändliches, von immer weiter entfernten Vorfahren gerettet zu werden. Nachdem er das

Geld aufgebraucht hatte, das von einer ihm fast unbekannten Großmutter stammte, kam nun Geld von einem Urgroßvater, den er überhaupt nicht gekannt haben konnte. Er wäre nicht imstande gewesen, aus einem Stapel sepiabrauner Daguerreotypien das Gesicht dieses Mannes herauszusuchen, und so konnte er nur abstrakte Dankbarkeit empfinden. Die Ironie dieses dynastischen Stroms war ebenso großartig wie die Ironie, die die Philantropie Eleanors oder ihrer Großtante Virginia erzeugt hatte. Zweifellos hatten Patricks Großmutter und sein Urgroßvater gehofft, einem Senator zur Macht zu verhelfen, eine berühmte Kunstsammlung zu bereichern oder eine glänzende Heirat zu fördern, doch am Ende hatten sie hauptsächlich Müßiggang, Trunksucht, Verrat und Ehescheidungen subventioniert. Aber war die Ironie der Besteuerung denn besser? Geld für Schulen und Krankenhäuser und Straßen und Brücken zu sammeln, und es dann auszugeben, um Schulen, Krankenhäuser, Straßen und Brücken in selbstzerstörerischen Kriegen in die Luft zu jagen? Schwierig, sich zwischen diesen auf unterschiedliche Art absurden Methoden des Vermögenstransfers zu entscheiden, doch fürs Erste würde er einfach der Freude nachgeben, dass er von einer speziellen Form des amerikanischen Kapitalismus profitierte. Nur in einem Land, das nicht vom Erstgeburtsrecht und der *égalité* bestimmt wurde, war es möglich, dass selbst die fünfte Generation einer Familie noch Anteile aus einem Vermögen erhielt, das im Wesentlichen in den 1830er-Jahren gebildet worden war. Patricks Freude koexistierte friedlich neben seinem Missfallen, als er sein schummriges, parfümiertes Hotel betrat, das aussah wie ein spanisches Edelbordell aus einem Filmset – die Zimmernummern waren in den Teppich eingenäht, wohl in der Annahme, dass die Gäste nach irgendeiner Beinahe-Überdosis auf allen vieren den dunklen Flur entlangkrochen und ihr Zimmer suchten.

Das Telefon klingelte, als er in dem Samtschmuckkästchen von Zimmer ankam, das in das urintrübe Licht der Pergament-Lampenschirme und des zu erwartenden Katers getaucht war. Er tastete sich zum Nachttisch vor und knallte mit dem Schienbein gegen die geschwungenen Beine eines Stuhls, dessen Design der virilen Weichlichkeit einer Stierkämpferjacke nachempfunden schien, mit riesigen Epauletten, die stolz von der steifen Lehne hingen.

»Scheiße«, sagte er, als er den Hörer abnahm.

»Alles in Ordnung?«, fragte Mary.

»Oh, hallo, entschuldige, du bist's. Ich hab mich nur gerade an diesem verdammten Matadorstuhl aufgespießt. Man sieht ja nichts in diesem Hotel. Die sollten an der Rezeption Helme mit Grubenlampen ausgeben.«

»Hör mal, ich habe schlechte Neuigkeiten.« Sie brach ab.

Patrick legte sich auf die Kissen zurück und wusste irgendwie schon, was sie sagen würde.

»Eleanor ist letzte Nacht gestorben. Es tut mir leid.«

»Welche Erleichterung«, sagte Patrick trotzig. »Unter anderem ...«

»Ja«, sagte Mary und es wirkte, als akzeptiere sie alles im Voraus.

Sie vereinbarten, dass sie am nächsten Morgen reden würden. Patrick verspürte den inbrünstigen Wunsch, in Ruhe gelassen zu werden, dem nur der ebenso inbrünstige Wunsch gleichkam, nicht in Ruhe gelassen zu werden. Er öffnete die Minibar und hockte sich im Schneidersitz auf den Boden, starrte die Innenseite der Tür an, voller Mini-Fläschchen, die im grellen Licht des kleinen weißen Kühlschranks leuchteten. In den Fächern standen Wein- und Wassergläser, daneben lagen Pralinen, Jellybeans, gesalzene Nüsse, Leckereien und allerlei Bestechungsgeschenke für müde Leiber und quengelnde Kinder. Er schloss den Kühlschrank und die Schranktür und kletterte vorsichtig auf das rote Samtsofa, wobei er, so gut es ging, dem Matadorstuhl auswich.

Er durfte nicht vergessen, dass erst vor einem Jahr Halluzinationen in sein hilfloses Bewusstsein eingeschlagen hatten wie Geschosse in eine belagerte Stadt. Er legte sich aufs Sofa, presste sich ein reich besticktes Kissen auf den bereits schmerzenden Magen und glitt mühelos in die deliröse Geistesverfassung von damals, in seinem kleinen Zimmer in der Priory. Er erinnerte sich an die Geräusche, die er gehört hatte: das Kratzen einer Metallfeder, das Flattern von Mottenflügeln auf einer Fliegengittertür, das scharfe Sirren, wie wenn ein Fleischmesser geschliffen wird, das Kieselsteinklackern einer zurückweichenden Welle, als seien all diese Dinge im selben Raum wie er, oder eher, als sei er im selben Raum wie sie. Es gab da einen aufgebrochenen Gesteinsbrocken, gestreift mit hektisch glitzerndem Quarz, der ziemlich oft am Fußende des Betts lag. Blaue Hummer erkundeten mit ihren feinen Fühlern die Ränder der Fußleiste. Manchmal ergriffen ganze Szenen von ihm Besitz. Zum Beispiel hatte er das über eine nasse Straße strömende Licht von Bremsleuchten vor Augen, einen verqualmten Autoinnenraum, das Wummern vertrauter Musik, einen aufgeblähten Wassertropfen, der rasch die Windschutzscheibe hinabrann und auf seinem Weg andere Tropfen verschlang, und dabei hatte er dann das Gefühl, diese Atmosphäre sei die tiefste Erfahrung, die er je gemacht hatte. Dass diesen zwanghaften Wachträumen alles Narrative fehlte, erzeugte ein noch geheimnisvolleres Gefühl der Verbundenheit. Statt sich über den Wüstenboden gewöhnlicher Zeitabfolgen zu schleppen, wurde er in eine ozeanische Nacht getaucht, die vereinzelt von biolumineszierenden Leuchtfeuern erhellt wurde. Wenn er aus diesen Zuständen auftauchte, hatte er keine Ahnung, wie er seiner Selbsthilfegruppe deren aufwühlende Kraft beschreiben sollte, und er empfand starkes Verlangen nach seiner Frühstücksration Oxazepam.

Das alles konnte er jederzeit wiederhaben, wenn er ein paar Monate lang heftig trank – nicht nur die quecksilbrigen Sümpfe zu Beginn des Entzugs, mit ihren toxischen, flüchtigen, zerklirrenden Spiegelungen und das diskrete Delirium der nächsten beiden Wochen, sondern auch die gesamte Gruppentherapie. Er wusste noch gut, wie am dritten Tag in der Alkoholabhängigengruppe, als er am liebsten aus dem Fenster gesprungen wäre, ein Oldtimer vorbeikam – zu den zitternden Frischlingen, die noch ganz am Beginn der Genesung standen – um seine Erfahrungen, seine Stärke und seine Hoffnung in die Gruppe einzubringen. Dieser gepflegte Ex-Methylalkoholiker mit weißem Haar und orange verfärbten Raucherfingern hatte die Lebensweisheit eines noch älteren Oldtimers zitiert, der »in diesen heiligen Hallen wieder zur Besinnung kam«: »Angst klopfte an die Tür!« (Pause) »Mut öffnete die Tür!« (Pause) »Und da stand niemand!« (Lange Pause). Und nicht nur das konnte er wiederhaben, sondern auch den schottischen Leiter der Depressions-Selbsthilfegruppe, der eine goldige Eselsbrücke für die Macht der Projektion erfunden hatte: »Du siehst, was du bist, und du bist, was du siehst.« Und dann waren da die »Tiefpunkte« der anderen Patienten zu überdenken; der Mann, der neben seiner Freundin erwachte und sich nicht mehr erinnerte, dass er sie nachts mit einem Küchenmesser aufgeschlitzt hatte; der Wochenendgast, der von handbemalten Tapeten umgeben war, und sich nicht mehr erinnern konnte, dass er sie selbst mit Exkrementen beschmiert hatte; die Frau, deren Arm amputiert werden musste, weil die Spritze, die sie in der Wohnung eines Freunds vom Betonboden aufgelesen hatte, mit einem fleischfressenden Superbakterium infiziert gewesen war; die Mutter, die ihre verängstigten Kinder allein in einem einsamen Farmhäuschen zurückließ, um zu ihrem Dealer nach London zu fahren, und noch zahllose Geschichten weniger drastischen Elends – Momente der Scham, die auf der Pilgerreise der Genesung zu »lichten Momenten« führten.

Angesichts all dessen kam die Minibar also nicht infrage. Sein Monat in der Priory hatte gewirkt. Wenn ihm etwas zutiefst klar geworden war, dann dies: Betäubung war das Vorspiel zu Angst, Aufputschung das Vorspiel zu Erschöpfung und Trost das Vorspiel zu Enttäuschung, und so lag er auf dem roten Samtsofa und unternahm nichts, um sich von der Todesnachricht abzulenken. Er blieb die ganze Nacht auf und fühlte sich auf wenig überzeugende Art taub. Um fünf Uhr morgens, in der Annahme, Mary in London habe die Kinder in die Schule gebracht und sei wieder zurück, rief er sie zu Hause an, und sie kamen überein, dass Mary alles Nötige für die Beerdigung regeln würde.

Das Verstummen der Orgel riss Patrick aus seinen Tagträumen. Erneut nahm er das Faltblatt von der schmalen Ablage, konnte aber keinen Blick hineinwerfen, weil aus den Lautsprechern in den Ecken des Raums plötzlich Musik dröhnte. Er erkannte den Song, kurz bevor die tiefe, schwarze, fröhliche Stimme durchs Krematorium schallte.

Oh, I got plenty o' nuthin',
An' nuthin's plenty fo' me.
I got no car, got no mule, I got no misery.
De folks wid plenty o' plenty
Got a lock on dey door,
'Fraid somebody's a-goin' to rob 'em
While dey's out a-makin' more.
What for?

Patrick wandte den Kopf und lächelte Mary spitzbübisch an. Sie lächelte zurück. Plötzlich empfand er irrationale Schuldgefühle, weil er ihr noch nichts von dem Trust erzählt hatte, als sei er jetzt, wo er nicht mehr ganz so viel *nuthin'* hatte, nicht mehr berechtigt, den Song zu hören. *More / What for*, dieser Reim hätte es verdient, dass man ihn öfters gebrauchte.

I got plenty o' nuthin',
An' nuthin's plenty fo' me.
I got de sun, got de moon, got de deep blue sea.
De folks wid plenty o' plenty,
Got to pray all de day.
Seems wid plenty you sure got to worry
How to keep de Debble away,
A-way.

Patrick fand Porgys Beharren auf der Sündhaftigkeit der Reichen unterhaltsam. Er hatte das Gefühl, Eleanor und Tante Virginia hätten zugestimmt. Schließlich waren die Wucherer, bevor sie zu den Herrschern über das Universum ernannt wurden, im siebten Kreis der Hölle gelandet. Ein Feuerregen ging auf sie nieder, und die Ruhelosigkeit ihrer Hände war die Strafe dafür, dass sie mit diesen Händen zu Lebzeiten nichts Nützliches oder Gutes vollbracht, sondern die Arbeitskraft anderer Menschen ausgebeutet hatten. Auch von der weniger unbeschwerten Position einer Person aus, die zu den *folks wid plenty o' plenty* gehörte, und selbst um den Preis des Hirngespinsts, zu glauben, Leute mit *plenty o' nuthin'* hätten vom Teufel nichts zu befürchten – Eleanor hätte Porgys Ansichten beigepflichtet. Patrick bot für den letzten Teil des Songs noch einmal seine ganze Konzentration auf.

Never one to strive
To be good, to be bad –
What the hell! I is glad
I's alive.
Oh, I got plenty o' nuthin',
An' nuthin's plenty fo' me.
I got my gal, got my song,
Got Hebben de whole day long.
(No use complainin'!)
Got my gal, got my Lawd, got my song!

»Tolle Wahl«, flüsterte Patrick Mary zu und nickte dankbar. Wieder griff er nach der Gottesdienstordnung, endlich war er so weit, einen Blick hineinwerfen zu können.

7

Widerlich, dachte Nicholas, wenn so ein Jude wegen eines Negers sentimental wird: Ihr Glücklichen, ihr habt *plenty o' nuthin*, wogegen wir unter der Last des internationalen Kapitals und solcher erbärmlichen Broadway-Hits stöhnen. Wenn Songwritern nichts mehr einfällt, sagte Nicholas, der schon für später übte, zu sich selbst, dann fahren sie immer die Himmelskörper auf. *De things dat I prize / Like de stars in de skies / All are free.* Kaum überraschend – für eine mehrere Millionen Lichtjahre entfernte Wasserstoffbombe konnte man wohl keine hohe Miete verlangen. Es war schon schwer genug, einen Bankier zu überreden, angemessen viel für das hübsche denkmalgeschützte Witwenhäuschen im Queen-Anne-Stil herauszurücken, das man in Shropshire besaß, für das er übers Wochenende nicht zum Mond fliegen musste. Apropos »zu weit weg von London«, wo man, endlich dort angekommen, nichts anderes tun konnte, als durch die Gegend zu hüpfen, während der Sauerstoff knapp wurde. Es gab so etwas wie die Ungerechtigkeit der Welt. Sechzig Prozent der *Titanic*-Passagiere Erster Klasse überlebten; aber nur fünfundzwanzig Prozent der Passagiere Zweiter Klasse, und vom Zwischendeck niemand. Die Welt war eben ungerecht. »Klar, Boss, dankbar«, flüsterte Nicholas mit einfältigem Lächeln, »*I got de deep blue sea.*«

O Gott, was geschah denn jetzt? Die grauenhafte »spirituelle Schachtel« erklomm das Rednerpult. War das noch zu ertragen? Was machte er hier überhaupt? Letztlich war er genauso sentimental wie der dumme alte Ira Gershwin. Er war wegen David Melrose gekommen. In vielerlei Hinsicht war David ein obskurer Versager gewesen, aber er hatte eine kostbare und rare Eigenschaft besessen: pure Verachtung. Wie ein Koloss hatte er über die Moral der Spießer triumphiert. Andere rangen sich hin und wieder bigotte Bemerkungen ab, doch David verkörperte die absolute Geringschätzung der herrschenden Meinung. Man musste sich einfach nach Kräften bemühen, diese Tradition aufrechtzuerhalten.

Für Erasmus waren die interessantesten Zeilen zweifelsohne *Never one to strive / To be good, to be bad / What the hell! I is glad / I's alive.* Da schwang Nietzsche mit, natürlich, und Rousseau (zwangsläufig), aber auch das *Diamant-Sutra.* Porgy hatte höchstwahrscheinlich nichts von alledem gelesen. Trotzdem war es legitim, hier den nachhaltigen Einfluss einer bestimmten Ideenfamilie zu erkennen, nämlich die der Tradition des Nicht-Strebens und eines natürlichen Zustands, der einer auf Regeln basierenden Moral vorausging und sie in gewisser Hinsicht überflüssig machte. Vielleicht konnte er Mary nach der Begräbnisfeier noch treffen. Sie war immer so empfänglich gewesen. Daran dachte er manchmal.

Gott sei Dank gibt es Leute, die mit Nichts glücklich und zufrieden sind, dachte Julia, damit Leute wie ich (und alle anderen Menschen, die ich kenne) *mehr* haben können. Ihr fiel im Grunde kein einziger Satz ein, in dem das grässliche Wort »genug« irgendwie stimmte, ganz zu schweigen von einem

Satz, der von »nichts« schwärmte. Trotzdem passte der Song eigentlich perfekt zu Patricks schrulliger Mutter und taugte gleich noch als peppige Enterbungshymne. Hut ab vor Mary, wie immer. Julia seufzte bewundernd. Vermutlich war Patrick zu »aufgewühlt« gewesen, um etwas geregelt zu bekommen, und hatte die Heilige Mary gebeten, ihn zu vertreten.

Also ehrlich, dachte Nancy, es ist doch geradezu lächerlich, die Gershwin-Brüder zu bemühen, wenn der eigene Patenonkel der göttliche Cole Porter ist! Warum hatte Mummy ihn bloß an die desinteressierte Eleanor verschwendet, wo sie, Nancy, die Porters Glamour und Esprit wirklich zu schätzen wusste, ihn doch gern für sich gehabt hätte? Natürlich war auch *Porgy and Bess* nicht ohne Glamour. Sie hatte mal mit Hansie und Dinkie Guttenburg eine große New Yorker Premiere besucht und sich phantastisch amüsiert; man war hinter die Bühne gegangen, um allen zu gratulieren. Die wahren Stars schüchterte die Begegnung mit einem schrecklich gut aussehenden, heftig stotternden deutschen Prinzen keineswegs ein, aber man sah es den kleinen Revuetänzerinnen an, dass manche nicht wussten, ob sie knicksen, die Revolution ausrufen oder seine Frau vergiften sollten. Diese Szene würde sie definitiv in ihr Buch aufnehmen, da hatte einfach alles gestimmt, im Gegensatz zu dieser tristen Beerdigung. Also ehrlich, Eleanor machte der ganzen Familie Schande, und sich selbst natürlich auch.

Auf dem Weg zum Rednerpult dachte Annette verblüfft über den scheinbaren Zufall, die Verbindungen, die achtsame Wahl dieses wundervollen spirituellen Songs nach. Erst gestern hatten Seamus und sie an ihrem liebsten Kraftort auf der Terrasse von Saint-Nazaire gesessen (und sie zum Herzchakra des ganzen Anwesens erklärt, was, wenn man es sich recht überlegte, völlig einleuchtend war) und Eleanors einzigartige Gaben mit einem Glas Rotwein gefeiert, und ausgerechnet da hatte Seamus Eleanors unglaublich starke Beziehung zu den Afro-Amerikanern erwähnt. Er hatte das Privileg genossen, bei einigen von Eleanors Reisen in ihre früheren Leben anwesend sein zu dürfen, und es hatte sich herausgestellt, dass sie im amerikanischen Bürgerkrieg eine geflohene Sklavin gewesen war, die sich mit einem Baby im Arm in den abolitionistischen Norden durchgeschlagen hatte. Es war ihr anscheinend schlimm ergangen, sie konnte ihre Flucht nur nachts fortsetzen, mitten im Winter, musste sich in Straßengräben verstecken und ständig um ihr Leben fürchten. Und jetzt, gleich am nächsten Tag, bei Eleanors Beerdigung, sang ein Mann, der offensichtlich Nachkomme einer Sklavin war, diesen wunderbaren Text! Und vielleicht – Annette blieb beinahe stehen, ganz überwältigt von den Perspektiven der magischen Zufälle und Fügungen, die sich da vor ihr auftaten – vielleicht war er eben jenes Baby, das Eleanor damals in die Freiheit getragen hatte, durch die Gräben und die Nacht, und das nun zu einem stattlichen Mann mit tiefer, volltönender Stimme herangewachsen war! All das war beinahe unerträglich schön, doch Annette hatte eine Pflicht zu erfüllen, und so riss sie sich bedauernd aus der wunderbaren Dimension, in die ihre Gedanken sie geführt hatten, stand nun direkt am Rednerpult und entfaltete die Blätter, die sie aus der Tasche ihres Kleids gezogen hatte. Sie berührte die Bernsteinkette, die sie im Mutter-Meera-Geschenkeshop gekauft hatte, als sie mit dem Avatar Talheim beim *Darshan* gewesen war. Wundersam gestärkt durch die schweigende Inderin, deren Blick bedingungsloser Liebe ihre Seele durchleuchtet und sie auf den Weg der Heilung geführt hatte, dem sie bis heute folgte, wandte sich Annette an die Trauergemeinde, und ihre Stimme schwankte zwischen schmerzvollem Zartgefühl und dem Erfordernis, laut genug zu sprechen.

»Ich werde mit einem Gedicht beginnen, von dem ich weiß, dass es Eleanor am Herzen lag. Sie hat es übrigens durch mich kennengelernt, und ich weiß, wie sehr sie sich davon angesprochen fühlte. Sicherlich ist es vielen von Ihnen vertraut. Es handelt sich um ›Die Seeinsel von Innisfree‹ von William Butler Yeats. Sie begann, in beschwingtem Tonfall laut zu flüstern:

Ich steh jetzt auf und gehe nach Innisfree sofort,
Aus Lehm und Reisig bau ich mir eine Hütte dort,
Und hab neun Reihen Bohnen, ein Bienenvolk,
das brummt,
Und leb allein im Wald, von Bienen umsummt.

Während es höchst kultiviert ist, sich neun Austern zu bestellen, dachte Nicholas, haftet neun Reihen Bohnen doch etwas vollkommen Absurdes an. Austern gab es normalerweise im Dutzend und halben Dutzend – seines Wissens wuchsen sie im Dutzend und halben Dutzend auf dem Meeresboden –, darum war es natürlich stilvoll, sich neun zu bestellen. Bohnen wiederum wuchsen auf unübersichtlichen Feldern und in üppigen Mengen, weshalb die pedantisch präzise Zahl *neun* lächerlich wirkte. Zumindest evozierte sie die unstimmige Vorstellung einer Vorstadt-Gartenparzelle, die ganz gewiss keinen Platz bot für eine Hütte aus Lehmflechtwerk und eine von Bienengesumm erfüllte Lichtung. Zweifellos glaubte die spirituelle Schachtel, dass ›Innisfree‹ den Höhepunkt von Yeats' Schaffen verkörpere, und zweifellos passte eine Keltendämmerung mit ihrer gewollten Unschuld und ihren kitschigen Effekten perfekt zu Eleanors weltfremder Weltanschauung, aber im Grunde war der irische Barde nur einmal aus einem komplett irrelevanten malvenfarbenen Nebel aufgetaucht, nämlich als er zum Sprachrohr des aristokratischen Ideals wurde.

Gewiß, im Blumengarten eines reichen Manns,
Da wo es sachte in der Pflanzung raschelt,
Heißt Leben Überfluss und nicht Geracker;
Es sprudelt übervoll aus den Bassins.

Das waren die einzigen Zeilen von Yeats, die auswendig zu lernen sich lohnte, und das war gut so, weil es auch die einzigen waren, die er sich merken konnte. Jene Zeilen leiteten eine Betrachtung über die »bitteren, zornigen« Männer ein, die große Taten vollbrachten und große Häuser errichteten, und darüber, was aus dieser Größe wurde, wenn sie im Lauf der Zeit zu einem reinen Privileg verkam. ›*Dazu der Urenkel von jenem Haus, / Ist's, Bronze, Marmor hin und her, bloß eine Maus.*‹ Eine riskante Zeile, hätte man nicht tatsächlich schon so viele von Mäusen befallene Häuser erlebt. Deshalb war es laut Yeats so unerlässlich, bitter und zornig zu bleiben, um sich der lähmenden Wirkung ererbten Ruhms zu entziehen.

Für die zweite Strophe verdoppelte Annette die gepeinigte Sanftmut ihrer Stimme.

Dort find ich etwas Frieden, dort tröpfelt Frieden stille,
Tropft von des Morgens Schleiern ins Gras, da singt die Grille;
Dort wird die Nacht ein Glitzern, der Mittag Purpurschein,
Der Abend ein Geräusch von Hänflingsflügeln sein.

»Dort tröpfelt Frieden stille«, dachte Henry, wie schön. Je tiefer die Stille wurde und je stärker der Jetlag, desto länger dehnten sich die Zeilen, und stille, ganz stille sank ihm der Kopf auf die Brust. Er brauchte einen Espresso, sonst vernebelten ihm die Morgenschleier noch gänzlich den Verstand. Er war wegen Eleanor hier, Eleanor auf dem Teich in Fairley, sie saß allein im Ruderboot und weigerte sich zurückzurudern, und alle standen am Ufer und schrien: »Komm zurück! Deine Mutter ist hier! Deine Mutter ist gekommen!« Für ein Mädchen, das einem vor lauter Schüchternheit nicht in die Augen zu blicken vermochte, hatte sie störrisch wie ein Esel sein können.

»Da singt die Grille«, dachte Patrick. Dort lebst auch du mit Seamus in meinem alten Zuhause. Er stellte sich das schrille Zirpen vor, das aus dem Gras drang und sich allmählich steigerte, Zikade um Zikade, vibrierende Klangwellen, als flirre Hitze hörbar über der ausgedörrten Erde.

Mary bemerkte erleichtert, dass *plenty o' nuthing* offenbar bei Patrick gut angekommen war, und fand, dass die scheinbare Schlichtheit von »Innisfree« auf bezaubernde Weise an Eleanors Sehnsucht erinnerte, die dunkle Komplexität des Lebens um jeden Preis auszuklammern. Nicht ganz so entspannt sah Mary der Rede entgegen, um die sie Annette gebeten hatte. Aber was war ihr anderes übrig geblieben? Diese Seite von Eleanors Leben ließ sich nicht leugnen, und von allen Anwesenden hier war Annette am besten geeignet, darüber zu sprechen. Zumindest hätte Patrick dann etwas, über das er sich tagelang ereifern konnte. Sie lauschte dem einlullenden Singsang, in dem Annette die letzte Strophe von ›Innisfree‹ vortrug, mit wachsender Sorge.

Ich steh jetzt auf und gehe, denn ich hör Tag und Nacht
Den See ans Ufer plätschern, die Wellen kräuseln sacht:
Gleich, ob ich auf dem Feldweg, auf grauem Pflaster steh,
Ganz tief im Herzen hör ich den See.

Annette schloss die Augen und griff wieder nach ihrer Bernsteinkette. »Om namo Matta Meera« murmelte sie und schöpfte so neue Kraft für die Rede, die sie nun halten würde.

»Jeder von Ihnen wird Eleanor auf andere Art gekannt haben und viele von Ihnen schon viel länger als ich«, sagte sie mit verständnisvollem Lächeln. »Ich kann nur über die Eleanor sprechen, die ich kannte, und während ich versuchen werde, dieser wunderbaren Frau Gerechtigkeit widerfahren zu lassen, hoffe ich, dass Sie die Eleanor, die Sie kannten, an jenem Ort in Erinnerung behalten werden, den Yeats ›tief im Herzen‹ nennt. Und doch, wenn ich Ihnen nun eine Seite von Eleanor zeigen werde, die Sie nicht kannten, bitte ich Sie einfach nur, auch diese Eleanor in Ihr Herz zu lassen, sie in Ihr Herz zu lassen, zu jener Eleanor, die jeder von Ihnen dort bereits bewahrt.«

O mein Gott, dachte Patrick, ich will hier raus. Er stellte sich vor, durch den Boden zu verschwinden, mit einer Schaufel und ein paar Hochbettlatten bewaffnet, während die Titelmusik von *Gesprengte Ketten* ertönte. Gerade als er unterm Krematorium durch einsturzgefährdete Tunnel kroch, zerrte ihn Annettes unerträgliche Stimme wieder zurück.

»Ich bin Eleanor das erste Mal begegnet, als wir in einer Gruppe vom Dubliner Heiltrommel-Frauenkreis nach Saint-Nazaire eingeladen wurden, in ihr wundervolles Haus in der Provence, das sicherlich viele von Ihnen kennen. Als wir in unserem Minibus die Einfahrt entlangfuhren, sah ich Eleanor zum ersten Mal: Sie saß auf der Mauer des großen Teichs, die Hände unter die Schenkel geschoben, und sah aus wie ein einsames kleines Kind, das mit den Beinen schlenkert und zu seinen Schuhen hinabguckt. Als wir den Teich erreichten, empfing sie uns buchstäblich mit offenen Armen; doch ich habe nie jenen ersten Eindruck vergessen, so wie sie vermutlich nie die Verbindung zu ihrem inneren Kind verloren hat, das sie so leidenschaftlich daran glauben ließ, dass es Gerechtigkeit geben könne, dass eine Transformation des Bewusstseins möglich ist, und dass man in jedem Menschen und jeder Situation das Gute finden kann, auch wenn es sich auf den ersten Blick noch so gut verbergen mag.«

Natürlich ist eine Transformation des Bewusstseins möglich, dachte Erasmus, aber was ist das? Wenn ich elektrischen Strom durch meinen Körper leite oder meine Nase in die weichen Blütenblätter einer Rose tauche, oder wenn ich Greta Garbo imitiere, dann verändere ich mein Bewusstsein; es ist sogar unmöglich, die ständige Transformation des Bewusstseins zu unterbinden. Aber ich kann nicht beschreiben, was es *an sich* ist; es ist zu nah, als dass man es sehen, zu allgegenwärtig, als dass man es greifen, und zu transparent, als dass man darauf deuten könnte.

»Eleanor war einer der großzügigsten Menschen, den zu kennen ich je die Ehre hatte. Man brauchte nur anzudeuten, dass man etwas benötigte – wenn es in ihrer Macht stand, die Bitte zu erfüllen, ergriff sie die Gelegenheit mit solcher Begeisterung, dass es aussah, als habe man eher ihr geholfen als sie der bittenden Person.«

Patrick stellte sich den schlichten Charme des Dialogs vor:

Seamus: Ich hab gedacht, es könnte, äh, das Bewusstsein erweitern, wenn man, na ja, einen kleinen Weiler besäße, umringt von Weinbergen und Olivenhainen, irgendwo, wo's ein bisschen sonnig ist.

Eleanor: Oh, das ist ja unglaublich! So etwas besitze ich doch! Wollt ihr's haben?

Seamus: Oh, vielen Dank, klar. Unterschreiben Sie hier und hier und hier.

Eleanor: Sie haben mir ja so geholfen! Jetzt habe ich nichts mehr.

»Nichts«, sagte Annette, »bereitete ihr zu viel Mühe. Anderen zu dienen, war ihr Lebenszweck, und es war eindrucksvoll, welche Anstrengungen sie unternahm, Menschen bei der Erfüllung ihrer Träume behilflich zu sein. Eine Flut dankbarer Briefe und Postkarten erreichte die Stiftung aus allen Teilen der Welt. Ein junger kroatischer Wissenschaftler, der an einem ›Null-Energie-Brennelement‹ forschte – fragen Sie mich nicht, was das ist, aber es wird unseren Planeten retten –, ist ein solches Beispiel. Ein peruanischer Archäologe, der erstaunliche Beweise dafür entdeckt hat, dass die Inkas ursprünglich aus Ägypten stammten und mit der Mutterzivilisation weiterhin mittels der, wie er es nannte, ›Sonnensprache‹ kommunizierten. Eine alte Dame, die vierzig Jahre lang an einem Universallexikon heiliger Symbole gearbeitet hatte und einfach nur ein bisschen Unterstützung brauchte, um dieses unglaublich nützliche Werk zu vollenden. Ihnen allen hat Eleanor geholfen! Glauben Sie nun aber bitte nicht, Eleanor habe sich nur um die höheren wissenschaftlichen und spirituellen Sphären gekümmert – sie hatte auch einen wunderbaren Sinn fürs Praktische und wusste genau, wie sehr eine größer werdende Familie eine geräumigere Küche zu schätzen weiß, oder eine Freundin, die weit draußen auf dem Land wohnt, ein neues Auto.«

Und was ist mit einer Schwester, der das Geld ausging?, dachte Nancy mürrisch. Erst hatte man ihr die Kreditkarten weggenommen, dann das Scheckbuch, und jetzt musste sie jeden Monat persönlich bei Morgan Guaranty in der Fifth Avenue ihr Taschengeld abholen. Angeblich war dies die einzige Möglichkeit, sie am Schuldenmachen zu hindern – aber die beste Möglichkeit, sie am Schuldenmachen zu hindern, wäre gewesen, ihr mehr Geld zu geben.

»Da gab es diesen wundervollen Jesuiten«, fuhr Annette fort, »na ja, eigentlich Ex-Jesuiten, obwohl wir ihn immer noch Pater Tim nannten. Er hatte erkannt, dass das katholische Dogma zu eng war, und dass wir uns den religiösen Traditionen der ganzen Welt öffnen sollten. Er wurde dann auch der erste Engländer, den einer der authentischsten Stämme Amazoniens als *ayahuascera* – das ist brasilianisch für Schamane – akzeptiert hat. Pater Tim kannte Eleanor noch aus der Zeit, als er Priester in Mayfair gewesen war, und so schrieb er ihr, dass sein Dorf ein Motorboot brauche, damit man die Handelsstation erreichen könne, und natürlich reagierte sie wie üblich mit impulsiver Großzügigkeit und schickte ihm einen

Scheck. Nie werde ich ihren Gesichtsausdruck vergessen, als sie Pater Tims Antwort empfing. Das Kuvert enthielt drei knallbunte Tukanfedern und ein ebenso buntes Briefchen, in dem stand, dass, in Anerkennung ihres Geschenks an die Ayoreo, in Pater Tims abgelegenem Dorf ein Ritual vollzogen worden sei, das sie zum »Regenbogenkrieger« und damit zu einem Stammesmitglied gemacht habe. Der Pater schrieb, er habe lieber nicht erwähnt, dass sie eine Frau sei, da die Ayoreo eine »erzkonservative Haltung zum zarteren Geschlecht haben, nicht ganz unähnlich der Haltung der guten alten Mutter Kirche«, und dass ihm »das Schicksal des Heiligen Sebastian« gewiss wäre, wenn er sich »zu seiner List bekennen würde«. Er schrieb, dass er die Absicht habe, dies erst auf dem Totenbett zu gestehen, um dem Stamm dabei zu helfen, den Weg in eine neue Ära der Harmonie zwischen dem männlichen und dem weiblichen Prinzip zu beschreiten, die für die Rettung der Welt so unerlässlich sei. Jedenfalls«, seufzte Annette, die zwar merkte, dass sie von ihrem Manuskript abgeschweift war, dies aber als Zeichen der Inspiriertheit deutete, »war die Wirkung auf Eleanor buchstäblich magisch. Sie trug die Tukanfedern um den Hals, bis sie sich in ihre Bestandteile auflösten, und noch wochenlang erzählte sie aller Welt, dass sie ein Regenbogenkrieger der Ayoreo sei. Genau wie ein kleines Mädchen, das auf eine neue Schule gehen muss und eines Tages wie verwandelt nach Hause kommt, weil es eine neue beste Freundin gefunden hat.«

Obwohl Entwicklungsstörungen sein Kapital darstellten, und er außerhalb der Arbeitszeit den Psychoanalytiker sonst eigentlich abschaltete, war Johnny doch betroffen von der wilden Zähigkeit, mit der Eleanor sich geweigert hatte, erwachsen zu werden. Auch wenn er das »Die Menschen / Ertragen nicht sehr viel Wirklichkeit« des guten alten Eliot vielleicht überstrapazierte: Was Eleanor betraf, hatte er das Gefühl, dass ein Ausweichmanöver nahtlos ins andere übergegangen war. Er musste an seine erste Begegnung mit Eleanor denken, als Patrick ihn während der Schulferien nach Saint-Nazaire eingeladen hatte. Schon damals hatte sie die Angewohnheit gehabt, manchmal in Babysprache zu verfallen, was auf Jugendliche, die Abstand von der Kindheit gewinnen wollen, natürlich verstörend wirkt. Das Tragische war, eine ordentliche Analyse, fünf oder vielleicht zehn Jahre lang, fünfmal wöchentlich, hätte das Problem deutlich zu lindern vermocht.

»Ja, derart umfassend war die Güte Eleanors gegenüber ihren Mitmenschen«, sagte Annette, die spürte, dass sie mit ihren Ausführungen langsam zu Ende kommen musste. Sie legte einige Blätter beiseite, die sie während ihrer Improvisation über die Amazonas-Indianer ausgelassen hatte, und sah auf die letzte Seite, um sich wieder an ihren Text zu erinnern. Er kam ihr jetzt, wo sie zu einem abenteuerlustigeren Stil übergegangen war, ein wenig förmlich vor, aber der letzte Abschnitt enthielt ein paar Punkte, die sie keinesfalls ungesagt lassen durfte.

Oh, bitte, mach voran, dachte Patrick. Gerade erlitt Charles Bronson in einem einstürzenden Tunnel eine Panikattacke, Schäferhunde bellten hinter Stacheldraht, Suchscheinwerfer schwenkten über das aufgebrochene Erdreich, aber bald schon würde er, als deutscher Bankangestellter verkleidet, durch die Wälder rennen, auf die Bahnstation zu, mit gefälschten Ausweispapieren, die Donald Pleasence das Augenlicht gekostet hatten. Bald würde alles vorbei sein, er musste nur noch ein paar Minuten länger auf seine Knie starren.

»Ich möchte Ihnen jetzt einen kurzen Auszug aus dem *Rigveda* vorlesen«, sagte Annette. »Das sprang mir buchstäblich ins Auge, als ich in der Bibliothek der Foundation vor den Regalen stand und nach einem Buch suchte, das etwas von Eleanors unglaublicher spiritueller Tiefe heraufbeschwören würde.« Sie verfiel wieder in ihren leiernden Rezitationsstil und las:

> *Denen, die schon entschwunden sind, folgt sie an jene Stätte, sie ist die erste in der ewigen Reihe künftiger Morgenröten – Usa breitet sich aus und lockt das Lebendige hervor, erweckt die Toten ... Was ist ihr Reich, wenn sie in Einklang steht mit den Morgenröten, die leuchtend aufgegangen sind und nun aufleuchten müssen? Sie sehnt sich nach längst vergangenen Morgen und erfüllt ihr Licht; indem sie ihren leuchtenden Glanz in die Zukunft wirft, tritt sie in Gemeinschaft mit jenen Morgenröten, die noch kommen werden.*

»Eleanor glaubte fest an Reinkarnation und betrachtete Leiden nicht nur als das läuternde Feuer, das Hindernisse auf dem Weg zu noch größerem spirituellen Wachstum beiseiteräumen würde, sondern sie besaß auch das Privileg einer wahrlich raren Gabe: die visionäre Sicht dessen, wie und wo sie später einmal reinkarniert werden würde. In der Stiftung haben wir eine sogenannte ›Aha-Box‹ für kleine Eingebungen und eben Aha-Erlebnisse. Solche Erlebnisse haben wir doch alle ständig, nicht wahr? Das Problem ist aber, dass wir sie im Lauf eines hektischen Tages vergessen, und so hat

Seamus, der Leiter der Stiftung, die ›Aha-Box‹ erfunden, damit wir unsere Gedanken notieren, sie in den Kasten werfen und einander abends davon erzählen konnten.«

Annette spürte die Versuchung, in eine Anekdote abzuschweifen, widerstand ihr ein paar Sekunden und brach dann ein. »Wir hatten einen Schamanenschüler, dessen Persönlichkeit, na ja, wie soll ich sagen, eine echte ›Herausforderung‹ war, und der täglich etwa ein Dutzend Aha-Erlebnisse hatte. Wie sich zeigte, waren die meisten mehr oder weniger verdeckte Attacken auf andere Mitarbeiter der Stiftung. Nun, eines Abends hatten wir mindestens zehn seiner sogenannten Eingebungen durchgeackert, und da sagte Seamus auf seine unvergleichlich humorvolle Art: ›Weißt du, Dennis, was für den einen ein Aha-Erlebnis ist, ist für den anderen ein Haha-Erlebnis.‹ Und ich erinnere mich noch, wie Eleanor einen Lachanfall kriegte. Ich sehe sie noch genau vor mir. Sie hielt sich die Hand vor den Mund, weil sie dachte, es sei unhöflich, allzu laut zu lachen, aber sie kam einfach nicht dagegen an. Ich glaube, kein Portrait Eleanors wäre komplett ohne ihr freches Gekicher und ihr spontanes, zutrauliches Lächeln.«

»Jedenfalls«, sagte Annette und fand die Orientierung wieder, bevor sie zur letzten Attacke ansetzte, »wie ich schon sagte: Eines Tages, nach ihrem ersten Schlaganfall, aber noch bevor sie in das französische Pflegeheim zog, fanden wir in der Aha-Box diesen unglaublichen Zettel von Eleanor. Auf dem Zettel stand, sie sei auf einer Visions-Reise gewesen und habe dabei gesehen, dass sie im nächsten Leben nach Saint-Nazaire zurückkehren werde. Sie werde als junge Schamanin kommen, und Seamus und ich wären dann schon sehr alt und würden ihr die Stiftung übergeben, so wie sie sie uns übergeben hat, in, wie sie es nannte, ›nahtloser Kontinuität‹.

Und zum Schluss möchte ich Sie bitten, diesen Ausdruck ›nahtlose Kontinuität‹ im Sinn zu behalten, während wir hier ein paar Augenblicke schweigend sitzen und für Eleanors baldige Rückkehr beten.«

Annette stand hinter dem Rednerpult, senkte den Kopf, atmete feierlich aus und schloss die Augen.

8

Mary fand, »baldige Rückkehr« gehe ein wenig zu weit. Sie blickte nervös zum Sarg hinüber, als könne Eleanor jeden Moment den Deckel aufstemmen, die Arme ausbreiten und die Welt so theatralisch wie auf dem Foto in der Gottesdienstordnung zu umarmen suchen. Mary spürte Patricks glühende Verlegenheit und bereute, dass sie Annette um eine Ansprache gebeten hatte; andererseits, wer hätte das sonst übernehmen können. Eleanors Sozialleben, das nach dem Prinzip der Brandrodung funktionierte, hatte Kontinuität und tiefe Freundschaften zerstört, vor allem nach den einsamen Jahren der Demenz und der zerbrochenen Beziehung zu Seamus.

Mary hatte Johnny gebeten, ein Gedicht vorzutragen, und vor lauter Verzweiflung hatte sie sogar Erasmus überredet, eine Bibelstelle zu lesen. Nancy, die einzige Alternative, war vor lauter Selbstmitleid am Rande der Hysterie gewesen und hatte nicht genau gewusst, ob sie den weiten Weg aus New York schaffen würde. Die reichlich forcierte Wahl der Vortragenden wurde dadurch ausgeglichen (oder noch verschlimmert), dass die ausgewählten Textpassagen sehr bekannt waren. Als Nächstes standen zwei klassische Bibelstellen an, und auf einmal fand sie diese Entscheidung unerträglich öde. Andererseits wusste niemand etwas über den Tod, außer, dass er unvermeidlich war, und da diese ungewisse Gewissheit jedermann verängstigte, berief man sich besser auf die undurchdringliche Herrlichkeit der Bibel oder die nebulösen asiatischen Unermesslichkeiten, die Annette offenbar bevorzugte, als bemüht neue Texte vorzustellen. Außerdem war Eleanor, unter all den anderen Möglichkeiten, ja auch Christin gewesen.

Sobald Annette sich wieder gesetzt hatte, würde Mary nach vorn ans Pult treten müssen. Offen gestanden war sie leicht genervt. Sie erhob sich mit einem Widerwillen, der sich raffiniert als Gefühl unerträglicher Ungeduld tarnte, zwängte sich an Patrick vorbei, ohne ihn anzusehen, und schritt zur Kanzel. Wenn sie anderen gegenüber erwähnte, wie nervös jede Art von öffentlichem Auftritt sie machte, erhielt sie unglaublich nervige Ratschläge, wie: »Vergiss nicht zu atmen«. Jetzt wusste sie warum. Erst hatte sie das Gefühl, gleich in Ohnmacht zu fallen, und dann, als sie den hundertmal geprobten Textabschnitt las, hatte sie auch noch das Gefühl zu ersticken.

Wenn ich mit Menschen und mit Engelszungen redete,
Und hätte der Liebe nicht,
So wär' ich ein tönend Erz,
Oder eine klingende Schelle.
Und wenn ich weissagen könnte,
Und wüßte alle Geheimnisse
Und alle Erkenntnis,
Und hätte allen Glauben, also
Dass ich Berge versetzte,
Und hätte der Liebe nicht,
So wäre ich nichts.
Und wenn ich alle meine Habe den Armen gäbe,

Und ließe meinen Leib brennen,
Und hätte der Liebe nicht,
So wäre mir's nichts nütze.

Mary spürte ein Kratzen im Hals, bemühte sich aber fortzufahren, ohne zu husten:

Die Liebe ist langmütig und freundlich, die Liebe
eifert nicht, die Liebe treibt nicht Mutwillen,
sie blähet sich nicht. Sie stellt sich nicht ungebärdig,
sie suchet nicht das Ihre, sie läßt sich nicht erbittern,
sie rechnet das Böse nicht zu. Sie freuet sich nicht
der Ungerechtigkeit; sie freuet sich aber der Wahrheit.
Sie erträgt alles, sie glaubet alles, sie hoffet alles,
sie duldet alles. Die Liebe höret nimmer auf

Mary räusperte sich und drehte den Kopf zur Seite, um zu husten. Jetzt hatte sie es vermasselt. Sie konnte sich des Gedankens nicht erwehren, dass zwischen dieser Textstelle und ihrem Hustenanfall ein psychologischer Zusammenhang bestand. Als sie den Text heute Morgen noch einmal gelesen hatte, war er ihr nämlich wie der Gipfel falscher Bescheidenheit erschienen: Die Liebe, die sich damit brüstet, sich nicht zu brüsten, die Liebe, voll selbstgefälliger Freude darüber, dass sie sich nicht aufbläht. Bis zu diesem Zeitpunkt war ihr dies als Ausdruck der höchsten Ideale erschienen, doch jetzt, müde und nervös, wurde sie das Gefühl nicht ganz los, dass es einer der schwülstigsten Texte sei, die je geschrieben wurden. Wo war sie noch mal? In ihrer Panik verschwamm ihr das Blatt vor Augen. Dann entdeckte sie, wo sie stecken geblieben war und las hastig weiter, wobei sie das Gefühl hatte, ihre Stimme gehöre nicht recht zu ihr.

... so doch die Weissagungen aufhören werden und die Sprachen aufhören werden und die Erkenntnis aufhören wird. Denn unser Wissen ist Stückwerk, und unser Weissagen ist Stückwerk. Wenn aber kommen wird das Vollkommene, so wird das Stückwerk aufhören.
Da ich ein Kind war, da redete ich wie ein Kind und war klug wie ein Kind und hatte kindische Anschläge; da ich aber ein Mann ward, tat ich ab, was kindisch war.
Wir sehen jetzt durch einen Spiegel in einem dunkeln Wort; dann aber von Angesicht zu Angesicht. Jetzt erkenne ich's stückweise; dann aber werde ich erkennen, gleichwie ich erkannt bin.
Nun aber bleiben Glaube, Hoffnung, Liebe, diese drei; aber die Liebe ist die größte unter ihnen.

Erasmus hatte gar nicht zugehört, während Mary den Brief des Paulus an die Korinther vorlas. Seit Annettes Ansprache war er in Spekulationen über die Doktrin der Reinkarnation versunken und grübelte, ob sie es verdiente, als »buchstäblich widersinnig« bezeichnet zu werden. Dieser Begriff erinnerte ihn an Victor Eisen, den Philosophen, der in den Sechziger- und Siebzigerjahren mit den Melroses befreundet gewesen war. Bei philosophischen Diskussionen flog, nach einer Reihe kraftvoller Beweise, das »buchstäblich widersinnig« aus ihm heraus wie das Salz aus einem Salzstreuer, wenn plötzlich der Deckel abgeht. Obwohl sein Name mittlerweile ziemlich verblasst und mit keinem bleibenden Werk verknüpft war, war Eisen in Erasmus' Jugend doch ein führender Intellektueller gewesen, wortgewandt und eitel. Immer schnell bei der Hand, etwas abzulehnen – dies mochte am Ende zur Ablehnung seiner eigenen Theorien geführt haben –, hätte er die Reinkarnation gewiss »buchstäblich widersinnig« gefunden: ihre beweislose, erinnerungslose, körperlose Behauptung wurde den Parfit'schen Kriterien personaler Identität nicht gerecht. Wer wird reinkarniert? Das war die vernichtende Frage, es sei denn, derjenige, dem sie gestellt wurde, war zufällig Buddhist. Für ihn lautete die Antwort. »Niemand.« Niemand wird reinkarniert, weil gleich erst einmal gar niemand *inkarniert* wurde. Etwas viel Immaterielleres, wie ein Gedankenstrom, nahm menschliche Gestalt an. Es bedurfte weder einer Seele noch einer persönlichen Identität, um einen Menschen ins Leben zu rufen, nur einiger Gewohnheiten, die sich an das leere Konzept der unabhängigen Existenz klammerten, wie eine Schar sich festklammernder Passagiere, die das Boot zum Sinken bringen, von dem sie sich Rettung erhofften. Im Hintergrund gab es stets die Chance, in den glitzernden Ozean einer wahren Natur zu tauchen, die gleichfalls überpersönlich war. Von diesem Standpunkt aus betrachtet waren es Parfit und Eisen, die buchstäblich widersinnig wirkten. Und doch hatte Erasmus kein Problem damit, dass jemand die Reinkarnation mit der Begründung ablehnte, es gebe keinen plausiblen Grund, an ihre Existenz zu glauben – solange der implizite Physikalismus einer solchen Ablehnung ebenfalls abgelehnt wurde! Die Korrelation zwischen Hirnaktivität und Bewusstsein konnte schließlich der Beweis dafür sein, dass das Gehirn ähnlich wie ein Empfänger – oder eher ein Sender-Empfänger – ein Empfänger von Bewusstsein war, und dass es sich nicht um den an den Schädel gebundenen Generator eines privaten Entwurfs handelte. Die …

Erasmus' Gedankengang wurde unterbrochen, weil ihn jemand sanft an der Schulter rüttelte. Nachdem sie sich seiner Aufmerksamkeit versichert hatte, zeigte seine Sitznachbarin auf Mary, die im Mittelgang stand und ihn bedeutsam anblickte. Mit einem, wie er fand, leicht barschen Nicken erinnerte sie ihn daran, dass er jetzt an der Reihe war. Er erhob sich mit einem entschuldigenden Lächeln, trat der Frau, die ihn an der Schulter gerüttelt hatte, auf die Zehen und begab sich nach vorn. Er musste einen Absatz aus den Offenbarungen lesen – oder den Verhüllungen, wie er sie lieber nannte. Auf der Zugfahrt von Cambridge hatte er beim Durchlesen der Passage eigenartigerweise den Wunsch verspürt, eine Zeitmaschine zu konstruieren und dem Verfasser des Texts eine Ausgabe von Kants *Kritik der reinen Vernunft* zu überbringen.

Erasmus setzte seine Lesebrille auf, strich die Seite auf dem schrägen Lesepult glatt und versuchte den Impuls zu unterdrücken, all jene unüberprüften Vermutungen zu erläutern, die die berühmte Passage so verrätselten. Vielleicht würde es ihm nicht gelingen, die erforderliche ehrfürchtige Begeisterung in seine Stimme zu legen, aber zumindest konnte er alle Zeichen empörten Skeptizismus' unterdrücken. Mit dem heimlichen Seufzer eines Mannes, der für das, was jetzt kommt, jede Verantwortung ablehnt, machte Erasmus sich ans Werk.

Und ich sah einen neuen Himmel und eine neue Erde;
denn der erste Himmel und die erste Erde verging,
und das Meer war nicht mehr.

Nancy war immer noch wütend auf den tollpatschigen Trampel, der ihr auf die Zehen getreten war, und jetzt schlug er auch noch vor, das Meer zu entfernen! Kein Meer mehr hieß keinen Strand mehr, kein Cap d'Antibes mehr (obwohl es dort mittlerweile ja nicht mehr auszuhalten war), kein Portofino mehr (im Sommer unerträglich), kein Palm Beach mehr (wo es ihr früher auch mal besser gefallen hatte).

Und ich sah die heilige Stadt, das neue Jerusalem,

O nein, nicht noch ein Jerusalem, dachte Nancy. Reicht eins denn nicht?

aus dem Himmel von Gott herabkommen, bereitet wie eine für ihren Mann geschmückte Braut. Und ich hörte eine laute Stimme vom Thron her sagen: Siehe, das Zelt Gottes bei den Menschen! Und er wird bei ihnen wohnen, und sie werden sein Volk sein, und Gott selbst wird bei ihnen sein. Und er wird jede Träne von ihren Augen abwischen, und der Tod wird nicht mehr sein, noch Trauer, noch Geschrei, noch Schmerz wird mehr sein: denn das Erste ist vergangen.

All diese Bibeltexte, die hier gelesen wurden, gingen Nancy langsam auf die Nerven. Sie wollte nicht über den Tod nachdenken – das war einfach deprimierend. Bei einer anständigen Beerdigung sangen phantastische Chöre, die sonst nicht zu privaten Anlässen auftraten, und Tenöre, die man praktisch nicht zu fassen kriegte, und es gab Lesungen berühmter Schauspieler oder anderer bedeutender Personen des öffentlichen Lebens. Das machte das Ganze ja so unterhaltsam, und auch wenn genau das Gleiche gelesen wurde wie hier, dachte man kaum über den Tod nach, weil man sich den Kopf darüber zerbrach, wann dieser müde wirkende Gast mal Finanzminister gewesen war oder in welchem Film der andere da zuletzt mitgewirkt hatte. Das war das Wunder des Glamour. Je mehr sie darüber nachdachte, desto wütender wurde sie über Eleanors langweilige Beerdigung. Warum zum Beispiel hatte Eleanor sich für eine Einäscherung entschieden? Feuer war doch etwas, vor dem man sich fürchtete.

Feuer war etwas, gegen das man sich versicherte. Die Ägypter mit ihren Pyramiden hatten es ganz richtig gemacht. Was konnte es Gemütlicheres geben als so ein riesiges, haltbares Bauwerk, und innen drin konnte man seine Siebensachen gut verstauen (und die anderer Leute noch dazu! Unmengen von Dingen!) und es wurde von Tausenden von Sklaven gebaut, die das Geheimnis des Bauplans mit in das namenlose Grab nahmen. Heutzutage müsste man an gewerkschaftlich organisisierte Bauarbeitertrupps unerschwingliche Sozialabgaben zahlen. Das hatte man nun von den modernen Zeiten! Trotzdem war jegliches Monument einer Urne und einer Handvoll Staub doch bei Weitem vorzuziehen.

> *Und der auf dem Thron saß, sprach: Siehe, ich mache alles neu! Und er spricht zu mir: Schreibe; denn diese Worte sind wahrhaftig und gewiß! Und er sprach zu mir: Es ist geschehen. Ich bin das A und das O, der Anfang und das Ende. Ich will den Durstigen geben von dem Brunnen des lebendigen Wassers umsonst. Wer überwindet, der wird es alles ererben, und ich werde sein Gott sein, und er wird mein Sohn sein.*

All diese Lesungen erinnerten Johnny an ein Referat, das er als sehr von sich eingenommener junger Mann verfasst und mit dem Titel *Omnipotenz und Verleugnung: die Verlockungen des religiösen Glaubens* versehen hatte. Er hatte die schlichte Behauptung aufgestellt, dass die Religion alles, was wir an der menschlichen Existenz fürchten, verkehrte: Wir werden alle sterben (wir werden alle ewig weiterleben); das Leben ist furchtbar ungerecht (einst wird uns absolute, vollkommene Gerechtigkeit widerfahren); es ist schrecklich, geknechtet und machtlos zu sein (die Sanftmütigen werden die Erde regieren), und so weiter. Die Verkehrung musste hundertprozentig sein; es hatte keinen Zweck zu sagen, das Leben sei zwar ziemlich ungerecht, aber nicht ganz so ungerecht, wie es manchmal schien. Die Blässe des Hades hatte vielleicht zu seinem Untergang geführt: Wer sich erst einmal mutig auf den Glauben eingelassen hatte, dass der Tod nicht das Ende des Bewusstseins bedeutet, dem musste ein Reich ruheloser Schatten, die sich nach Blut, Muskeln, Kampf und Wein verzehren, als magerer Lohn erschienen sein. Achilles sagte, es sei besser, Sklave auf Erden zu sein als König in der Unterwelt. Angesichts solcher Empfehlungen steuerte ein derartiges Jenseits zwangsläufig auf die Auslöschung zu. Nur ein vollkommen tatsachenwidriges Vorstellungsmodell war eine Garantie dafür, dass es weltweit ergebene Anhänger fand. In seinem Referat hatte Johnny Parallelen zwischen dieser spektakulären Verleugnung der bedrückenden und beängstigenden Aspekte der Realität und der Funktion des individuellen Unbewussten gezogen. Es waren detailliertere Vergleiche gefolgt, Vergleiche zwischen verschiedenen geistigen Krankheitsformen und dem, was er als den ihnen entsprechenden religiösen Diskurs betrachtete (allerdings mit dem Nachteil, dass er von der religiösen Hälfte des Vergleichs keine Ahnung hatte). Aus dem Gefühl heraus, eigentlich könnte er in diesen zwölftausend Worten auch gleich sämtliche Probleme der Menschheit lösen, hatte er dann die politische Repression mit persönlicher Verdrängung gekoppelt, und dazu die üblichen Argumente hinsichtlich sozialer Kontrolle aufgeführt. Das Referat basierte auf der Annahme, das Einzige, worum es wirklich gehe, sei Authentizität, und ihr stehe der religiöse Glaube zwangsläufig im Weg. Mittlerweile war es ihm ein bisschen peinlich, wie sehr es ihm als Neunundzwanzigjährigem an Subtilität und Selbstzweifeln gemangelt hatte. Er hatte in der Ausbildung gestanden und noch keinen einzigen Patienten gehabt, und war sich der Funktionsweise der menschlichen Psyche damals sehr viel sicherer gewesen als heute.

Mary hatte ihn gebeten, ein langes Gedicht von Henry Vaughan zu lesen, das er vorher nicht gekannt hatte. Sie hatte gemeint, dieses Gedicht passe perfekt zu Eleanors Sichtweise, das Leben sei die Verbannung von Gott und der Tod die Heimkehr. Andere, erfreulichere Gedichte hatten vergleichsweise konventionell oder bedeutungslos gewirkt, und so hatte Mary beschlossen, Eleanors metaphysischer Sehnsucht die Stange zu halten. Derlei nostalgischen Gefühlen religiösen Status zu verleihen, stellte für Johnny nur eine weitere Form der Abwehr dar. Wo auch immer wir herkamen, wo auch immer wir hingingen (und egal, ob diese Vorstellungen überhaupt etwas bedeuteten), es war das Stückchen dazwischen, das zählte. Wie Wittgenstein es formuliert hatte: »Der Tod ist kein Ereignis des Lebens: den Tod erlebt man nicht.«

Johnny lächelte Erasmus zerstreut zu, als sie im Mittelgang aneinander vorbeigingen. Er balancierte sein Exemplar von *Die metaphysischen Poeten* auf dem Rand des Pults und schlug es auf der Seite mit der Taxiquittung als Lesezeichen auf. Seine Stimme klang kräftig und selbstbewusst.

O jener frühen Tage Schar,
Da ich noch Kind, fast Engel war!
Bevor sich mir erschloss die Welt,
Der nun mein Dasein ganz verfällt;
Da ich mein Herz allein gelehrt
Gedanken weiß und unversehrt;
Und fern nur wenige Meilen blieb
Dem Ursprung meiner ersten Lieb;
Und rückwärtsblickend also nah

Ihr strahlend Antlitz grad noch sah;
Da meiner Seele Schau versank
In Blum und Wolken stundenlang,
In solchem Abglanz noch zu sehn
Das Ewige schattenhaft erstehn;
Bevor ich Herz und Mund vertraut
Gewissensqual und sündigen Laut
Und mich der schwarzen Kunst gab hin,
Zu sündigen mit jedem Sinn;
Da ich gespürt im irdschen Kleid
Die Glorie Unvergänglichkeit

Nicholas empfand allmählich jene ganz spezielle Klaustrophobie, die sich für ihn mit Schulgottesdiensten verknüpfte, in denen man in der Falle saß. Woge um Woge christlicher Rührseligkeit, und im Gegensatz zu damals hatte er nicht einmal den Trost, dass in seinem Gesangbuch heimlich eine überfällige Lateinübersetzung steckte. Er munterte sich mit seiner eigenen Version der christlichen Heilsgeschichte auf: »Gott sandte seinen eingeborenen Sohn auf die Erde, um die Armen zu retten, und es wurde eine totale Pleite, wie es diese unausgegorenen sozialistischen Projekte immer sind; doch dann kam der Höchste wieder zur Vernunft und sandte Nicholas, um die Reichen zu retten, und es begab sich, dass dies ein rasender Erfolg wurde.« Zweifellos würde die römisch-katholische Kirche, mit ihrer beklagenswerten Geschichte von Folter, Inquisition, Religionskriegen, erdrückenden Dogmen, und ihrer insgesamt lässlicheren Geschichte sexuellen Fehlverhaltens und weltlicher Genusssucht diese kritische Weiterentwicklung als Häresie betrachten; doch Häresie war schon immer der Auftakt zu einer neuen protestantischen Religionsordnung gewesen. Der »Nicholismus« würde über das hinwegfegen, was sein grässlicher amerikanischer Anlageberater als »Personen-Pool mit hohem Eigenkapital« bezeichnete. Die große Frage war, wie üblich, die des Anzugs. Als Erzplutokrat der Kirche der Erlösung der Reichen der Letzten Tage musste man eine blendende Figur machen. Nicholas wanderte in Gedanken zurück zu dem Pagenanzug, den er als zehnjähriger Junge bei einer sehr prachtvollen königlichen Hochzeit getragen hatte – die silbernen Kniehosen, die silbernen Knöpfe, die Schnallenschuhe … nie wieder war er sich seiner eigenen Wichtigkeit so sicher gewesen wie an jenem Tag.

Johnny gab sich für die letzte Strophe noch einmal Mühe mit der Betonung:

Wie selig wär ich, fänd ich nur
Zurück zu jener frühen Spur.
Wie gerne säh ich wieder mich,
Wo ich vom frühsten Pfad einst wich;
Dort, wo der Geist erleuchtet schaut
Die Palmstadt, schattenüberblaut.
Doch, da es zu lang eingekehrt,
Ward schwank mein Herz und wegbeschwert.
Für manche ist das Vorwärts Glück,
Doch lenk ich gern den Schritt zurück;
Und sinkt einst dieser Staub zur Gruft,
Kehr ich zum Ursprung, der mich ruft.

Völliger Unsinn, dachte Nicholas, anzudeuten, dass man dorthin zurückkehrt, woher man kam. Wie hätte es derselbe Ort sein können, nachdem man einen so immens bunten Beitrag geleistet hatte, und wie hätte die eigene Haltung zu diesem Ort unverändert sein können, nachdem man dieses Tal der Einladungen und des sardonischen Gelächters durchschritten hatte? Er warf einen Blick in die Gottesdienstordnung. Offenbar war das Gedicht von Vaughan die letzte Lesung. Am Ende der Seite fand sich ein Hinweis, dass alle eingeladen seien, sich mit der Familie nach der Trauerfeier im Onslow Club auf einen Drink zu treffen. Er hätte sich das gerne erspart, doch er hatte Nancy in einem Moment fahrlässiger Großmut versprochen, sie zu begleiten. Außerdem hatte er um vier Uhr eine Verabredung mit einem Freund, der im Chelsea and Westminster Hospital im Sterben lag, und das war praktischerweise ganz in der Nähe. Gott sei Dank hatte er für heute einen Wagen gemietet; bei solchen Entfernungen (etwa sechshundert Meter) war man sonst immer der schlechten Laune der Taxifahrer ausgesetzt, die sich um die Fulham Road herumtrieben und von einer lohnenderen Fahrt – nach Gatwick oder Penzance – träumten. Er musste gut auf seinen Wagen aufpassen; sonst würde Nancy ihn für sich zweckentfremden. Es konnte durchaus passieren, dass er aus dem Krankenhaus gewankt kam, gepeinigt vom »Mitleid-Burnout«, das, wie er wusste, manchmal selbst den heroischsten Krankenschwestern zusetzte, und dann entdecken musste, dass sein Wagen am Berkeley Square stand, wo Nancy versuchte, einem Angestellten von Morgan Guaranty eine höhere Auszahlung abzuluchsen. Ihr Cousin Henry, der hier heute ganz überraschend erschienen war, hatte ihm einmal erzählt, man habe Nancy in ihrer gemeinsamen Kindheit »die Kleptomanin« genannt. Ständig verschwanden Kleinigkeiten – spezielle Haarbürsten, Kinderschmuck, heiß geliebte Sparschweine – und tauchten in Nancys Schlafzimmer, wie in einem Elsternnest, wieder auf. Eltern und Kindermädchen erklärten ihr, erst in aller Ruhe, dann immer zorniger, dass Stehlen ein Unrecht sei, doch Nancy konnte der Versuchung einfach nicht widerstehen und wurde wegen Diebstahls und

Lügen mehrerer Internate verwiesen. Seit Nicholas sie kannte, war sie einem Zustand der Habgier verhaftet, dem Gefühl, wie viel mehr sie mit den legendären Besitztümern, die ihren Freunden und ihrer Familie gehörten, hätte anfangen können, und wie viel mehr sie ihr zugestanden hätten. Und sie versagte sich den Neid auf Leute, die sie gar nicht kannte, wohl auch nur, um sich von ihrem Dienstmädchen zu distanzieren, das sich in der Küche lasziv plappernd über das Leben der Seifenopernstars ausließ. Dass das Mädchen immer wieder deren alltägliche »Tragödien« wiederkäute, diente dazu, die Erregung zu besänftigen, die alte Geschichten über jemandes unverdiente Auszeichnungen oder aberwitzigen Lebensstil aufgewühlt hatten.

Prominente waren etwas für die Masse, für Nicholas zählte das, was er »die Große Welt« nannte, nämlich die winzige Anzahl von Menschen, die zum Dinner einzuladen sich lohnte, weil sie aus dem richtigen Stall kamen, gut aussahen oder amüsant genug waren. Nancy gehörte qua Geburt zur Großen Welt und konnte nicht einmal durch ihre absolut grauenhafte Persönlichkeit aus diesem Paradies vertrieben werden. An irgendetwas musste man sich ja halten, und da die Große Welt mehr Möglichkeiten des Verrats bot als alle anderen Bereiche außer der Politik, hielt Nicholas sich an die Große Welt.

Er beobachtete Patrick mit der Wachsamkeit eines Raubtiers und hoffte auf irgendein Anzeichen für das baldige Ende der Zeremonie. Plötzlich erwachte die Stereoanlage wieder dröhnend zum Leben, mit den blechernen Eröffnungssequenzen von »Fly Me to the Moon«:

Fly me to the moon
Let me sing among the stars
Let me see what spring is like
On Jupiter and Mars

Natürlich, schon wieder dieser verdammte Mond, dachte Nicholas. Frank Sinatras vor souveränem Selbstbewusstsein triefende Stimme trieb ihn zur Raserei. Sie erinnerte ihn daran, was ihm in den Fünfzigern und Sechzigern alles entgangen war. Zweifellos hatte Eleanor geglaubt, sie amüsiere sich, wenn sie die Plattenspielernadel auf eine Frank-Sinatra-Single senkte, die dann mit schwindelerregenden 45 Umdrehungen pro Minute rotierte, während von der Plattenhülle, die zwischen überquellenden Aschenbechern und lippenstiftverschmierten Gläsern herumlag, über einem himmelblauen Anzug sie dieses pfiffige, mediokre Gesicht angrinste.

Nicholas starrte Patrick und Mary unverwandt an, in der Hoffnung, sie würden endlich aufbrechen. Dann sah er zu seinem Entsetzen, dass nicht Eleanors Sohn sich in Bewegung setzte, sondern ihr Sarg, der auf Stahlrädern einem purpurroten, zweigeteilten Samtvorhang entgegenrollte.

In other words, hold my hand
In other words, baby kiss me

Der Sarg glitt durch den sich hinter ihm schließenden Vorhang und verschwand. Nun endlich stand Mary auf und ging, dicht gefolgt von Patrick, durch den Mittelgang voran.

Fill my heart with song
Let me sing for evermore
You are all I long for
All I worship and adore
In other words, please be true
In other words, I love you.

Nicholas, den der Anblick von Eleanors Sarg, der mechanisch verschlungen wurde, kalt erwischt hatte, torkelte hastig in den Gang und drängte sich zwischen Mary und Patrick. Energisch mit dem Stock ausgreifend, hinkte er vorwärts und stürmte durchs Portal hinaus in die Kühle des Londoner Frühlings.

9

Erleichtert, dass die Beerdigung seiner Mutter vorbei war, trat Patrick in das blasse Licht, aber die nun kommende Feier stand ihm leider noch bevor. Er ging auf Mary und Johnny zu, die unter den kaum erblühten Zweigen eines Kirschbaums standen.

»Ich würde jetzt am liebsten eine Weile mit niemandem reden«, sagte er. »Außer mit euch natürlich«, fügte er höflich hinzu.

»Du brauchst auch mit uns nicht zu reden«, sagte Johnny.

»Wunderbar«, erwiderte Patrick.

»Magst du schon mal mit Johnny vorausfahren?«, fragte Mary.

»Wenn das ginge. Kannst du dich …«

»Um alles kümmern?«, soufflierte Mary.

»Genau.«

Sie lächelten einander belustigt zu, weil sie sich wieder einmal so charakteristisch verhielten.

Als Patrick mit zu Johnnys Wagen ging, dröhnte mit pfeifendem Tosen ein Flugzeug über sie hinweg. Er blickte sich nach dem pseudo-italienischen Gebäude um, aus dem er gerade gekommen war. Der Campanile, der den Krematoriums-Schornstein umschloss, die geduckten Bögen des Ziegelsteinkreuzgangs, der stille Rosengarten, die Trauerweide und die moosigen Bänke bildeten ein Meisterwerk dezenter Neutralität.

»Ich denke, hier werde ich mich auch einäschern lassen«, sagte Patrick.

»Nur keine Eile«, erwiderte Johnny.

»Ich wollte sowieso noch warten, bis ich tot bin.«

»Gute Idee.«

Das nächste Flugzeug kreischte über die beiden Männer hinweg und trieb sie ins schallgedämpfte Wageninnere. Durch die Geländer, die die Themse säumten, sah man in schaukelnder Bewegung Jogger und Radfahrer, die entschlossen am Leben festhielten.

»Ich glaube, der Tod meiner Mutter ist das Beste, was mir je passiert ist, seit … na ja, seit dem Tod meines Vaters«, sagte Patrick.

»Ganz so einfach kann es nicht sein«, meinte Johnny, »sonst würden Scharen von Waisen ausgelassen durch die Straßen hüpfen.«

Die beiden Männer schwiegen. Patrick war nicht nach einem witzigen Schlagabtausch zumute. Er spürte die Präsenz einer neuen Vitalität, die sehr leicht durch alte Gewohnheiten zerstört werden konnte, auch durch die Gewohnheit, geistreich wirken zu wollen. Wie alle Menschen lebte auch er in einer Welt, in der die immer gleichen Gefühlsmuster wieder und wieder an die Wände einer dumpfen Höhle projiziert werden, doch genau in diesem Moment spürte er, wie absurd es war, jene flackernde Szenerie mit dem Leben zu verwechseln. Was bedeutete schon ein Gefühl, das er vor vierzig Jahren gehabt hatte, ganz zu schweigen von einem Gefühl, dem er sich ohnehin verweigert hatte? Die Krise war nicht auf die Vergangenheit zurückzuführen, sondern auf das Festhalten an der Vergangenheit; in einer modrigen Villa am

Sunset Boulevard gefangen zu sein und von einem gekränkten Narzissten gezwungen zu werden, endlosen privaten Filmvorführungen beizuwohnen. Jetzt, in diesem Moment, konnte er sich vorstellen, sich auf Zehenspitzen von Gloria Swanson wegzuschleichen, an ihrem Furcht einflößenden Butler vorbei, hinaus ins Getöse des heutigen Straßenverkehrs; er konnte sich vorstellen, dass das ganze System zusammenbrach, wusste aber nicht, was dann passieren würde.

An dem kleinen Kreisverkehr vor den Toren des Krematoriums sah Patrick ein Schild, das auf das Wertstoff- und Recycling Center von Townmead verwies. Er fragte sich unwillkürlich, ob Eleanor denn nun recycelt wurde. Die arme Eleanor war schon konfus genug, sie brauchte nicht noch durch das trübe Licht, das grelle Licht und die bunten Mandalas des *Bardo* gezerrt zu werden, bedroht von Scharen grimmiger Gottheiten und hungriger Geister, um die Transzendenz zu erlangen, vor der sie ihr Leben lang geflohen war.

Die Straße lief am mit dichten Hecken gesäumten Zaun des Mortlake Friedhofs vorbei, am Hammersmith und Fulham Friedhof, über die Chiswick Bridge, und auf der anderen Seite hinunter zum Chiswick Friedhof. Felderweise Grabsteine, den Immobilienträumen der Unternehmer, die das Flussufer bebauen wollten, zum Hohn. Warum sollte von allem, was Nichts war, ausgerechnet der Tod so viel Raum einnehmen? Lieber in der leeren blauen Luft verbrennen als Anspruch auf eine dieser Parzellen anmelden, auf diesen sonnenlosen Strand, Seite an Seite ins knochengespickte Erdreich gepackt, im Vertrauen auf eine entfernte Auferstehung dank der klammernden Wurzeln von Bäumen und Blumen. Vielleicht fühlte sich jemand, der als Kind liebevoll bemuttert worden war, zum umfangenden Schoß der Erde hingezogen, während die Verlassenen und Verratenen sich danach sehnten, in den herzlosen Himmel zerweht zu werden. Johnny hätte dazu sicher eine professionelle Meinung. Verdrängung war eine andere Art Begräbnis und bewahrte das Trauma im Unbewussten auf, wie eine im Wüstensand vergrabene Statue, deren scharf geschnittene Gesichtszüge so vor den Wetterunbilden alltäglicher Erfahrung geschützt werden. Johnny konnte vermutlich auch dazu etwas sagen, doch Patrick zog es vor zu schweigen. Was war das Unbewusste überhaupt, verglichen mit anderen Formen der Erinnerung, und warum verlieh man ihm per bestimmtem Artikel diese Souveränität und verwandelte es in ein Ding und einen Ort, wo der Rest der Erinnerung eine Fähigkeit und ein ständiger Prozess war?

Der Wagen erklomm die schmale, ramponierte Straßenüberführung, die den Hogarth Kreisverkehr überspannte. Ein Provisorium, das einfach blieb; seit Patrick denken konnte, schrie es förmlich nach Erneuerung. Vielleicht war dies auf dem Transportsektor das Äquivalent zum Rauchen: Nie war ganz der richtige Tag, um damit aufzuhören – die Rushhour morgen früh … und dann kommt das Wochenende … verschieben wir's bis nach den Olympischen Spielen … 2020 ist eine hübsche runde Jahreszahl, der perfekte Zeitpunkt für einen Neubeginn.

»Diese windige Überführung«, sagte Patrick.

»Ja«, sagte Johnny. »Ich denke jedes Mal, gleich bricht sie zusammen.«

Er hatte eigentlich gar nicht sprechen wollen. Ein innerer Monolog war an die Oberfläche gedrungen. Lieber wieder hinabsinken lassen, lieber einen Neubeginn wagen.

Ein Neubeginn war zwangsläufig ein schaler Beginn. Es gab nichts zu wagen und nichts zu beginnen, nur den fortwährenden Ausbruch der Realität aus der potenziellen Realität, vergleichbar dem Ausbruch der Sprache aus einem inneren Monolog heraus. Auf einer Ebene mit dieser Artikulation zu sein: das war das Neue. Er spürte es in seinem Körper – als könnte er jeden Moment aufhören zu existieren oder als könne er weiter existieren und werde durch das Weiterexistieren erneuert.

»Ich habe gerade über Verdrängung nachgedacht«, sagte Patrick, »ich glaube nicht, dass man Traumata verdrängt. Und du?«

»Ich denke, das sieht man heutzutage so«, sagte Johnny. »Ein Trauma ist zu heftig und zu eindringlich, um vergessen zu werden. Es führt zu Disassoziation und Abspaltung.«

»Und was wird dann verdrängt?«, fragte Patrick.

»Alles, was die Annehmlichkeiten des Schein-Ichs infrage stellt.«

»Dann hat es also immer noch viel zu tun.«

»Jede Menge«, sagte Johnny.

»Aber es könnte auch völlig ohne Verdrängung gehen, ohne Leichen im Keller; das Leben könnte einfach durch uns hindurchströmen.«

»Theoretisch, ja«, erwiderte Johnny.

Patrick sah die vertraute Betonfassade und die aquariumblauen Fenster des Cromwell Hospital.

»Ich weiß noch, wie ich hier einen Monat lang mit einem Bandscheibenvorfall lag, kurz nach dem Tod meines Vaters.«

»Und ich weiß noch, dass ich dir ein paar ganz spezielle zusätzliche Schmerzmittel vorbeibringen musste.«

»Ich grüße die anspruchsvolle Weinkarte dort und die actionreichen arabischen Fernsehprogramme«, sagte Patrick und winkte dem post-brutalistischen Bauwerk huldvoll zu.

Ruhig floss der Verkehr die Gloucester Road entlang und

aufs Natural History Museum zu. Patrick rief sich ins Bewusstsein, dass er ja schweigen wollte. Sein Leben lang, zumindest seit er sprechen konnte, war er versucht gewesen, schwierige Situationen mit Worten zuzuschwallen. Als Eleanor ihr Sprachvermögen verlor und Thomas seines noch nicht erlangt hatte, entdeckte Patrick auch in sich selbst einen sprachlosen Kern, der sich nicht mit einem Wortschwall überfluten ließ. Deshalb hatte er stattdessen versucht, ihn mit Alkohol zu überfluten. Im Schweigen würde er womöglich verstehen, was er da ständig mit Reden und Trinken auszulöschen versuchte. Was war es, das nicht ausgesprochen werden konnte? Er konnte nur, im Dunkel des präverbalen Bereichs, nach Anhaltspunkten tasten.

Sein Körper war ein Friedhof begrabener Gefühle; die Symptome scharten sich alle um denselben fundamentalen Schrecken, so wie sich die Friedhöfe, die sie soeben passiert hatten, wie ein Ausschlag an den Ufern der Themse ausbreiteten. Die nervöse Blase, der Reizdarm, die Kreuzschmerzen, der labile Blutdruck, der binnen weniger Sekunden vom Normalwert in gefährliche Höhen schnellen konnte, beim Knarren einer Diele oder beim Gedanken an einen Gedanken, und dann die Schlaflosigkeit, die über diese Symptome herrschte – all dies deutete auf eine Angst hin, die so tief saß, dass sie seine Instinkte zerrüttete und die Macht über das vegetative System seines Körpers übernahm. Verhaltensmuster konnte man ändern, Einstellungen modifizieren, Geisteshaltungen wandeln, aber es war schwer, mit den somatischen Gewohnheiten der frühen Kindheit in Dialog zu treten. Wie sollte sich ein Kind denn ausdrücken, bevor es ein Selbst besaß, das es ausdrücken konnte, oder die Worte besaß, um auszudrücken, was ihm fehlte? Nur die stumme Sprache von Verletzung und Krankheit stand reichlich zur Verfügung.

Natürlich gab es noch die Möglichkeit zu schreien, falls das erlaubt war.

Er erinnerte sich, wie er im Alter von drei Jahren neben dem Swimmingpool in Frankreich gestanden und mit ängstlichem Verlangen aufs Wasser geblickt und sich danach gesehnt hatte, schwimmen zu können. Plötzlich fühlte er sich hochgehoben und in die Luft geworfen. Im schleichenden Tempo des Entsetzens – wenn die Intensität der Eindrücke, die das Bewusstsein panisch registriert, die Zeit verdichtet – nutzte er das volle Maß der ungläubigen Angst, die in seinen zappelnden Körper schoss, um Abstand zu der tödlichen Flüssigkeit zu halten (wie oft hatte man ihn gewarnt, nicht unvorsichtigerweise hineinzufallen), doch im nächsten Moment tauchte er schon in den Pool, in dem er ertrinken würde, strampelnd und im dünnen Wasser um sich schlagend, bis er schließlich die Oberfläche durchbrach und nach Luft schnappte, bevor er wieder unterging. Er kämpfte um sein Leben, wild zuckend und würgend, mal schluckte er Luft, mal Wasser, bis er sich endlich, Halt suchend, die Finger am rauen Steinrand des Pools aufschürfte und dann so leise wie möglich zu schluchzen begann, seine Verzweiflung hinunterschluckte, wohl wissend, dass sein Vater, wenn er zu laut weinte, erst recht etwas ganz Brutales und Gemeines tun würde.

Mit seiner schwarzen Sonnenbrille saß David da, Zigarre rauchend, von Patrick abgewandt, vor sich auf dem Tisch eine gelbstichige Pastiswolke, während er vor Nicholas Pratt mit seinen Erziehungsmethoden prahlte: die Stimulation des Überlebenswillens; die Entwicklung von Autarkie; ein Gegengift zur mütterlichen Hätschelei; am Ende waren die Vorteile mehr als offenkundig, und es ließ sich nur mit der kleinlauten Dummheit der Massen erklären, dass nicht jeder

Dreijährige in den tiefen Teil eines Swimmingpools geworfen wurde, bevor er schwimmen konnte.

Roberts Neugierde, was seinen Großvater betraf, hatte Patrick veranlasst, ihm die Geschichte seiner ersten Schwimmlektion zu erzählen. Er glaubte, dass es seinen Sohn zu sehr belastet hätte, ihm von Davids Züchtigungen und sexuellen Übergriffen zu berichten, aber er wollte Robert doch einen Eindruck von der Härte seines Großvates vermitteln. Robert war total schockiert.

»Das ist ja schrecklich«, sagte er. »Ein Dreijähriger denkt doch, er stirbt! Du hättest tatsächlich sterben können«, fügte er hinzu und schloss Patrick beruhigend in die Arme, als merke er, dass die Gefahr immer noch nicht ganz vorüber war.

Durch Roberts Empathie wurde Patrick die Realität dieser relativ harmlosen Anekdote überwältigend bewusst. Er konnte kaum mehr schlafen, und wenn es ihm doch gelang, wurde er kurz darauf von seinem hämmernden Herzschlag geweckt. Er hatte dauernd Hunger, konnte die Speisen aber nicht verdauen. Er konnte die Tatsache nicht verdauen, dass sein Vater ihn hatte töten wollen, dass ihn sein Vater eher ertränkt hätte, als ihm das Schwimmen beizubringen; dieser Mann, der damit prahlte, einem Menschen in den Kopf geschossen zu haben, weil er zu laut schrie, hätte vielleicht auch ihm, Patrick, in den Kopf geschossen, wenn er zu laut gewesen wäre.

Mit drei hätte Patrick natürlich sprechen können, selbst wenn es ihm verboten worden war zu sagen, was ihn bedrückte. Für das was davorlag, ohne die Stütze durch einen Bericht, löste sich sein aktives Erinnerungsvermögen jedoch auf und verlor sich. Die einzigen Anhaltspunkte, die es in diesen dunkleren Bereichen gab, hatten sich in seinem Körper eingenistet, und in ein, zwei Geschichten, die seine Mutter ihm von seinen ersten Lebenstagen erzählt hatte. Auch hier wiederum spielte die Empfindlichkeit seines Vaters gegenüber Geschrei die entscheidende Rolle und verbannte Patrick und seine Mutter während des Winters seiner Geburt in die eisige Dachkammer des Hauses in Cornwall.

Er ließ sich ein wenig tiefer in den Beifahrersitz sinken. Als ihm klar wurde, dass er immer weiter damit gerechnet hatte, erstickt oder fallen gelassen zu werden, spürte er das Ersticken und den Schwindel schon dieser Erwartung, und wenn er sich fragte, ob die frühe Kindheit Schicksal war, spürte er das Erstickende und Schwindelerregende dieser Frage. Er spürte das Gewicht seines Körpers und das Gewicht, das auf seinem Körper lastete. Es war wie eine Stützmauer, die sich schwitzend wölbt unter dem Druck des dahinter liegenden Hangs; die einzige Zugangsmöglichkeit und gleichzeitig ein grimmiger Wächter gegen die konturlosen Leiden der frühen Kindheit. Johnny hätte dies vielleicht als prä-ödipales Problem bezeichnet, doch egal welchen Namen man einem namenlosen Unbehagen gab – Patrick spürte, dass seine neue zaghafte Vitalität davon abhing, ob er bereit war, diese Fülle verschütteter Emotionen anzuzapfen und sie dem Strom des Gegenwärtigen zuzuführen. Er musste besser auf die spärlichen Anhaltspunkte achten, auf die er stieß. Ein seltsamer, erschütternder Traum hatte ihn gestern Nacht geweckt, doch er war ihm entglitten, und er bekam ihn nicht mehr zu fassen.

Er begriff intuitiv, dass die durch den Tod seiner Mutter ausgelöste Krise stark genug war, um seine Abwehrmechanismen zu erschüttern. Dass die Frau, die ihn zur Welt gebracht hatte, plötzlich nicht mehr da war, bot die flüchtige Chance, etwas in die Welt zu bringen, das relativ neu war. Es war wichtig, realistisch zu bleiben: Die Gegenwart war die oberste Schicht auf der Vergangenheit und nicht etwa die Extravaganz des Neuen, mit der Leute wie Seamus und Annette hausieren gingen; doch auch etwas, das nur relativ neu war, konnte die Schicht unter etwas vergleichsweise noch Neuerem bilden. Er durfte seine Chance nicht verpassen, sonst würde ihn sein Körper weiterhin zwingen, unter diesem falschen heroischen Druck zu leben – so wie ein japanischer Soldat, der noch nichts von der Kapitulation weiß, sein Einsatzgebiet im Dschungel weiterhin mit Sprengfallen bestückt und sich auf die Ehre eines selbst zugefügten Todes vorbereitet.

Weil es schon widerlich genug war, die Grausamkeit seines Vaters in die Kategorie Mord hochzustufen, widerstrebte es ihm noch stärker, seine kindliche Sichtweise aufzugeben, in der seine Mutter genauso ein Opfer von Davids unbändiger Bosheit gewesen war. Die tiefere Wahrheit, dass er nur als Spielzeug in der sadomasochistischen Beziehung seiner Eltern gedient hatte, war bis zum jetzigen Zeitpunkt ein zu unerträglicher Gedanke gewesen. Er hatte sich an den dürftigen Schutz des Gedankens geklammert, seine Mutter sei eine liebevolle Frau gewesen, die sich nach Kräften bemüht hatte, ihn zu versorgen, statt anzuerkennen, dass sie ihn nur als Erweiterung ihrer Lust an der Demütigung benutzt hatte. Wie eigennützig war die Geschichte von der eisigen Dachkammer? Ganz sicher stützte sie die Vorstellung von Eleanor als Flüchtling, eine Frau, die mit verbranntem Rücken und einem Baby im Arm floh vor den Brandbomben von Davids selbstzerstörerischer Wut. Selbst als Patrick schließlich den Mut gefunden hatte, ihr zu sagen, dass er von seinem Vater vergewaltigt worden war, hatte sie schleunigst geantwortet: »Ich auch.« Eleanor riss sich förmlich um die Opferrolle, und es schien ihr gleichgültig zu sein, welche Wirkung ihre

Geschichten auf einer anderen Ebene haben mochten. Erstickt, fallen gelassen, gezeugt durch Vergewaltigung und zur Vergewaltigung gezeugt – was tat das schon, solange Patrick merkte, wie schwer es für *sie* gewesen war, und wie fern es ihr gelegen hatte, mit ihrem und Patricks Peiniger zu kollaborieren. Als Patrick sie gefragt hatte, warum sie nicht einfach gegangen sei, hatte sie geantwortet, aus Angst, David werde sie umbringen. Doch da er sie schon zweimal umzubringen versucht hatte, während sie noch zusammenlebten, war es schwer vorstellbar, wie ein Mordversuch durch eine Trennung hätte wahrscheinlicher werden sollen. Die Wahrheit, die, als er sie sich eingestand, seinen Blutdruck in die Höhe schießen ließ, lautete, dass Eleanor süchtig war nach Davids extrem gewalttätiger Gegenwart, und dass sie ihren Sohn sozusagen als Zugabe drauflegte. Patrick hätte gern den Wagen angehalten, wäre ausgestiegen und losgelaufen; er sehnte sich nach einem Schuss Whisky, einem Schuss Heroin, einem Revolverschuss in den Kopf – er wollte den schreienden Mann töten, es hinter sich bringen, die Regie übernehmen. Er ließ sich von diesen Impulsen überfluten, ohne sie sonderlich zu beachten.

Der Wagen bog auf den Queensbury Place, beim Lycée Français de Londres, wo Patrick als Siebenjähriger ein Jahr bilingualen Karzer abgesessen hatte. Bei der Zeugniszeremonie in der Royal Albert Hall lag als Fleiß-Preis auf seinem roten Plüschsitz eine Ausgabe von *Das Zicklein des Herrn Seguin*. Bald schon war er ganz besessen von der Geschichte des todgeweihten, heroischen Zickleins, das von der Farbenpracht der Alpenblumen ins Hochgebirge gelockt wird (»Je me languis, je me languis, je veux aller à la montagne«). Herr Seguin, der schon sechs Ziegen an den Wolf verloren hat, ist entschlossen, keine weitere mehr zu verlieren, und sperrt den

Helden in einen Holzschuppen, doch das Zicklein klettert durchs Fenster und verbringt einen herrlichen Tag auf den mit roten, blauen, gelben und orangenen Blumen gesprenkelten Berghängen. Erst als die Sonne allmählich untergeht, bemerkt es plötzlich zwischen den länger werdenden Schatten die Silhouette des mageren, hungrigen Wolfs, der selbstzufrieden im hohen Gras sitzt und in aller Ruhe seine Beute betrachtet. Das Zicklein weiß zwar, dass es sterben muss, ist aber wild entschlossen, bis zum Morgengrauen zu kämpfen (»pourvu que je tienne jusqu'à l'aube«), und stürmt mit gesenktem Kopf auf den Wolf zu. Das Zicklein kämpft die ganze Nacht, greift immer wieder an, bis es schließlich, als über den grauen Felsspitzen des gegenüberliegenden Bergs die Sonne aufgeht, zusammenbricht und vom Wolf getötet wird. Diese Geschichte las Patrick jeden Abend in seinem Zimmer in der Victoria Road, und sie rührte ihn unweigerlich zu Tränen.

Das war er! Der seltsame Traum von gestern Nacht: eine Gestalt mit Kapuze, die durch eine Ziegenherde schritt, die Köpfe der Ziegen nach hinten bog und ihnen die Kehlen aufschlitzte. Patrick war eine der Ziegen gewesen, am Rand der Herde, und hatte sich, mit einem Gefühl trotziger Todgeweihtheit, das seinem Kindheitshelden würdig gewesen wäre, den eigenen Kehlkopf herausgerissen, um dem Mörder nicht die Befriedigung zu gönnen, ihn schreien zu hören. Eine weitere Form gewalttätiger Stille. Hätte er doch nur Zeit, all das herauszufinden. Könnte er jetzt doch nur allein sein, würde sich dieser verknotete Haufen aus Eindrücken und Zusammenhängen zu seinen Füßen entwirren. Seine Psyche befand sich in Bewegung; Dinge, die bisher verborgen bleiben wollten, wollten nun ans Licht. Wallace Stevens hatte recht: »Die Freiheit gleicht einem Mann, der sich tötet /

Jede Nacht, der rastlose Schlächter, dessen Messer / Sich schärft im Blut.« Er sehnte sich nach den Wonnen von Stille und Einsamkeit, stattdessen musste er zu einer Feier.

Johnny bog in die Onslow Gardens ein und raste die plötzlich leere Straße entlang.

»Da wären wir«, sagte er, bremste ab und suchte nach einem Parkplatz in der Nähe des Clubs.

10

Kettle hatte Mary erklärt, warum sie die Teilnahme an Eleanors Begräbnis prinzipiell ablehnte.

»Es wäre die blanke Heuchelei«, erklärte sie ihrer Tochter. »Ich finde Enterbungen unmöglich, und ich denke, es wäre falsch, zu einer Beerdigung zu gehen, wenn man innerlich vor Wut kocht. Mit der Feier danach ist es etwas anderes: da geht es um Unterstützung für dich und Patrick. Und ich gebe zu, dass es gleich um die Ecke stattfindet, ist natürlich praktisch.«

»In diesem Fall könntest du auf die Jungs aufpassen«, sagte Mary. »Wir möchten sie aus demselben Grund nicht zur Kremation mitnehmen, aus dem du nicht kommen willst. Robert hat sich Eleanor schon seit Jahren entfremdet, und Thomas kannte sie eigentlich gar nicht richtig, aber wir finden doch, sie sollten zur Feier kommen, damit sich ihnen das ganze Ereignis auf eine Art und Weise einprägt, die sie besser verkraften können.«

»Oh, natürlich, ich helfe liebend gerne«, sagte Kettle, und überlegte sofort, wie sie sich dafür rächen könnte, dass man ihr hier eine Pflicht aufbürdete, die noch lästiger war als die, der sie auszuweichen versucht hatte.

Kaum hatte Mary ihr die Jungen vorbeigebracht, fing Kettle an, Robert zu bearbeiten.

»Ich persönlich«, sagte sie, »werde deiner *anderen* Großmutter nie verzeihen können, dass sie euer wundervolles Haus in Frankreich verschenkt hat. Ihr müsst es schrecklich vermissen, dass ihr nicht mehr dort Ferien machen könnt. Wahrscheinlich war das viel eher euer Zuhause als London, weil es auf dem Land war und so.«

Robert sah noch um einiges unglücklicher aus, als sie beabsichtigt hatte.

»Wie kannst du nur so etwas Schreckliches sagen?«, erwiderte er.

»Ich wollte dir doch nur sagen, dass ich das alles gut verstehen kann«, sagte Kettle. Robert verließ die Küche und setzte sich allein ins Wohnzimmer. Er hasste Kettle dafür, dass er nun ihretwegen dachte, Saint-Nazaire sollte eigentlich immer noch ihm gehören. Er weinte zwar nicht mehr, weil es ihm so fehlte, erinnerte sich jedoch an jedes Detail. Die konnten ihm das Haus wegnehmen, aber nicht die Bilder in seinem Kopf. Robert schloss die Augen und dachte zurück, wie er einmal spätabends mit seinem Vater bei starkem Wind durch den Schmetterlingswald nach Hause gelaufen war. Das Geräusch knarrender Äste und zwitschernder Vögel wurde weggerissen und löste sich im Rauschen der Pinien auf. Als sie aus dem Wald traten, war es fast Nacht, aber er konnte noch die schimmernden Triebe der Reben ausmachen, die sich durch die umgepflügte Erde schlängelten, und dann sah er seine erste Sternschnuppe am Rand des klaren schwarzen Himmels verglühen.

Kettle hatte recht: das war eher sein Zuhause als London. Es war sein erstes Zuhause, und es konnte nur ein Zuhause geben, doch jetzt bewahrte er es in seiner Phantasie, und es war schöner denn je. Er wollte nicht mehr dorthin zurück, und er wollte es nicht zurückhaben, denn er wäre nur furchtbar enttäuscht gewesen.

Robert hatte zu weinen begonnen, als Kettle, mit Thomas im Schlepptau, ins Zimmer marschiert kam. »Ich habe Amparo gebeten, euch einen Film zu holen. Wenn dein Trotzanfall vorbei ist, könntest du dir den mit Thomas anschauen; sie sagt, ihre Enkel sind ganz verrückt nach diesem Film.«

»Schau mal, Bobby«, sagte Thomas und rannte zu Robert hin, um ihm die DVD-Hülle zu zeigen, »das ist ein fliegender Teppich!«

Robert war wütend – es »Trotzanfall« zu nennen, war ungerecht, aber den Film wollte er doch gerne sehen.

»Wir dürfen vormittags keine Filme anschauen«, sagte er.

»Na ja«, meinte Kettle, »dann sagt ihr eurem Vater eben, ihr hättet Scrabble gespielt oder irgendetwas Hochgeistiges, das er gutheißen würde.«

»Aber das wäre nicht wahr«, sagte Thomas, »weil wir doch den Film anschauen.«

»O je, euch kann man es nicht recht machen, was?«, sagte Kettle. »Ihr werdet euch freuen, dass eure törichte alte Großmama jetzt eine Weile fort ist. Wenn ihr euch zu dem Vergnügen überwinden könnt, das ich mir extra für euch ausgedacht habe, sagt es einfach Amparo, dann legt sie euch die DVD ein. Wenn nicht, liegt in der Küche der *Telegraph* – ich bin sicher, dass ihr das Kreuzworträtsel schafft, bis ich zurück bin.«

Mit diesem triumphierend sarkastischen Satz ging Kettle aus dem Haus, eine Märtyrerin ihrer verwöhnten, mimosenhaften Enkelsöhne. Sie ging zur Pâtisserie Valerie, um mit der Witwe des Botschafters a. D. in Rom Kaffee zu trinken. Um der Wahrheit die Ehre zu geben, war Natascha eine fürchterliche Langweilerin, die sich dauernd darüber ausließ, was James zu diesem gesagt und zu jenem gedacht hätte, als spielte das noch eine Rolle. Aber es war eben wichtig, den Kontakt zu alten Freunden zu halten.

Der Transport in der Ford-Limousine gehörte zum Bunyon's Bronze-Service-Paket, das Mary für die Beerdigung gewählt hatte. Weder die vier Rolls-Royce-Oldtimer des Platinum-Service-Pakets noch die vier federgeschmückten schwarzen Pferde und die gläserne Kutsche des High Victorian Service stellten eine ernsthafte Konkurrenz dazu dar. In der Ford-Limousine hatten noch drei weitere Personen Platz. Zuerst hatte Mary pflichtbewusst Nancy fragen wollen, doch Nicholas Pratt verfügte über einen Wagen mit Chauffeur und hatte Nancy bereits angeboten, sie mitzunehmen. Schließlich fuhr Mary mit Julia, Patricks Ex-Geliebter, Erasmus, ihrem eigenen Ex-Geliebten, und Annette, Seamus' Ex-Geliebter, gemeinsam in dem Wagen. Niemand sprach, bis er in Trauertempo auf die Hauptstraße bog.

»Ich hasse Trauerfälle«, sagte Julia und blickte in den Spiegel ihrer kleinen Puderdose, »das verschmiert den Eyeliner.«

»Hast du Eleanor gemocht?«, fragte Mary, die wusste, dass Julia sie immer ignoriert hatte.

»Ach, das hat gar nichts mit ihr zu tun«, sagte Julia, als sei das ganz selbstverständlich. »Wenn einem einfach so die Tränen kommen, bei einem albernen Film, oder einer Beerdigung, oder wenn man etwas in der Zeitung liest: das liegt dann eigentlich gar nicht am Auslöser, sondern wahrscheinlich an der angestauten Trauer, und weil das Leben einen allgemein in den Wahnsinn treibt.«

»Natürlich«, sagte Mary, »aber manchmal hängen der Auslöser und die Trauer ja auch zusammen.«

Sie wandte sich ab, versuchte sich von der routinierten Frivolität zu distanzieren, die in Julias Satz über Trauerfälle zum Ausdruck kam. Sie erblickte flüchtig die rosa Blüten einer Magnolie, die gegen die schwarz-weißen Fassaden einer Seitenstraße voller Fachwerkhäuser im nachgemachten Tudorstil protestierte. Warum fuhr der Fahrer über die Kew Bridge? Galt die längere Route als würdevoller?

»Ich habe heute Morgen den Eyeliner ausnahmsweise einmal weggelassen«, sagte Erasmus mit dem bemühten Witz des Akademikers.

»Du kannst dir meinen leihen, wenn du magst«, warf Annette ein.

»Danke für deine Worte über Eleanor«, sagte Mary lächelnd, an Annette gewandt.

»Ich kann nur hoffen, dass es mir gelungen ist, dieser ganz besonderen Frau gerecht zu werden«, sagte Annette.

»Gott ja«, sagte Julia und zog akribisch ihren Eyeliner nach. »Wieso kann dieser Wagen nicht mal stehen bleiben!«

»Sie war auf jeden Fall ein Mensch, der sich bemühte, gut zu sein«, sagte Mary, »und das allein ist selten genug.«

»Ah, Vorsätzlichkeit!«, rief Erasmus, als zeige er auf einen berühmten Wasserfall, den man gerade durchs Wagenfenster sah.

»Der Weg zur Hölle ist mit guten Vorsätzen gepflastert«, sagte Julia und wechselte mit ihrem schwarzen Fettstift zum anderen Auge.

»Thomas von Aquin sagt, Liebe sei ›das Wohlergehen des Nächsten zu begehren‹«, begann Erasmus.

»Den Nächsten begehren reicht doch«, unterbrach ihn Julia. »Klar will man nicht, dass sie auf der Straße überfahren oder erschossen werden – nicht oft jedenfalls. Mir scheint, Thomas von Aquin spricht da etwas aus, das sich von selbst versteht. Alles wurzelt im Begehren.«

»Außer Konformität, Konvention, Zwang, verdeckte Motivation, Notwendigkeit, Verwirrung, Perversion, Naturgesetze.« Erasmus lächelte traurig über diese Fülle von Alternativen.

»Aber sie erzeugen andere Arten von Begehren.«

»Wenn du jede Bedeutung in ein einzelnes Wort packst, raubst du ihm jede Bedeutung«, sagte Erasmus.

»Nun ja, selbst wenn du denkst, Thomas von Aquin sei absolut genial, weil er so etwas sagt«, meinte Julia, »versteh ich trotzdem nicht, dass ›das Wohlergehen des Nächsten zu begehren‹ das Gleiche sein soll, wie zu begehren, dass der Nächste einen für einen Gutmenschen hält.«

»Eleanor wollte nicht nur gut sein, sie war gut«, sagte Annette. »Sie war nicht einfach eine Träumerin, wie so viele Visionäre, sie hat Dinge aufgebaut, bewegt und erschüttert, und hat damit das Leben vieler Menschen konkret verändert.«

»Patricks Leben hat sie ganz gewiss konkret verändert«, sagte Julia und ließ ihre Puderdose zuschnappen.

Es machte Mary rasend, dass Julia sich anmaßte, Patricks Interessen loyaler zu vertreten als irgendjemand sonst. Dass sie seiner Untreue hier die Treue hielt, war ein Akt der Aggression gegen Mary, den sie sich ohne Erasmus' Anwesenheit und Patricks Abwesenheit wohl kaum erlaubt hätte. Mary entschied sich für kaltes Schweigen. Sie waren schon in Hammersmith, und ihre Wut reichte bestimmt bis Chelsea.

Als Nancy Henry einlud, mit ihr zusammen bei Nicholas mitzufahren, wies er darauf hin, dass er einen eigenen Wagen hatte.

»Sag ihm, er soll uns folgen«, sagte Nicholas.

Und so folgte Henrys leerer Wagen Nicholas' vollem Wagen vom Krematorium bis zum Club.

»Man kennt so viel mehr Tote als Lebende«, bemerkte Nicholas und sank entspannt in die üppigen schwarzen Lederpolster, während er den Beifahrersitz elektronisch auf Nancys Knie zuschob, damit er seine Gäste aus einem bequemeren Winkel belehren konnte, »obwohl, rein zahlenmäßig betrachtet, alle Menschen, die jemals existierten, die ekelhaften Massen nicht aufwiegen können, die sich gegenwärtig an die Oberfläche unseres schönen Planeten klammern.«

»Das ist eins der Probleme mit der Reinkarnation: Wer wird reinkarniert, wenn es jetzt mehr Menschen gibt als die Summe der Menschen, die jemals existierten?«, sagte Henry. »Das ergibt keinen Sinn.«

»Es ergibt nur Sinn, wenn massenhaft Volk im Rohzustand auf uns herabregnet, um seine erste Zivilisationsrunde zu absolvieren. Ich fürchte, das ist nur allzu plausibel«, sagte Nicholas, wies mit hochgezogenen Augenbrauen auf seinen Fahrer und warf Henry einen warnenden Blick zu. »Sie sind das erste Mal hier, nicht wahr, Miguel?«

»Ja, Sir Nicholas«, erwiderte Miguel mit dem fröhlichen Lachen eines Menschen, der daran gewöhnt ist, von seinem Arbeitgeber mehrmals täglich bizarr beleidigt zu werden.

»Es hat keinen Zweck, Ihnen zu sagen, Sie seien in einem früheren Leben einmal Königin Kleopatra gewesen, nicht wahr?«

»Nein, Sir Nicholas«, antwortete Miguel, außerstande, seine Heiterkeit zu beherrschen.

»Ich verstehe an der Reinkarnation einfach nicht, dass wir alles vergessen«, beklagte sich Nancy. »Wäre es nicht lustiger gewesen, wenn wir uns vorhin hätten fragen können: ›Wie geht's dir denn? Wir haben uns ja ewig nicht gesehen – seit diesem absolut grauenhaften Fest, das Marie Antoinette damals im Petit Trianon gegeben hat, nicht mehr!‹ So was in dieser Richtung, was Lustiges. Wenn es stimmt, dann ist Reinkarnation so etwas wie Alzheimer in großem Maßstab, und jedes Leben ist unser kleiner Moment intensiver Angst. Ich weiß, dass meine Schwester dran geglaubt hat, aber als ich sie fragen wollte, warum wir alles vergessen, da hatte sie *wirklich* Alzheimer, und da wäre es ja taktlos gewesen, ihr versteht schon, was ich meine.«

»Wiedergeburt ist nur ein sentimentales Gerücht, übertragen aus dem Pflanzenreich«, sagte Nicholas weise. »Wir sind alle beeindruckt vom Wiederaufleben des Frühlings, doch der Baum war ja gar nicht gestorben.«

»Man kann auch in seinem eigenen Leben wiedergeboren werden«, sagte Henry leise. »Man kann einer Sache entsagen und in eine neue Phase eintreten.«

»Man verschone mich mit einem weiteren Frühling«, sagte Nicholas. »Seit ich ein kleiner Junge war, habe ich mich im Hochsommer des Ich-Seins befunden, und ich hege die Absicht, bis zum plötzlichen, schmerzlosen Ende durchs hohe Gras Schmetterlingen nachzujagen. Andererseits sehe ich natürlich ein, dass manche Leute, wie etwa Miguel, dringend einer Generalüberholung bedürfen.«

Miguel gluckste und schüttelte ungläubig den Kopf.

»Oh, Miguel, ist er nicht schrecklich?«, fragte Nancy.

»Ja, Madam.«

»Sie sollen ihr nicht zustimmen, Sie Trottel«, sagte Nicholas.

»Ich dachte, Eleanor sei Christin«, meinte Henry, dem es nicht gefiel, wie Nicholas mit dem Bediensteten umsprang. »Woher kam dann dieses östliche Zeug?«

»Ach, sie war einfach nur grundsätzlich religiös«, sagte Nancy.

»Die meisten Christen haben wenigstens den Vorzug,

nicht Hindu oder Sufi zu sein«, sagte Nicholas, »so wie Sufis den Vorzug haben, nicht christlich zu sein, aber was die Religion betrifft, ähnelte Eleanor einem dieser unglaublichen Cocktails, bei denen man sich fragt, bei welcher Massenkarambolage sich zum ersten Mal Gin, Brandy, Tomatensaft, Crème de Menthe und Cointreau zu einem einzigen Drink vermischt haben.«

»Aber sie war immer ein liebes Mädchen«, sagte Henry mannhaft, »hat sich immer um andere Menschen gekümmert.«

»Unter Umständen ist das zu begrüßen«, gab Nicholas zu, »je nachdem, wer die anderen Menschen sind.«

Nancy warf ihrem Cousin, der auf dem Rücksitz saß, einen Blick zu und verdrehte die Augen. Ihrer Meinung nach ging es innerhalb der Familie an, unmögliche Dinge zueinander zu sagen, Außenstehende jedoch sollten zurückhaltender sein. Henry schaute sich sehnsüchtig nach seinem leeren Wagen um. Selbst Nicholas brauchte eine Erholung von sich selbst. Als sein Wagen am Cromwell Hospital vorbeiraste, verstummten alle in gegenseitigem Einverständnis, und Nicholas schloss die Augen und sammelte seine Kräfte für die vor ihm liegende gesellschaftliche Fron.

Nach dem Film saß Thomas auf einem Kissen und tat, als lenke er einen fliegenden Teppich. Zuallererst besuchte er seine Mutter und seinen Vater, die gerade beim Begräbnis seiner Großmutter waren. Er hatte Fotografien seiner toten Großmutter gesehen und gedacht, er könne sich an sie erinnern, aber dann hatte ihm seine Mutter erklärt, er habe sie zuletzt im Alter von zwei Jahren gesehen, als sie in Frankreich lebte, und da wurde ihm klar, dass die Erinnerung nur eine Einbildung aufgrund der Fotografie war. Es sei denn, er hatte eben doch eine ganz verschwommene Erinnerung an sie gehabt, und das Foto hatte den winzigen Funken seiner Verbindung zur Großmutter neu entfacht, wie ein Nest schwacher orangener Glut in einem Haufen weicher grauer Asche, und einen Moment lang konnte er sich wirklich daran erinnern, wie er auf dem Schoß seiner Großmutter gesessen und sie angelächelt und ihr runzliges altes Gesicht getätschelt hatte – seine Mutter sagte, er habe sie angelächelt, und sie habe sich richtig gefreut.

Der fliegende Teppich raste weiter nach Bagdad, wo Thomas heruntersprang und den bösen Zauberer Jafar mit einem Tritt über die Brüstung in den Burggraben beförderte. Die Prinzessin war so dankbar, dass sie ihm einen zahmen Leoparden, einen rubingeschmückten Turban und eine Lampe schenkte, in der ein sehr mächtiger und lustiger Flaschengeist wohnte. Der Flaschengeist dehnte sich gerade in der Luft über ihm aus, als Thomas hörte, wie die Wohnungstür aufging und Kettle im Flur Amparo begrüßte.

»Waren die Jungen brav?«

»O ja, sie fanden den Film toll, genau wie meine Enkelinnen.«

»Na ja, zumindest mal etwas, das ich richtig gemacht habe«, seufzte Kettle. »Wir müssen uns beeilen; draußen wartet ein Taxi. Das Gejammer meiner Freundin hat mich so erschöpft, dass ich mir lieber gleich ein Taxi herangewunken habe, als ich aus der Patisserie kam.«

»Ach, das tut mir leid«, sagte Amparo.

»Nicht zu ändern«, erwiderte Kettle stoisch.

Als Kettle ins Wohnzimmer kam, saß Thomas auf einem Kissen neben dem großen niedrigen Tisch in der Mitte des Raums, und Robert lag ausgestreckt auf dem Sofa und starrte an die Decke.

»Ich sitze auf einem fliegenden Teppich«, sagte Thomas.

»Na, dann brauchst du ja das langweilige Taxi nicht, das uns zur Feier bringen soll.«

»Nein«, erwiderte Thomas vergnügt, »ich finde selber hin.«

Er beugte sich vor und packte, zur Seite gelehnt, die vorderen Kissenzipfel, als lege er sich in eine steile Linkskurve.

»Los, los«, sagte Kettle und klatschte ungeduldig in die Hände. »Es kostet mich ein Vermögen, das Taxi warten zu lassen. Wieso starrst du so an die Decke?«, fuhr sie Robert an.

»Ich denke nach.«

»Sei doch nicht albern.«

Die beiden Jungen folgten Kettle in den altersschwachen Käfiglift, der sie ins Erdgeschoss brachte. Kettle sagte dem Taxifahrer, er solle sie zum Onslow Club fahren, und schien sich endlich zu beruhigen, doch jetzt waren Robert und Thomas zu aufgebracht, um zu reden. Kettle, die ihr Widerstreben spürte, wollte wissen, wie es so in der Schule lief. Nachdem ein paar dumme Fragen am stolzen Schweigen der beiden abgeprallt waren, erlag Kettle der Versuchung, sich in Erinnerungen an ihre eigene Schulzeit zu ergehen: Schwester Bridgets unwiderstehliche Art gegenüber den Eltern, vor allem den vornehmen Eltern, und ihre große Strenge den Mädchen gegenüber; das irrsinnig komische Zeugnis, in das Schwester Anne geschrieben hatte, es bedürfe eines »göttlichen Eingreifens«, um Kettle in eine Mathematikerin zu verwandeln.

Kettle machte sich weiter selbstgefällig über sich lustig, während das Taxi dröhnend die Fulham Road entlangfuhr. Die Brüder hingen eigenen Gedanken nach und tauchten erst wieder auf, als der Wagen vor dem Club anhielt.

»Oh, schau mal, da ist Daddy«, rief Robert und sprang als Erster aus dem Auto.

»Wartet bloß nicht auf mich«, sagte Kettle spöttisch.

»Okay«, meinte Thomas, stürzte auch hinaus und rannte seinem Vater entgegen.

»Hallo Dada«, rief er und sprang seinem Vater in die Arme. »Rate mal, was ich gemacht habe? Ich hab *Aladin* angeschaut! Nicht *Bin* Laden, sondern *A*-ladin.« Er kicherte schelmisch und tätschelte Patrick beide Backen gleichzeitig.

Patrick brach in Gelächter aus und küsste ihn auf die Stirn.

11

Als er den Eingang des Onslow Clubs erreichte, immer noch Thomas auf dem Arm und Robert an seiner Seite, vernahm Patrick fern aber unüberhörbar die Stimme Nicholas Pratts, der hinter ihm auf dem Gehsteig seine Meinungen ausspie.

»Ein Prominenter ist heutzutage jemand, von dem man noch nie etwas gehört hat«, dröhnte Nicholas, »so wie ein Kellner in einem Pariser Café ›*j'arrive*‹ sagt, wenn er davoneilt. Margots Ruhm gehört einer vergangenen Ära an: Man weiß tatsächlich, wer sie ist! Dennoch, fünf Autobiografien zu verfassen, das geht zu weit. Das eine ist das Leben, das andere das Schreiben, und wenn man schreibt, so wie Margot das tut, kann dies die Wirkung dessen, was man *früher* einmal gut gekonnt hat, nur verdünnen, wie ein Glas Wasser an einem Regentag.«

»Du bist schrecklich«, war Nancys bewundernde Stimme zu hören.

Patrick drehte sich um und sah Nancy, die sich bei Nicholas eingehakt hatte, während auf der anderen Seite ein ziemlich demoralisiert wirkender Henry neben ihr herging.

»Wer ist dieser komische Mann?«, fragte Thomas.

»Er heißt Nicholas Pratt«, sagte Patrick.

»Der ist wie Kröterich, wenn er *sehr* grantig ist«, sagte Thomas.

Patrick und Robert lachten, so gut das in Nicholas' Nähe ging.

»Sie hat zu mir gesagt«, fuhr Nicholas mit albern-koketter Stimme fort, »›ich weiß, es ist mein fünftes Buch, aber irgendwie gibt's immer noch etwas zu sagen.‹ Wenn man eigentlich nichts zu sagen hatte, gibt es *tatsächlich* noch etwas zu sagen: es gibt alles zu sagen. Ah, Patrick!« Nicholas riss sich zusammen, »wie aufregend, in meinem fortgeschrittenen Alter noch in einen neuen Club eingeführt zu werden.« Mit demonstrativer Neugierde guckte er auf die an einer weißen Stucksäule angebrachte Messingplakette. »Der Onslow Club, ich kann mich nicht erinnern, je davon gehört zu haben.«

Er ist der Letzte, dachte Patrick, während er mit kalter Distanz Nicholas' Vortrag verfolgte, der Letzte, der von den Freunden meiner Eltern noch lebt, der Letzte der Gäste, die in meiner Kindheit nach Saint Nazaire kamen. George Watford, Victor Eisen und Anne Eisen sind tot, selbst Bridget, die so viel jünger war als Nicholas, ist tot. Ich wünschte, er fiele auch tot um.

Träge nahm Patrick seinen mörderischen Wunsch zurück. Der Tod, dieser unbändige Egomane, bedurfte keiner Ermutigung. Außerdem, frei zu sein, was immer das heißen mochte, durfte ja nicht von Nicholas' Tod abhängen, nicht einmal vom Tod Eleanors.

Und doch verwies ihr Tod auf eine elternlose Welt, zu der ihm Nicholas' Gegenwart den Zugang versperrte. Seine perfekt einstudierte Verächtlichkeit war ein zerfasertes Seil, das Patrick mit dem gesellschaftlichen Ambiente seiner Kindheit verband. Patricks eine große Verbündete während seiner »schwierigen« Jugend hatte Nicholas stets verabscheut. Victor Eisens Frau, Anne, hatte immer den Eindruck gehabt, David Melroses Verworfenheit habe durch den Nimbus des

Wahnsinns, der ihn umgab, unvermeidlich gewirkt, wogegen Nicholas' Dekadenz ihr eher die Wahl eines Lebensstils zu sein schien.

Nicholas richtete sich auf und nahm die Kinder wahr.

»Sind das deine Söhne?«

»Robert und Thomas«, sagte Patrick und merkte, wie sehr es ihm widerstrebte, Thomas, der ihm langsam zu schwer wurde, neben dem letzten lebenden Freund seines Vaters auf dem Gehweg abzusetzen.

»Wie schade, dass David nicht mehr bei uns ist, um seine Enkelsöhne zu genießen«, sagte Nicholas. »Er hätte zumindest dafür gesorgt, dass sie nicht den ganzen Tag vor dem Fernseher verbringen. Er hat die Tyrannei der Braun'schen Röhre mit großer Sorge betrachtet. Ich kann mich lebhaft erinnern, wie er, als wir einmal ein paar Kinder sahen, die in ein Fernsehgerät geradezu hineinkrochen, zu mir sagte: ›Schrecklicher Gedanke, was diese Strahlung ihren kleinen Genitalien antut.‹«

Patrick war sprachlos.

»Gehen wir doch hinein«, sagte Henry energisch. Er lächelte die beiden Jungen an und ging der Gesellschaft voran.

»Ich bin dein Vetter Henry«, sagte er zu Robert. »Du warst vor ein paar Jahren bei mir in Maine.«

»Auf dieser Insel«, erwiderte Robert. »Ich erinnere mich. Es war toll dort.«

»Dann musst du mal wiederkommen.«

Patrick preschte mit Thomas auf dem Arm voran, während Nicholas ihm wie ein lahmer Vorstehhund, der einem verletzten Vogel folgt, über die schwarz-weißen Bodenfliesen hinterherhumpelte. Er merkte, dass er Patrick verstört hatte, und wollte die Chance nicht verpassen, sein Werk zu vollenden.

»Ich muss ständig daran denken, wie sehr dein Vater diesen Anlass genossen hätte«, keuchte Nicholas. »Ungeachtet seiner Schattenseiten als Vater hat er doch zumindest nie seinen Sinn für seinen Humor verloren.«

»Was man nicht hat, kann man wohl kaum verlieren«, sagte Patrick und war so erleichtert, wieder sprechen zu können, dass er sich unvorsichtigerweise auf Nicholas einließ.

»Oh, da bin ich anderer Meinung«, meinte Nicholas. »Er konnte *allen* Dingen eine komische Seite abgewinnen.«

»Er konnte nur den Dingen eine komische Seite abgewinnen, die keine hatten«, sagte Patrick. »Das ist kein Sinn für Humor, sondern nur eine Form von Grausamkeit.«

»Nun ja, Grausamkeit und Lachen«, meinte Nicholas, während er sich neben der Messinggarderobe am anderen Ende der Eingangshalle mühsam aus seinem Mantel schälte, »waren schon immer nahe Verwandte.«

»Nahe, aber nicht inzestuös«, erwiderte Patrick. »Jedenfalls muss ich mich jetzt um die Leute kümmern, die aus Trauer um meine Mutter gekommen sind, auch wenn du meinen phantastischen Erzeuger noch so sehr vermisst.«

Patrick nutzte den Moment, als Nicholas sich in seinem Mantel wie in einer Zwangsjacke verfangen hatte, und kehrte zum Ausgang zurück.

»Ah, schau mal, da ist Mummy«, sagte er zu Thomas, setzte ihn endlich auf dem Schachbrettmuster ab und folgte ihm, der Mary entgegenlief.

»Ich möchte ja nicht nach Greta Garbo klingen, aber ›I want to be alone‹«, sagte Patrick mit drolligem schwedischem Akzent.

»Schon wieder!«, meinte Mary. »Warum befallen dich diese Empfindungen nicht mal, wenn du allein *bist*? Da rufst du dauernd an und beklagst dich, dass du zu keinen Partys mehr eingeladen wirst.«

»Stimmt, aber dabei denke ich nicht an den Leichenschmaus nach der Beerdigung meiner Mutter. Hör zu, ich flitze kurz um den Block, so, als würde ich eine rauchen, und wenn ich zurückkomme, bin ich total präsent, versprochen.«

»Versprechungen, Versprechungen«, sagte Mary mit verständnisvollem Lächeln.

Patrick sah hinter Mary jetzt Julia, Erasmus und Annette eintreten und spürte den Würgegriff der gesellschaftlichen Verpflichtung. Es zog ihn dringender weg denn je, doch er erkannte, dass es nicht ging. Annette erspähte Nicholas am anderen Ende des Flurs.

»Der arme Nick hat sich ja völlig in seinem Mantel verheddert«, sagte sie und eilte zu seiner Rettung.

»Komm, ich helfe dir.« Sie zog am Mantelärmel und befreite Nicholas' verdrehte Schulter.

»Danke«, sagte Nicholas. »Dieser Unmensch Patrick hat genau gesehen, dass ich verschnürt war wie ein Truthahn, und ist einfach weggelaufen.«

»Ach, das hat er sicher nicht so gemeint«, sagte Annette optimistisch.

Jetzt traf Johnny ein, der einen Parkplatz gefunden hatte, und verstärkte den Druck auf Patrick, den Gästen zuliebe in die Eingangshalle zurückzukehren. Während er von der Menge wieder ins Haus gedrängt wurde, kam eine grauhaarige Frau, die ihm vage bekannt schien, ungeheuer zielstrebig herein und erkundigte sich beim Portier, ob hier der Leichenschmaus nach Eleanor Melroses Beerdigung stattfinde.

Plötzlich fiel Patrick ein, woher er sie kannte. Sie war zur gleichen Zeit wie er in der Priory gewesen. Er hatte sie getroffen, als er gerade zu jenem Besuch bei Becky aufbrach, den er dann abgebrochen hatte. In dunkelgrünem Pulli und Tweedrock war sie am Eingang auf ihn zugeschwankt, hatte ihm den Weg versperrt und eindringlich und viel zu vertraulich auf ihn eingeredet.

»Du gehst?«, hatte sie gefragt und seine Antwort gar nicht erst abgewartet. »Ich muss sagen, da beneide ich dich nicht. Mir gefällt's hier. Ich komme jedes Jahr für einen Monat hierher. Tut mir unglaublich gut, mal von zu Hause wegzukommen. Die Sache ist die, ich hasse meine Kinder. Es sind Monster. Ihr Vater, den ich wie die Pest hasse, hat sie nie zur Ordnung gerufen, du kannst dir also vorstellen, was für Scheusale das geworden sind. Ich hab natürlich auch meinen Anteil daran. Ich bin zehn Monate im Bett gelegen, hab keinen Ton von mir gegeben, und als ich wieder geredet hab, konnte ich nicht mehr aufhören, weil sich in den zehn Monaten so viel angestaut hatte. Ich weiß ja nicht, aus welchem Grund du offiziell da bist, aber ich hab so ein Gefühl. Nein, hör mir zu. Wenn ich dir einen Rat geben kann, heißt er ›Amitriptylin‹. Absolut phantastisch! Als ich das nahm, war ich zum ersten Mal glücklich. Seitdem versuch ich wieder an das Zeug ranzukommen, aber diese Schweine geben es mir nicht.«

»Eigentlich versuche ich gerade, alles abzusetzen«, sagte Patrick.

»Sei nicht so dumm; das ist ein Wundermittel!«

Als sein Taxi kam, folgte sie ihm bis auf die Treppe hinaus. »*Amitriptylin!*«, rief sie, als habe *er* gerade *ihr* davon erzählt, »du Glücklicher!«

Er war ihrem dringenden Rat, Amitriptylin zu schlucken, nicht gefolgt; im Gegenteil, er hatte in den nächsten Monaten sowohl das Oxazepam und die Antidepressiva abgesetzt, als auch das Trinken aufgegeben.

»Es ist ganz seltsam«, sagte Patrick zu Johnny, als sie zu dem Saal hinaufstiegen, in dem der Leichenschmaus stattfinden sollte, »gerade ist eine Frau eingetroffen, die letztes Jahr zur gleichen Zeit wie ich in der Priory war. Sie ist total verrückt.«

»Das kann dort schon mal vorkommen«, meinte Johnny.

»Keine Ahnung, ich bin ja völlig normal«, sagte Patrick.

»Vielleicht zu normal«, meinte Johnny.

»Zu verdammt normal«, sagte Patrick und schlug sich mit der Faust in die Handfläche.

»Da können wir glücklicherweise Abhilfe schaffen«, erwiderte Johnny im paternalistischen Ton eines erfahrenen amerikanischen Arztes, »dank Xywyz, einem bahnbrechenden Medikament, das nur aus den letzten vier Buchstaben des Alphabets besteht.«

»Unglaublich!«, staunte Patrick.

Johnny rasselte die Gegenanzeigen herunter: »Xywyz nicht einnehmen bei gleichzeitiger Anwendung von Wasser oder anderen hydratisierenden Mitteln. Mögliche Nebenwirkungen sind unter anderem Blindheit, Inkontinenz, Aneurysma, Leberversagen, Schwindel, Hautauschläge, Depression, innere Blutungen und Sekundentod.«

»Mir egal«, jammerte Patrick, »ich will es unbedingt! Ich muss es haben!«

Die beiden Männer schwiegen. Seit Jahrzehnten schon improvisierten sie derlei kleine Sketche, seit der Zeit, als sie in den Schulpausen auf der Feuerleiter gemeinsam Zigaretten und später Joints geraucht hatten.

»Sie hat gezielt nach diesem Leichenschmaus gefragt«, sagte Patrick, als sie den Treppenabsatz erreichten.

»Vielleicht kannte sie ja deine Mutter.«

»Manchmal sind die einfachsten Erklärungen die besten«, räumte Patrick ein, »obwohl es auch sein könnte, dass sie ein

Beerdigungsfreak ist und gerade in einer manischen Phase steckt.«

Das Geräusch von Flaschen, die entkorkt werden, erinnerte Patrick daran, dass es erst ein Jahr her war, seit Gordon, der weise schottische Gruppenleiter, ein Gespräch mit ihm geführt hatte, bevor er an den täglichen Sitzungen der Depressionsgruppe teilnahm. Gordon lenkte seine Aufmerksamkeit auf »den Alkoholiker hinter dem Alkohol«.

»Man kann den Gin aus dem Gin Tonic entfernen«, sagte er, »aber den Tonic hat man trotzdem noch.«

Patrick, der die Nacht in einem Zustand brodelnder Halluzinationen und kosmischen Unbehagens zugebracht hatte, war nicht in der Stimmung, auf irgendetwas einzugehen.

»Ich glaube nicht, dass man den Gin aus dem Gin Tonic weglassen kann«, sagte er, »oder die Eier aus dem Soufflé oder das Salz aus dem Meer.«

»War doch nur eine Metapher«, sagte Gordon.

»*Nur* eine Metapher!«, jaulte Patrick auf. »Metaphern sind ja das ganze Problem, das Lösungsmittel der Albträume. Im geschmolzenen Kern der Dinge gleicht alles allem: das ist ja der Horror!«

Gordon warf einen Blick auf Patricks Krankenblatt, um sicherzugehen, dass er sein Oxazepam genommen hatte.

»Meine eigentliche Frage«, beharrte er, »ist, wogegen haben Sie sich selbst mit Alkohol behandelt, wenn nicht letztlich gegen eine Depression?«

»Borderline-Persönlichkeit, narzisstische Wut, schizoide Tendenzen …«, schlug Patrick vor.

Gordon war in ein dröhnendes Therapeutengelächter ausgebrochen. »Phantastisch! Da bringen Sie ja schon einiges an Selbsterkenntnis mit!«

Patrick schaute sicherheitshalber die Treppe hinunter, ob die Amitriptylin-Anhängerin nicht in der Nähe war.

»Ich habe sie zweimal gesehen«, erzählte er Johnny, »einmal zu Beginn meines Klinikaufenthalts und einmal in der Mitte, als es mir langsam besser ging. Das erste Mal hat sie mich über die segensreichen Wirkungen des Amitriptylin aufgeklärt, das zweite Mal haben wir nicht miteinander geredet, da hab ich nur mitgekriegt, wie sie jemand anderem aus meiner Depressionsgruppe den gleichen Vortrag hielt.«

»Sie ist also eine Art *Ancient Mariner* des Amitriptylin.«

»Genau.«

Patrick erinnerte sich noch genau an jene zweite Begegnung, weil sie am entscheidenden Tag seines Aufenthalts stattgefunden hatte. Eine rohe Klarheit hatte die Entzugserscheinungen und das Delirium der ersten vierzehn Tage abgelöst. Er brachte immer mehr Zeit allein im Garten zu, weil er nicht im Geplapper eines gemeinsamen Mittagessens untergehen und auch keine Minute länger als nötig in seinem Zimmer verbringen wollte. Eines Tages saß er auf der Gartenbank, die am abgeschiedensten lag, als er plötzlich zu weinen begann. Nichts in dem Fleck pastösen Himmels oder dem eingeschränkten Blick auf einen Baum rechtfertigte die Empfindung ästhetischer Wonne, die ihn erfüllte; es gurrten keine Ringeltauben auf dem Ast, es wehten keine fernen Opernklänge über den Rasen herüber, es nickten keine Krokusse am Fuß des Baums. Etwas Unsichtbares war einfach so in seinen depressiven Blick eingedrungen und hatte sich wie ein Goldrausch in den Ruinen seines müden Hirns ausgebreitet. Er besaß keine Kontrolle über die Quelle dieser Gnade. Er hatte seine Depression nicht umgedeutet oder hinter sich gelassen; sie war einfach einer anderen Art des Seins gewichen. Er weinte vor Dankbarkeit, aber auch vor Frustration, weil er nicht fähig war, sich einen Vorrat dieses kostbaren neuen Guts anzulegen. Er spürte, wie tief sein eigener psychologischer Materialismus ging, und erkannte vage, dass dieser ihm im Weg stand, doch die Gewohnheit, sich an alles zu klammern, das sein Elend lindern könnte, war zu stark, und das Gefühl grundloser Schönheit, das ihn durchschimmert hatte, erlosch, als er überlegte, wie er es einfangen und nutzen könnte.

Und dann war die Amitriptylin-Frau erschienen, im selben grünen Pulli und Tweedrock wie beim ersten Mal. Er erinnerte sich noch, dass er gedacht hatte, sie müsse mit kleinem Gepäck gekommen sein.

»Aber diese Schweine geben es mir nicht …«, sagte sie gerade zu Jill, einem Mitglied von Patricks Depressionsgruppe, das nah am Wasser gebaut hatte.

Jill war an jenem Morgen schluchzend aus der Gruppensitzung gelaufen, nachdem ihr Vorschlag, die Gruppe solle das Wort Gott als Akronym für *Geschenkter Ort tiefen Trosts* vom bitter-ätzenden Terry mit den Worten »Gestatten, dass ich kotze« gewürdigt worden war.

Patrick, der ein Gespräch mit den beiden Frauen unbedingt vermeiden wollte, flüchtete sich hinter die dunklen Seitenäste einer Zeder.

»Du Glückliche …« Der Amitriptylin-Vortrag nahm seinen unvermeidlichen Verlauf.

»Aber ich hab doch gar keins bekommen!«, protestierte Jill, die offenbar die Gegenwart Gottes spürte, denn ihre Augen füllten sich wieder mit Tränen.

»Als ich sie das letzte Mal sah, hing ich zwanzig Minuten lang hinter einer Zeder fest«, erklärte Patrick Johnny, als sie einen hellblauen Saal mit hohen Terrassentüren betraten, die auf einen friedlichen kleinen Privatpark hinausgingen. »Als ich die beiden kommen sah, hab ich mich schnell hinter einem Baum versteckt, und sie übernahmen die Bank, auf der ich gesessen hatte.«

»Geschieht dir ganz recht, wenn du deine depressive Mitpatientin so im Stich gelassen hast«, sagte Johnny.

»Ich hatte damals gerade eine Epiphanie.«

»Na dann …«

»Das scheint jetzt alles so weit weg.«

»Die Epiphanie oder die Priory?«

»Beides«, erwiderte Patrick, »zumindest bis vorhin diese Frau hier auftauchte.«

»Vielleicht kommt die Erkenntnis, wenn du aus dem Tollhaus hinaus musst. Die Verrückte da unten könnte ein Katalysator sein.«

»Alles könnte ein Katalysator sein«, sagte Patrick. »Alles könnte ein Beweis oder ein Anhaltspunkt sein. Wir können es uns nicht leisten, in unserer Wachsamkeit auch nur einen Moment nachzulassen.«

»Da können wir glücklicherweise Abhilfe schaffen«, sagte Johnny wieder im Ton des paternalistischen amerikanischen Arztes, »dank Vigilante. Vigilante ist von Kampfpiloten heiß umkämpft, es lenkt Staatenlenker, terrorisiert Terroristen, ist die Geschäftigkeit hinter den Geschäften Amerikas. *Vigilante: »Hält unsere Anführer rund um die Uhr auf Trab.«* Und dann leierte Johnny murmelnd die Gegenanzeigen herunter: »Vigilante nicht anwenden, wenn Sie an hohem Blutdruck, niedrigem Blutdruck oder normalem Blutdruck leiden. Fragen Sie Ihren Arzt oder Apotheker bei Brustschmerzen, Augenlidschwellungen, Ohrenverlängerung …«

Patrick hörte nicht mehr zu und sah sich in dem beinahe leeren Saal um. Am anderen Ende eines langen Tischs, der für eine so kleine Trauergesellschaft mit viel zu viel Essen beladen war, machte sich Nancy schon über einen Teller Sandwiches her. Henry stand neben ihr und unterhielt sich mit Robert. Hinter dem Tisch stand eine außergewöhnlich hübsche Kellnerin, mit langem Hals, hohen Wangenknochen und kurzem schwarzem Haar. Sie lächelte Patrick freundlich und offen an. Das war wohl eine aufstrebende Schauspielerin, die hier zwischen den Vorsprechterminen jobbte. Sie wirkte geradezu abstrus attraktiv. Er wäre am liebsten sofort mit ihr weggegangen. Was machte sie so unwiderstehlich? Ließ der Tisch voller fast noch unberührter Häppchen sie ebenso großzügig erscheinen wie schön? Wie bandelte man in einem solchen Fall am besten an? Meine Mutter ist gestorben und ich brauche etwas Aufheiterung? Meine Mutter hat mir nie genug zu essen gegeben, aber Sie sehen aus, als wären Sie da ganz anders? Patrick stieß ein kurzes, heiseres Gelächter aus, angesichts der Absurdität dieser tyrannischen Impulse, der Tiefe seiner Abhängigkeit, der Phantasie, gerettet zu werden, der Phantasie, genährt zu werden. Es lastete einfach zu viel Vergangenheit auf seiner Zuwendung, drückte sie unter Wasser, überflutete ihn mit vorsprachlichen Urtrieben. Er stellte sich vor, sein Unbewusstes abzuschütteln wie ein Hund, der gerade aus dem Meer läuft. Er ging zu dem Tisch hinüber, bat um ein Glas Mineralwasser und schenkte der Kellnerin ein schlichtes Lächeln, das keine Zukunft hatte. Er dankte ihr und wandte sich brüsk ab. Der ganze Auftritt hatte etwas Leeres; er fand sie immer noch absolut anbetungswürdig, aber er begriff, was hinter dieser Anziehung steckte: sein eigener Hunger, ohne interpersonelle Implikationen.

Das Ganze erinnerte ihn an Jill aus der Depressionsgruppe, die sich eines Tages darüber beklagt hatte, sie habe »ein Beziehungsproblem – na ja, das Problem ist, dass die Person, mit der ich eine Beziehung habe, gar nicht weiß, dass wir eine Beziehung haben.« Dieses Geständnis hatte Terry mit höhnischem Gelächter quittiert.

»Kein Wunder, dass du zum neunten Mal in Behandlung bist«, sagte Terry.

Jill eilte schluchzend aus dem Raum.

»Dafür wirst du dich entschuldigen müssen«, sagte Gordon.

»Ich hab es aber so gemeint.«

»Deshalb musst du dich ja entschuldigen.«

»Aber wenn ich mich entschuldige, meine ich's doch nicht so.«

»Spiel ihr einfach was vor, Mann«, sagte Gary, der Amerikaner, dessen Mutter, die opportunistische Touristin, bei Patricks erster Gruppensitzung solche Aufregung verursacht hatte.

Patrick fragte sich, ob er einfach etwas vorspielte, wenn er sich so resolut von einer Frau wegdrehte, die er lieber verführt hätte? Nein, mit der Verführung hätte er etwas vorgespielt, der Casanova-Komplex hätte ihn gezwungen, seine infantile Sehnsucht mit scheinbar erwachsenem Verhalten zu kaschieren: Konzilianz, Konversation, Kopulation, Kommentierung; komplizierte Mittel, um sich von dem hilflosen Baby zu distanzieren, dessen Schreie er nicht ertrug. Das Herrliche am Tod seiner Mutter war, dass sie mit ihrer angenommenen mütterlichen Präsenz seinen eigenen mütterlichen Instinkten nicht mehr im Weg stehen und ihn nicht mehr daran hindern konnte, das untröstliche Wrack zu umarmen, das sie geboren hatte.

12

Als sich der Saal zu füllen begann, wurde Patrick aus seinen Gedankengängen in die Rolle des Gastgebers zurückgeholt. Nicholas ging mit hochmütiger Gleichgültigkeit an ihm vorbei und gesellte sich am anderen Ende des Raums zu Nancy. Mary kam herüber, die Amitriptylin-Anhängerin im Schlepptau, dicht gefolgt von Thomas und Erasmus.

»Patrick«, sagte Mary, »du musst unbedingt Fleur kennenlernen, sie war eine alte Freundin deiner Mutter.«

Patrick schüttelte ihr höflich die Hand und wunderte sich über ihren seltsamen französischen Namen. Jetzt, wo sie ihren Mantel ausgezogen hatte, erkannte er den grünen Pullover und den Tweedrock aus der Priory wieder. Hellroter Lippenstift in der Form eines Munds verschattete Fleurs eigenen Mund, etwa einen Zentimeter nach rechts verschoben, was aussah, als sei ein Zirkusclown beim Abschminken unterbrochen worden.

»Woher wussten Sie …«, begann Patrick.

»Dada!«, sagte Thomas, zu aufgeregt, um nicht dazwischenzuplatzen. »Erasmus ist ein echter Philosoph!«

»Na ja, so in etwa«, meinte Erasmus.

»Ich weiß, mein Schatz«, sagte Patrick und fuhr seinem Sohn durchs Haar. Thomas hatte Erasmus anderthalb Jahre lang nicht gesehen, und die Kategorie des Philosophen war während dieser Zeit eindeutig interessant für ihn geworden.

»Was ich sagen will«, meinte Thomas und schaute sehr philosophisch drein, »also, ich denke immer, das Problem mit Gott ist: Wer hat Gott erschaffen? Und«, fügte er hinzu und kam jetzt richtig in Schwung, »wer hat den erschaffen, der Gott erschaffen hat?«

»Aha, ein infiniter Regress«, sagte Erasmus traurig.

»Okay«, meinte Thomas, »aber wer hat den infiniten Regress geschaffen?« Er sah zu seinem Vater hinauf, um sich zu vergewissern, dass er philosophisch argumentierte.

Patrick lächelte ihn ermutigend an.

»Er ist furchtbar gescheit, oder?«, sagte Fleur. »Im Gegensatz zu meinen Bälgern: die haben bis weit ins Teenageralter keinen vollständigen Satz herausgebracht, und auch dann nur, um mich zu beleidigen – und ihren Vater, der es natürlich nicht anders verdient hat. Absolute Monster.«

Mary verdrückte sich mit Thomas und Erasmus, und Patrick saß mit Fleur in der Falle.

»So sind Teenager nun mal«, sagte Patrick in freundlich-energischem Ton. »Also, woher kanntest du Eleanor?«

»Ich hab deine Mutter angebetet! Sie war wohl einer der ganz wenigen guten Menschen, denen ich je begegnet bin. In gewisser Weise hat sie mir das Leben gerettet – muss so vor dreißig Jahren gewesen sein –, indem sie mir einen Job in einem ihrer Secondhandläden verschaffte, die sie für den Save the Children Fund betrieb.«

»Ich erinnere mich an diese Läden«, sagte Patrick, der merkte, dass Fleur in Fahrt kam und nicht unterbrochen werden wollte.

»Einige Leute«, fuhr Fleur hektisch fort, »na ja, eigentlich alle außer deiner Mutter hielten mich für arbeitsunfähig, wegen meinen Schüben, aber ich musste einfach mal raus und etwas *tun*, deshalb war deine Mutter ein absolutes Gottesgeschenk. In kürzester Zeit hat sie mir beigebracht, wie man Secondhandkleider verpackt. Die haben wir dann an den Shop geschickt, für den sie am besten geeignet schienen, und die wirklich guten haben wir für unseren Shop am Launceston Place zurückbehalten, direkt um die Ecke von eurem Haus.«

»Aha«, warf Patrick rasch ein.

»Was wir für einen Spaß hatten«, erinnerte sich Fleur, »wir waren wie zwei Schulmädchen, wenn wir die Kleider hochhielten und sagten: ›Richmond, würde ich sagen«, oder ›*Typisch* Cheltenham‹. Manchmal riefen wir beide genau gleichzeitig ›Rochdale!‹ oder ›Hemel Hempstead‹. Ach, was haben wir gelacht! Irgendwann hat deine Mutter mir dann die Ladenkasse anvertraut und mich den Shop ganztägig führen lassen, und da hab ich dann leider einen meiner Schübe bekommen. Wir hatten an dem Morgen einen Pelzmantel reingekriegt – das war die Zeit, wo die immer öfter mit Farbbeuteln beworfen wurden –, einen phantastischen Zobelmantel, und ich glaube, deshalb bin ich ausgerastet. Plötzlich packte mich das Bedürfnis, mal was richtig Glamouröses zu machen, und da hab ich alles Geld aus der Kasse genommen und den Mantel angezogen – nicht ganz das Richtige mitten im Juni, aber ich *musste* ihn einfach tragen. Jedenfalls zog ich los, hielt ein Taxi an und sagte: »Fahren Sie mich zum Ritz!«

Patrick blickte sich im Saal um, besorgt, ob er hier je wieder wegkam.

»Die haben versucht, mir den Mantel abzunehmen«, erzählte Fleur und redete immer hektischer, »aber ich wollte nichts davon wissen, und so saß ich im Palm Court in diesem

Berg von Zobel, trank Champagnercocktails und redete mit jedem, der mir zuhörte, bis mich schließlich ein furchtbar aufgeblasener Oberkellner zum Gehen aufforderte, weil ich ›für die anderen Gäste ein Ärgernis‹ sei! Diese Grobheit, kannst du dir das vorstellen? Jedenfalls stellte sich heraus, dass das Geld aus der Ladenkasse nicht für die gigantische Rechnung reichte, und deshalb hat dieses miese Hotel den Mantel einbehalten, was sehr unangenehm war, weil die Dame, die ihn uns vorbeigebracht hatte, zurückkam und sagte, sie hätte es sich anders überlegt …«

Inzwischen kam Fleur ihren eigenen Gedanken kaum noch nach. Patrick suchte Marys Blick, aber sie schien ihn bewusst zu ignorieren.

»Ich kann nur sagen, deine Mutter war einfach großartig! Sie ging hin und bezahlte die Rechnung und hat so den Mantel gerettet. Sie sagte, das sei sie schon gewohnt, sie habe immer die Getränkerechnungen ihres Vaters in teuren Bars begleichen müssen, es mache ihr überhaupt nichts aus. Sie war wirklich eine Heilige und ließ mich weiterhin den Laden führen, wenn sie nicht da war, und sagte, sie sei sicher, dass so etwas nicht noch einmal passieren würde – aber leider doch, mehr als einmal.«

»Möchtest du was trinken?«, fragte Patrick und wandte sich mit neuerlicher Sehnsucht nach der Kellnerin um. Vielleicht sollte er doch mit ihr durchbrennen. Er hätte gern den Puls an ihrem langen Hals geküsst.

»Ich sollte eigentlich nicht, aber ich nehme einen Gin Tonic«, sagte Fleur und fuhr fast ohne Pause fort: »Du musst sehr stolz auf deine Mutter sein. Sie hat viele gute Werke getan, eigentlich die einzige Art, *wirklich* gut zu sein – sie hat Hunderte von Leben verändert, hat ungeheuer viel Energie in diese Secondhandläden gesteckt – ich bin fest überzeugt, wenn sie das Geld gebraucht hätte, wäre sie Unternehmerin geworden, – wenn man sah, wie beschwingt sie sich auf den Weg zum Harrogate Trade Fair machte.«

Patrick lächelte die Kellnerin an und starrte dann schüchtern aufs Tischtuch. Als er wieder aufsah, lächelte sie ihn voller Mitgefühl an. Es war klar, dass sie die Situation erfasste. Sie war nicht nur unerhört schön, sondern auch herrlich intelligent. Je mehr Fleur über Eleanor redete, desto mehr wünschte er sich, mit der Kellnerin ein neues Leben anzufangen. Zärtlich nahm er den Gin Tonic von ihr entgegen und reichte ihn der geschwätzigen Fleur, die offenbar gerade sagte: »Und, bist du's?«

»Bin ich was?«

»Stolz auf deine Mutter.«

»Wahrscheinlich.«

»Was soll das heißen, ›wahrscheinlich‹? Du bist ja schlimmer als meine Kinder. Absolute Monster.«

»Hör mal, es hat mich sehr gefreut, dich zu sehen«, sagte Patrick, »und wir sprechen uns nachher sicher noch einmal, aber jetzt sollte ich mich ein bisschen um die anderen Gäste kümmern.«

Er ließ Fleur kurzerhand stehen, und da es wirken sollte, als habe er ein festes Ziel, ging er auf Julia zu, die mit einem Glas Weißwein in der Hand allein am Fenster stand.

»Hilfe!«, sagte Patrick.

»Oh, hallo«, erwiderte Julia, »ich habe gerade gedankenverloren aus dem Fenster gestarrt, aber nicht so gedankenverloren, dass ich dich nicht mit der hübschen Kellnerin hätte flirten sehen.«

»Flirten? Ich habe kein Wort gesagt.«

»War gar nicht nötig, mein Schatz. Ein Hund braucht auch kein Wort zu sagen, wenn er winselnd im Wohnzimmer neben uns sitzt und auf den Teppich sabbert; wir wissen trotzdem, was er will.«

»Ich gebe zu, dass sie mich irgendwie angezogen hat, aber als dann diese grauhaarige Irre auf mich einzureden begann, wurde die Kellnerin zu so was wie dem letzten überhängenden Baum, bevor man in die tosenden Stromschnellen stürzt.«

»Wie poetisch. Du willst immer noch gerettet werden.«

»Keineswegs. Ich will es mir abgewöhnen, gerettet werden zu wollen.«

»Fortschritt.«

»Es geht unerbittlich voran«, sagte Patrick.

»Und wer ist diese Irre, die dich gezwungen hat, mit der Kellnerin zu flirten?«

»Ach, sie hat mal vor Jahren im Secondhandladen meiner Mutter gearbeitet. Ihre Erfahrungen mit Eleanor waren vollkommen anders als meine, und mir ist klar geworden, dass ich nicht zuständig bin für die Bedeutung, die das Leben meiner Mutter hatte, und dass es ein Irrtum ist, zu glauben, ich könnte zu einem verbindlichen Fazit gelangen.«

»Aber du könntest sicherlich zu einem Fazit gelangen, was es für dich bedeutet.«

»Nicht einmal da bin ich mir sicher«, sagte Patrick. »Ich habe heute bemerkt, wie unschlüssig ich bezüglich meiner Eltern bin. Es gibt keine endgültige Wahrheit; es ist eher so, als ob man im Lift fährt und auf verschiedenen Stockwerken des gleichen Gebäudes aussteigen kann.«

»Das klingt furchtbar anstrengend«, beschwerte sich Julia. »Wie wär's, wenn du sie einfach verabscheuen würdest?«

Patrick brach in Gelächter aus.

»Ich dachte immer, ich hätte mich innerlich von meinem Vater gelöst. Ich dachte, Ablösung sei die große Tugend, weil sie ohne die moralische Herablassung auskommt, die im Verzeihen enthalten ist, aber in Wahrheit fühle ich alles: Verachtung, Wut, Mitleid, Grauen, Zärtlichkeit und Ablösung.«

»Zärtlichkeit?«

»Beim Gedanken daran, wie unglücklich er war. Als ich dann eigene Söhne hatte und spürte, wie stark mein Instinkt war, sie zu beschützen, war ich von Neuem schockiert, dass er seinem Sohn absichtlich Schaden zugefügt hat, und da kehrte der Hass zurück.«

»Du hast die Ablösung also eigentlich aufgegeben.«

»Im Gegenteil, ich stelle einfach nur fest, von wie vielen Dingen ich mich lösen muss. Glühender Hass und blanker Schrecken annullieren die Ablösung nicht, sondern bieten die Chance, dass man sich noch stärker ablöst.«

»Also trainieren sie die innere Ablösung wie einer dieser Stepper im Fitness-Studio«, sagte Julia.

»Genau.«

»Ob man da draußen rauchen darf?«, sagte Julia, öffnete eine Balkontür und trat hinaus. Patrick folgte ihr auf den schmalen Balkon und setzte sich auf den Rand der weißen Stuckbrüstung. Während sie ihre Schachtel Camel aus der Tasche zog, glitt sein Blick über das elegante Profil, das er oft vom Nachbarkissen aus studiert hatte, und das sich nun von der verhaltenen Verheißung der noch unbelaubten Bäume abhob. Er beobachtete, wie Julia den Filter ihrer Zigarette zwischen die Lippen nahm und die flackernde Flamme ihres Feuerzeugs in den dicht gepressten Tabak einsog. Nach dem ersten tiefen Zug quoll Rauch über ihre Oberlippe, wurde durch die Nase in die sich weitenden Lungen gesogen und schließlich wieder ausgestoßen, erst in einem dicken Strom, dann in kleinen Wölkchen, missratenen Ringen und wehenden, beim Sprechen gebildeten Rauchschwaden.

»Und? Hast du heute besonders intensiv auf deinem inneren Stepper trainiert?«

»Ich habe eine seltsame Mischung aus Hochgefühl und freiem Fall empfunden. Der Tod hat etwas Kühles, Objektives, verglichen mit der wilden Privatheit des Sterbens, die ich mir durch die Krankheit meiner Mutter während der letzten vier Jahre vorstellen musste. In gewisser Weise kann ich zum ersten Mal klar über sie nachdenken, abseits des Strudels einer Empathie, die weder mitfühlend noch heilsam war, sondern eine Art Ersatz für ihren eigenen Schrecken.«

»Wäre es nicht noch besser, gar nicht über sie nachzudenken?«, fragte Julia und sog erneut wohlig an ihrer Zigarette.

»Nein, heute nicht«, erwiderte Patrick, plötzlich abgestoßen von Julias gelacktem Erscheinungsbild.

»Oh, natürlich nicht heute – ausgerechnet«, sagte Julia, die seine Distanzierung spürte. »Ich meinte einfach irgendwann.«

»Die Leute, die uns sagen, wir sollten ›darüber hinwegkommen‹ und ›nach vorne blicken‹ sind selber am wenigsten zu der direkten Erfahrung fähig, deren Vermeidung sie uns Nabelschauern vorwerfen«, meinte Patrick im Stil eines Staatsanwalts, den er sich zu eigen machte, wenn er sich selbst verteidigte. »Das, womit sie weitermachen, ist eine geisterhafte Nachahmung gedankenloser Gewohnheiten. Über eine Sache nicht nachzudenken, führt garantiert dazu, dass man unter ihrem Einfluss bleibt.«

»Da haste irgendwie recht, Chef«, sagte Julia, verwirrt durch Patricks Offenheit.

»Was würde es bedeuten, spontan zu sein, auf manches vorbehaltlos reagieren zu können – auf *alles*? Keiner von uns vermag das zu sagen, aber das würde ich vor meinem Tod gern noch herausfinden.«

»Entschuldigen Sie«, sagte eine Stimme hinter ihnen.

Patrick blickte sich um und sah die schöne Kellnerin. Er hatte ganz vergessen, dass er in sie verliebt war, aber jetzt fiel es ihm wieder ein.

»Oh, hallo«, sagte er.

Sie nahm ihn kaum zur Kenntnis und starrte unverwandt Julia an.

»Bedaure, aber Sie dürfen hier draußen nicht rauchen«, sagte sie.

»Ach je«, meinte Julia und zog an ihrer Zigarette, »das wusste ich nicht. Komisch, wir sind doch im Freien.«

»Eigentlich gehört es noch zum Club, und im Club darf nirgends geraucht werden.«

»Verstehe«, erwiderte Julia und rauchte weiter. »Tja, dann mach ich sie wohl besser aus.« Sie zog noch einmal tief an ihrer fast zu Ende gerauchten Zigarette, warf sie auf den Boden und zermalmte sie unter ihrem Schuh, bevor sie wieder nach drinnen ging.

Patrick wartete darauf, dass ihm die Kellnerin einen belustigten, komplizenhaften Blick zuwerfen werde, aber sie kehrte, ohne ihn anzusehen, auf ihren Posten hinter dem langen Tisch zurück.

Die Kellnerin nutzte ihm nichts. Julia nutzte ihm nichts. Eleanor nutzte ihm nichts. Selbst Mary nutzte ihm letztlich nichts und würde nicht verhindern können, dass er einsam und ohne jeden Trost in sein Apartment zurückkehrte.

Nicht die Frauen waren schuld; schuld war seine omnipotente Selbsttäuschung: die Vorstellung, dass Frauen überhaupt dazu da waren, ihm etwas zu bringen. Das musste er sich unbedingt in Erinnerung rufen, wenn ihn das nächste Mal eine der überflüssigen Hiso-Schlampen enttäuschte. Wieder stieß Patrick ein bellendes Gelächter aus. Er kam sich ein bisschen verrückt vor. Casanova, der Weiberfeind; Casanova, das hungrige Baby. Die Unzulänglichkeit im fauligen Kern der Übertreibung. Er beobachtete, wie sich auf das Thema seiner Beziehungen zu Frauen ein bequemer Schleier des Selbstekels legte und ihn daran zu hindern suchte, tiefer zu gehen. Selbstekel war zu einfach, er musste ihn durchdringen und zulassen, dass er ohne Trost blieb. Er freute sich auf die strengen Anforderungen dieses Versprechens wie auf ein kühles Getränk nach der dürren Oase der Tröstung. Ungetröstet wieder in seinem Apartment zu sein, er konnte es kaum erwarten.

Es wurde kalt auf dem Balkon, und Patrick wäre gern hineingegangen, aber sein Widerwille, Kettle und Mary Gesellschaft zu leisten, die direkt jenseits der Balkontür standen, hinderte ihn daran.

»Du und Thomas – wie ich sehe, seid ihr immer noch praktisch unzertrennlich«, sagte Kettle und warf einen neiderfüllten Blick auf ihren Enkel, der sich behaglich an den Hals seiner Mutter schmiegte.

»Kaum jemand schaffte es, seine Kinder so konsequent zu ignorieren, wie du das getan hast«, sagte Mary seufzend.

»Was soll das heißen? Wir haben doch immer … kommuniziert.«

»Kommuniziert? Weißt du noch, was du zu mir gesagt hast, als du in der Schule angerufen hast, um mir mitzuteilen, dass Daddy gestorben ist?«

»Dass es schrecklich sei, vermutlich.«

»Ich war so fassungslos, dass ich nicht sprechen konnte, und du hast gesagt ›Kopf hoch‹. *Kopf hoch*! Du hattest nie die geringste Ahnung, wer ich bin, und hast es bis heute nicht.«

Mary wandte sich mit erbittertem Murren ab und durchquerte den Saal. Kettle quittierte das unvermeidliche Resultat ihrer Gehässigkeit mit verständnislosem Staunen. Patrick wartete auf dem Balkon darauf, dass sie sich endlich entfernte, aber stattdessen näherte sich jetzt Annette und sprach sie an.

»Hallo«, sagte Annette, »wie geht es Ihnen?«

»Na ja, nachdem mir meine Tochter gerade den Kopf abgerissen hat, stehe ich unter Schock.«

»Mütter und Kinder«, sagte Annette weise, »vielleicht sollten wir ja einen Workshop über diese Dynamik veranstalten, und könnten Sie damit in die Foundation zurücklocken.«

»Ein Workshop über Mütter und Kinder würde mich dazu verlocken, wegzubleiben«, sagte Kettle. »Aber zum Wegbleiben muss man mich gar nicht ermutigen; ich denke, ich bin durch mit dem Schamanismus.«

»Dann viel Glück«, sagte Annette. »Ich werde innerlich erst damit abgeschlossen haben, wenn ich total mit der Quelle bedingungsloser Liebe verbunden bin, die jeder Seele auf diesem Planeten innewohnt.«

»Na ja, da backe ich kleinere Brötchen«, meinte Kettle. »Ich bin einfach erleichtert darüber, keine Rasseln mehr schütteln zu müssen und nicht ständig den elenden Holzrauch in die Augen zu bekommen.«

Annette stieß ein nachsichtiges, glockenhelles Gelächter aus.

»Jedenfalls weiß ich, dass Seamus sich riesig freuen würde, Sie wiederzusehen. Er meinte, Sie würden ganz besonders profitieren von unserem Workshop ›Wandern mit der Göttin – eintauchen in die Macht des Weiblichen‹. Ich selber nehme auch daran teil.«

»Wie geht's Seamus? Ich nehme an, er ist ins Hauptgebäude gezogen.«

»Ach ja, er hat jetzt Eleanors ehemaliges Schlafzimmer und herrscht über uns.«

»Das Schlafzimmer, in dem immer Patrick und Mary waren, mit Blick auf die Olivenhaine?«

»Oh, ein herrlicher Blick, nicht wahr? Aber wohlgemerkt, ich liebe auch mein Zimmer, das auf die Kapelle geht.«

»Das ist mein Zimmer«, sagte Kettle. »In diesem Zimmer habe immer ich gewohnt.«

»Ist es nicht witzig, wie sehr wir uns an Dinge binden?«, lachte Annette. »Und doch, am Ende gehört uns nicht mal unser Körper; er gehört der Erde – der Göttin.«

»Noch nicht«, sagte Kettle energisch.

»Wissen Sie was«, meinte Annette, »wenn Sie zum Göttinnen-Workshop kommen, können Sie wieder Ihr altes Zimmer haben. Mich stört es nicht, auszuziehen; ich kann überall glücklich sein. Seamus spricht sowieso immer davon, dass wir uns ›vom Eigentumsparadigma zum Partizipationsparadigma‹ bewegen sollten, und wenn es nicht mal die Seminarleiter der Stiftung tun, kann man es ja auch sonst von niemandem erwarten.«

Patricks vorrangiges Ziel bestand darin, den Balkon zu verlassen, ohne auf sich aufmerksam zu machen, und deshalb verkniff er sich den Hinweis, dass Seamus sich genau in die entgegengesetzte Richtung bewegte, von der Partizipation an Eleanors Wohltätigkeitsorganisation hin zum Besitz ihres Eigentums.

Annettes freundliches Angebot, ihr altes Zimmer beziehen zu können, hatte Kettle sichtlich verwirrt. Einerseits hing sie an ihrer schlechten Laune, andererseits sah sie kaum eine andere Möglichkeit, als Annette zu danken.

»Das ist ja außerordentlich freundlich von Ihnen«, sagte sie herablassend.

Patrick ergriff die Chance und sauste vom Balkon herein, und dabei schoss er so zielstrebig hinter Kettles Rücken vorbei, dass er sie gegen Annettes Teetasse stieß.

»Passen Sie doch auf!«, fauchte Kettle, bevor sie sah, wer sie angerempelt hatte. »Also wirklich, Patrick!«, fügte sie hinzu, als sie den Übeltäter erkannte.

»Oje, Sie sind ja voller Tee!«, sagte Annette.

Ohne stehen zu bleiben rief Patrick über die Schulter »Entschuldigung!« und eilte durch den Raum. Er ging auf den Treppenabsatz hinaus und rannte, ehe er sich's versah, die Treppe hinunter, die Hand leicht auf dem Geländer, wie ein Mann, den dringende Geschäfte abgerufen hatten.

13

Mary lächelte Henry quer durch den Saal zu und setzte sich in Bewegung, doch bevor sie bei ihm angelangt war, tauchte Fleur vor ihr auf.

»Ich hoffe, ich habe Ihren Mann nicht beleidigt«, sagte sie. »Er hat mich vorhin ganz abrupt stehen gelassen, und jetzt scheint er sogar aus dem Saal gestürmt zu sein.«

»Es ist kein leichter Tag für ihn«, erwiderte Mary, fasziniert von Fleurs frisch aufgetragenem Lippenstift, größtenteils entlang der alten, schiefen Spur, aber auch auf den Vorderzähnen.

»Hatte er auch mal psychische Probleme?«, fragte Fleur. »Ich frage nur, weil ich – weiß Gott! – meinen gerechten Teil davon abgekommen habe und inzwischen ziemlich treffsicher weiß, wenn bei anderen Leute eine Schraube locker sitzt.«

»Jetzt scheint es Ihnen aber wieder ziemlich gut zu gehen«, log Mary brav.

»Komisch, dass Sie das sagen«, meinte Fleur, »weil ich heute Morgen nämlich auch dachte: ›Hat doch keinen Sinn, deine Pillen zu schlucken, wenn du dich so gut fühlst.‹ Ich fühle mich wirklich sehr, sehr gut.«

Mary wich instinktiv zurück. »Oh, schön«, sagte sie.

»Ich habe das Gefühl, dass mir heute etwas Phantastisches

widerfahren wird«, fuhr Fleur fort. »Ich glaube nicht, dass ich je mein volles Potenzial erreicht habe – ich fühle mich so, als könnte ich alles schaffen – als könnte ich Tote erwecken!«

»Das ist das Letzte, womit irgendjemand hier auf dieser Feier rechnen würde«, sagte Mary mit fröhlichem Lachen. »Falls Sie an Eleanor denken, sollten Sie erst Patrick fragen.«

»Ach, ich würde Eleanor schrecklich gerne wiedersehen«, sagte Fleur, als sei sie mit Marys Auferstehungskandidatin einverstanden und werde nun gleich zur Tat schreiten.

»Würden Sie mich bitte entschuldigen?«, sagte Mary. »Ich muss mich jetzt um Patricks Vetter kümmern. Er hat den weiten Weg aus Amerika auf sich genommen, und wir wussten nicht mal, dass er kommt.«

»Ich möchte schrecklich gerne mal nach Amerika«, sagte Fleur, »vielleicht fliege ich am späten Nachmittag noch hin.«

»Per Flugzeug?«, fragte Mary.

»Ja, natürlich … Oh!«, unterbrach sich Fleur selbst, »jetzt weiß ich, was Sie meinen.«

Sie streckte die Arme aus, schob den Kopf vor, schwankte hin und her, brach in ein eruptives Gelächter aus und Mary spürte, dass der ganze Saal in ihre Richtung blickte.

Sie berührte Fleurs ausgestreckten Arm und signalisierte ihr mit einem Lächeln, wie sehr sie diesen köstlichen Scherz genossen hatte, wandte sich dann jedoch entschlossen Henry zu, der allein in einer Ecke stand.

»Das Lachen dieser Frau hat's wirklich in sich«, sagte Henry.

»Sie hat es überhaupt in sich, das ist meine Sorge«, erwiderte Mary. »Ich habe das Gefühl, dass sie etwas völlig Verrücktes tun wird, bevor wir nach Hause kommen.«

»Wer ist das? Sie wirkt irgendwie exotisch.«

Mary bemerkte, wie deutlich sich Henrys Wimpern vor der durchscheinenden Blässe seiner Augen abzeichneten.

»Keiner von uns kannte sie. Sie ist ganz unerwartet aufgetaucht.«

»Wie ich«, sagte Henry mit egalitärer Galanterie.

»Nur dass wir dich kennen und uns sehr freuen, dich zu sehen«, sagte Mary, »vor allem, weil nicht besonders viele Leute gekommen sind. Eleanor hat den Kontakt zu anderen Menschen verloren; ihr soziales Leben hatte sich weitgehend aufgelöst. Es gab vereinzelte kleine Freundschaften, und jeder Einzelne dachte, es gebe noch jemanden von zentralerer Bedeutung, aber den gab es nicht. Während der letzten zwei Jahre war ich die Einzige, die sie besucht hat.«

»Und Patrick?«

»Nein, der nicht mehr. Sie wurde immer so unglücklich, wenn sie ihn sah. Offenbar wollte sie ihm unbedingt etwas sagen, schaffte es aber nicht. Ich meine nicht nur im rein mechanischen Sinn, dass sie in den letzten zwei Jahren nicht mehr sprechen konnte. Nein, sie hätte ihm nie sagen können, was sie ihm sagen wollte, selbst wenn sie der sprachgewandteste Mensch der Welt gewesen wäre; sie wusste nämlich selber nicht, was es war, aber als sie krank wurde, spürte sie, wie sehr es auf ihr lastete.«

»Grauenhaft«, meinte Henry. »Davor fürchten wir uns alle.«

»Deshalb müssen wir unsere Abwehrmechanismen aufgeben, solange es sich noch um einen freiwilligen Akt handelt«, sagte Mary, »sonst werden sie zerstört, und uns überflutet namenloses Grauen.«

»Die arme Eleanor, sie tut mir so leid«, sagte Henry.

Beide schwiegen eine Weile.

»An diesem Punkt sagen die Engländer meist: ›Was für ein

amüsantes Thema!‹, um zu verbergen, wie verlegen es sie macht, ernst zu sein«, sagte Mary.

»Halten wir uns an die Trauer«, sagte Henry mit gütigem Lächeln.

»Ich freue mich wirklich, dass du gekommen bist«, sagte Mary. »Deine Liebe zu Eleanor war so unkompliziert, was sonst niemand von sich behaupten kann.«

»Kohlkopf«, rief Nancy und packte Henrys Arm mit dem Ungestüm einer Schiffbrüchigen, die gerade entdeckt hat, dass sie nicht das einzige überlebende Mitglied ihrer Familie ist. »Gott sei Dank! Rette mich vor dieser grässlichen Frau im grünen Pulli! Ich fasse es nicht, dass meine Schwester überhaupt mit ihr verkehrt hat. Das ist doch wirklich eine ganz außergewöhnliche Versammlung. Eigentlich ist das gar keine richtige Jonson-Feier. Wenn ich da an Mummys Begräbnis denke, oder das von Tante Edith. Bei Mummys Beerdigung waren achthundert Leute da, das halbe französische Kabinett, und der Aga Khan, und die Windsors; einfach *alle*!«

»Eleanor hat nun mal einen anderen Weg gewählt«, sagte Henry.

»Eher einen Trampelpfad«, sagte Nancy und verdrehte die Augen.

»Mir persönlich ist es völlig egal, wer zu meiner Beerdigung erscheint«, meinte Henry.

»Das sagst du ja nur, weil du weißt, dass es da nur so wimmeln wird von Senatoren und Prominenten und schluchzenden Frauen!«, erwiderte Nancy. »Das Problem bei Beerdigungen ist, dass man sie so kurzfristig planen muss. Es gibt natürlich Gedenkfeiern, aber das ist nicht das Gleiche. Eine Beerdigung hat so etwas Dramatisches, obwohl ich diese offenen Särge ja nicht ausstehen kann. Weißt du noch, Onkel

Vlad? Ich hab immer noch Albträume von ihm, wie er da lag, in dieser gold-weißen Uniform, so *ausgemergelt.* O Gott, schnell, Deckung«, schrie Nancy, »der grüne Kobold starrt schon wieder zu mir her!«

Ein Gefühl unbändiger Freude und Macht erfüllte Fleur, während sie den Saal nach jemandem absuchte, der noch nicht in den Genuss einer Unterhaltung mit ihr gekommen war. Sie verstand alle Strömungen, die durch den Raum liefen; sie brauchte nur einen Blick auf jemanden zu werfen, und schon sah sie tief in seine Seele. Dank Patrick Melrose, der die Kellnerin abgelenkt hatte, indem er sich ihre Telefonnummer geben ließ, war es Fleur gelungen, sich ihren Drink selbst zu mixen, ein Glas Gin mit einem Schuss Tonic, statt umgekehrt. Was war schon dabei? Alkohol allein konnte ihr leuchtendes Bewusstsein nicht zersetzen. Nachdem sie einen Schluck aus ihrem lippenstiftverschmierten Glas getrunken hatte, näherte sie sich Nicholas Pratt. Sie musste ihm einfach helfen, sich selbst zu begreifen.

»Haben Sie psychische Probleme?«, fragte sie und starrte Nicholas furchtlos an.

»Kennen wir uns?«, fragte Nicholas die Fremde, die ihm im Weg stand, mit eisigem Blick.

»Ich frage nur, weil ich ein Gespür für solche Dinge habe«, fuhr Fleur fort.

Nicholas schwankte zwischen dem Impuls, die alte Irre in dem mottenzerfressenen Pulli restlos zu vernichten, und der Versuchung, sich mit seiner robusten psychischen Gesundheit zu brüsten.

»Also?«, insistierte Fleur.

Nicholas hob kurz seinen Gehstock, als wolle er Fleur beiseiteschubsen, rammte ihn dann aber entschieden in den Teppich und stützte sich mit seinem ganzen Körpergewicht darauf. Durch das Fenster, das Fleurs impertinente Frage zerschmettert hatte, strömte die frostige, belebende Luft der Verächtlichkeit, und Nicholas sog sie ein; Verächtlichkeit, die ihn, obwohl er dies selbst sagte, stets noch eloquenter machte als sonst.

»Nein, ich habe keine ›psychischen Probleme‹!«, donnerte er. »Selbst in diesem degenerierten Zeitalter der Geständnisse und des Gejammers ist es uns nicht gelungen, die Realität komplett auf den Kopf zu stellen. Auch wenn mittlerweile auf jedes Gespräch das Vokabular des Freud'schen Hokuspokus geschüttet wird, wie Essig auf eine Zeitungstüte voll matschiger Pommes, haben manche von uns beschlossen, nicht *reinzuhauen*!« Nicholas reckte den Hals nach vorn, als er das vulgäre Wort ausspieh.

»Die Kultivierten hegen und pflegen ihre ›Syndrome‹«, fuhr er fort, »und selbst die einfältigsten Narren fühlen sich zu einem ›Komplex‹ berechtigt. Als wäre es nicht schon albern genug, dass alle Kinder ›begabt‹ sind, müssen sie jetzt auch noch krank sein: ein Touch von Asperger-Syndrom, ein wenig Autismus; Legasthenie lauert auf dem Pausenhof; die armen talentierten Kleinen werden in der Schule ›gemobbt‹; wenn sie nicht gestehen, dass sie missbraucht wurden, müssen sie gestehen, dass sie andere missbraucht haben. Tja, meine Liebe«, Nicholas lachte drohend, – »ich nenne Sie ›meine Liebe‹ aufgrund einer *Aufrichtigkeitsdefizitstörung,* wie man das heute zweifellos nennt, es sei denn, dass die Umkehrung der oberflächlichen Bedeutung nach irgendeinem ambitionierten Quacksalber, der auf den sengend heißen, sarkastischen Ufern des großen Kontinents der Ironie gelandet ist, *Potter-Syndrom* oder *Jones-Gelbsucht* heißt – nein, meine *Liebe*, ich habe nicht den leisesten Anflug psychischer Probleme! Die moderne Passion für Pathologie ist ein Erdrutsch, dem in einiger Entfernung von meinen ausgesprochen gesunden Füßen Einhalt geboten wurde. Ich brauche nur auf diesen Haufen Unrat zuzugehen, und er wird sich teilen, um jenen Mann passieren zu lassen, den es eigentlich gar nicht geben kann: den gänzlich Gesunden; Psychotherapeuten stieben bei meinem Anblick davon und schämen sich ihres schändlichen Gewerbes!«

»Sie sind total durchgeknallt«, konstatierte Fleur. »Dachte ich mir schon. Hab im Lauf der Jahre ein Gespür dafür entwickelt, das ich ›mein kleines Radar‹ nenne. Stellen Sie mich in einen Raum voller Menschen, und ich sehe auf Anhieb, wer *diesbezüglich* ein Problem hat.«

Einen Moment verzagte Nicholas, als ihm klar wurde, dass seine vernichtende Eloquenz keinerlei Wirkung gezeitigt hatte. Doch wie ein erfahrener Tangotänzer, der am äußersten Rand der Tanzfläche eine abrupte Kehrtwendung hinlegt, änderte er seine Taktik und schrie: »Hauen Sie ab!«

Fleur betrachtete ihn mit sich vertiefendem Verständnis.

»Ein Monat in der Priory würde Sie wieder auf die Beine bringen«, befand sie, »Ihnen den rechten Sinn schenken, wie es in dem Kirchenlied so schön heißt. Kennen Sie das?« Fleur schloss die Augen und sang inbrünstig: »›Auf dass der Herr uns stets behüte/ uns gnädig sei in seiner Güte / und schenke uns den rechten Sinn …‹ Wunderbar. Ich werde mal mit Dr. Pagazzi reden, er ist der Beste. Er kann manchmal sehr streng sein, aber nur zu unserem Besten. Sehen Sie mich an: Ich war total übergeschnappt, und jetzt bin ich ganz oben.«

Sie lehnte sich vor und flüsterte Nicholas vertraulich zu: »Ich fühle mich nämlich sehr, sehr gut.«

Es gab berufliche Gründe, warum Johnny sich nicht auf Nicholas Pratt einließ, dessen Tochter einst Patientin bei ihm gewesen war. Doch der Anblick dieses monströsen Kerls, der eine verwirrte alte Frau anbrüllte, strapazierte seine Zurückhaltung über die Grenzen hinaus, die er sich selbst gesetzt hatte. Er ging auf Fleur zu und fragte sie ruhig, mit dem Rücken zu Nicholas, ob alles in Ordnung sei.

»In Ordnung?«, lachte Fleur. »Mir geht es extrem gut, besser denn je!« Sie rang um einen Vergleich, um ihrem Überschwang Ausdruck zu verleihen. »Wenn es das gibt, sich *zu* gut zu fühlen, dann trifft das auf mich zu. Ich habe gerade versucht, diesem armen Mann zu helfen, der eine ungerecht große Portion an psychischen Problemen abbekommen hat.«

Beruhigt, dass ihr nichts passiert war, lächelte Johnny Fleur an und wollte sich taktvoll zurückziehen, doch Nicholas war zu sehr in Rage, um sich eine solche Gelegenheit entgehen zu lassen.

»Ah«, sagte er, »da ist er ja schon! Wie das Beweisstück in einem Courtroom-Drama taucht er im perfekten Moment auf: ein praktizierender Medizinmann, ein Lieferant der Psycho-*Paralyse*, ein Führer in die Katakomben, ein Führer in die Kanalisation; er verspricht, eure Träume in Albträume zu verwandeln und hält sein Versprechen gewissenhaft«, fauchte Nicholas mit gerötetem Gesicht, die Mundwinkel mit dem Speichel der Erschöpfung befleckt. »Der Fährmann des zweiten Höllenflusses wird sich, anders als sein proletarischer Kollege auf dem Styx, nicht mit einer kleinen Münze zufriedengeben. O nein, Sie werden einen fetten Scheck brauchen, um Lethe zu überqueren, hinein in jene vergessene Unterwelt gefährlichen Geschwafels, wo zahnlose Säuglinge ihren Müttern die Warzen von den verdorrten Brüsten reißen.«

Nicholas schien während seiner Schmährede um Atem zu ringen, fuhr aber mühsam fort:

»Man könnte nichts ersinnen, was so widerwärtig wäre wie der Wahn, auf dem seine finstere Kunst basiert, der die menschliche Vorstellungskraft mit mörderischen Babys und inzestuösen Kindern verseucht …«

Plötzlich brach Nicholas ab, und sein Mund schnappte angestrengt nach Luft. Er schwankte auf seinem Gehstock zur Seite, bevor er ein paar Schritte nach hinten taumelte und dann gegen den Tisch und zu Boden krachte. Im Fallen packte er das Tischtuch und riss ein halbes Dutzend Gläser mit. Eine Flasche Rotwein kippte um, deren Inhalt sich über den Tischrand auf Nicholas' schwarzen Anzug ergoss. Die Kellnerin machte einen Satz nach vorn und fing den Kübel mit halb geschmolzenem Eis auf, der auf die rücklings am Boden liegende Gestalt zuglitt.

»O je«, meinte Fleur, »er hat sich zu sehr hineingesteigert. ›Mit seinen eigenen Waffen geschlagen‹, wie man so schön sagt. Tja, so geht es Leuten, die keine Hilfe annehmen wollen«, als diskutiere sie diesen Fall mit Dr. Pagazzi.

Mary beugte sich mit bereits aufgeklapptem Handy zur Kellnerin vor.

»Ich rufe einen Krankenwagen«, sagte sie.

»Danke«, erwiderte die Kellnerin. »Ich gehe runter und gebe an der Rezeption Bescheid.«

Alle Anwesenden versammelten sich um die gestürzte Gestalt und betrachteten sie mit einer Mischung aus Neugier und Schrecken.

Patrick kniete sich neben Nicholas und begann, dessen Krawatte zu lockern. Noch lange, nachdem der Zeitraum, in dem dies noch hilfreich gewesen wäre, verstrichen war, beschäftigte Patrick sich mit dem Lösen des Knotens, bis er endlich die Krawatte ganz entfernt hatte. Erst jetzt öffnete er den obersten Knopf von Nicholas' Hemd. Nicholas wollte etwas sagen, stöhnte aber vor Anstrengung und schloss angewidert von der eigenen Hilflosigkeit die Augen.

Johnny gestand sich ein Gefühl der Befriedigung ein, weil er nicht aktiv zu Nicholas' Zusammenbruch beigetragen hatte. Und dann blickte er auf seinen gefallenen Widersacher hinab, der schwer auf den Teppich hingestreckt lag, und aus irgendeinem Grund erfüllte ihn der Anblick des welken Halses – ohne die teure schwarze Seidenkrawatte, runzlig, schlaff, mit entblößter Kehle, als warte sie auf den tödlichen Dolchstoß – mit Mitleid und erneutem Respekt vor den bewahrenden Kräften des Ego, die den Besitzer dieses Ego eher töten, als ihm zu gestatten, sich zu ändern.

»Johnny?«, sagte Robert.

»Ja«, sagte Johnny, als er bemerkte, dass Robert und Thomas ihn mit großem Interesse ansahen.

»Warum war dieser Mann so wütend auf dich?«

»Das ist eine lange Geschichte«, sagte Johnny, »und eine, die ich eigentlich nicht erzählen darf.«

»Hat er Psycho-Paralyse?«, fragte Thomas. »Weil Paralyse heißt, dass man sich nicht bewegen kann.«

Johnny konnte sich das Lachen nicht verkneifen, trotz des feierlichen Gemurmels angesichts von Nicholas' Zusammenbruch.

»Na ja, ich persönlich würde das für eine brillante Diagnose halten; aber Nicholas Pratt hat dieses Wort erfunden, weil er sich lustig machen wollte über die Psychoanalyse, die mein Beruf ist.«

»Was ist das?«, fragte Thomas.

»Es ist eine Methode, mit der man an verborgene Wahrheiten über die Gefühle herankommt«, sagte Johnny.

»So ähnlich wie Verstecken?«, sagte Thomas.

»Genau«, erwiderte Johnny, »aber statt sich in Schränken,

hinter Vorhängen und unter Betten zu verstecken, versteckt sich diese Art von Wahrheit in Symptomen, Träumen und Gewohnheiten.«

»Können wir das spielen?«, sagte Thomas.

»Können wir aufhören, das zu spielen?«, sagte Johnny, mehr zu sich selbst als zu Thomas und Robert.

Julia kam hinzu und unterbrach Johnnys Unterhaltung mit den Kindern.

»Ist dies das Ende?«, sagte sie. »Das kann einen wirklich von Wutanfällen kurieren. O Gott, diese religiöse Fanatikerin wiegt seinen Kopf. Das gäbe mir definitiv den Rest.«

Annette kniete neben Nicholas und hielt seinen Kopf in ihren Händen; ihre Augen waren geschlossen, die Lippen bewegten sich unmerklich.

»Betet sie?«, fragte Julia entgeistert.

»Das ist nett von ihr«, meinte Thomas.

»Es heißt ja, man soll nicht schlecht von den Toten sprechen«, sagte Julia, »also sollte ich lieber gehen. Ich habe Nicholas Pratt schon immer absolut grässlich gefunden. Ich bin zwar keine ausgesprochene Freundin von Amanda, aber ganz offensichtlich hat er das Leben seiner Tochter ruiniert. Da weißt du natürlich besser Bescheid als ich.«

Johnny fiel es nicht schwer zu schweigen.

»Sei doch nicht so gemein!«, sagte Robert leidenschaftlich. »Er ist ein alter Mann, der echt krank ist und vielleicht hört, was du sagst, und er kann sich nicht mal wehren.«

»Ja«, sagte Thomas, »es ist nicht fair, weil er sich nicht mal wehren kann.«

Zuerst schien Julia eher verwirrt als verärgert, und als sie schließlich sprach, tat sie es mit einem gekränkten Seufzer.

»Tja, wenn Kinder mit vereinten Kräften deinen Charakter kritisieren, wird es Zeit, nach Hause zu gehen. – Könntest du Patrick ›Tschüs‹ von mir sagen?« Sie küsste Johnny abrupt auf beide Wangen und überging die Jungen. »Ich schaff das gerade nicht, nach dem, was passiert ist – mit Nicholas, meine ich.«

»Hoffentlich haben wir sie nicht wütend gemacht«, meinte Robert.

»Sie hat sich selbst wütend gemacht, weil ihr das leichter fällt, als betroffen zu sein«, sagte Johnny.

Nur Sekunden nach ihrem Aufbruch erschien Julia gezwungenermaßen wieder, weil die Kellnerin und zwei Sanitäter sie mit allerlei Gerätschaften in den Saal zurückdrängten.

»Schaut mal!«, rief Thomas. »Ein Sauerstoffgerät und eine Trage! Schade, dass ich nicht auch mal darf!«

»Er ist hier drüben«, sagte die Kellnerin unnötigerweise.

Nicholas spürte, wie sein Handgelenk angehoben wurde. Er wusste, dass man seinen Puls maß. Er wusste, sein Puls war zu schnell, zu flach, zu schwach, zu schwer, alles verquer. Ein Riss in seinem Herzen, ein Dolch durch seine Brust. Er musste ihnen sagen, dass er kein Organspender war, sonst raubten sie ihm seine Organe noch bevor er tot war. Er musste sie aufhalten! Withers rufen! Sag ihnen, *sie sollen sofort damit aufhören*! Er konnte nicht sprechen. Nicht seine Zunge, sie durften ihm seine Zunge nicht nehmen. Ohne Sprache rasen die Gedanken weiter wie ein entgleister Zug, verzerren, zermalmen, zerreißen alles. Jemand fordert ihn auf, die Augen zu öffnen. Er öffnet die Augen. Um ihnen zu zeigen, dass er noch bei klarem Verstand ist, eiserner Wille, nicht zum alten Eisen, Wiederverwertung. Nein! Nicht sein Gehirn, nicht seine Genitalien, nicht sein Herz, noch nicht bereit zur Transplantation, ringt mit dem Ich in einem fremden Körper. Sie leuchteten ihm in die Augen, nein, nicht seine Augen; sie durften ihm bitte nicht die Augen nehmen. So viel Angst. Ohne das Regiment der Worte zermalmten Barbaren, brennende Dächer, Pferdehufe die zerbrechlichen Schädel. Er war nicht mehr er selbst; er war unter die Hufe geraten; er konnte nicht hilflos sein; er konnte nicht gedemütigt werden; es war zu spät, jemand zu werden, den er nicht kannte – der Horror, den das einschloss.

»Keine Angst, Nick, ich fahre im Krankenwagen mit«, flüsterte jemand in sein Ohr.

Es war die irische Schachtel. Mit ihm im Krankenwagen! Sie drückte ihm die Augen aus, suchte mit flinken Fingern nach seinen Nieren, entnahm ihrer spirituellen Werkzeugkiste eine Bügelsäge. Er sehnte sich nach Rettung. Er sehnte sich nach seiner Mutter; nicht nach der, die er wirklich gehabt hatte, sondern nach der eigentlichen Mutter, der er nie begegnet war. Er spürte, wie zwei Hände ihn an den Füßen packten und zwei andere Hände unter seine Schultern glitten. Gehängt, gestreckt, gevierteilt: öffentlich hingerichtet für all seine Verbrechen. Er verdiente es. Der Herr sei seiner Seele gnädig. Herr sei uns gnädig.

Die beiden Sanitäter sahen sich an. Auf ein Nicken hin hoben sie Nicholas gleichzeitig an und legten ihn auf die Trage, die sie neben ihm ausgebreitet hatten.

»Ich fahre im Krankenwagen mit«, sagte Annette.

»Danke«, erwiderte Patrick. »Rufst du mich aus der Klinik an, wenn es Neuigkeiten gibt?«

»Sicher«, sagte Annette. »Oh, was für ein furchtbarer Schock für dich«, fügte sie hinzu und schloss Patrick unerwartet in die Arme. »Ich muss jetzt los.«

»Begleitet ihn diese Frau?«, fragte Nancy.

»Ja, ist das nicht nett von ihr?«

»Aber sie kennt ihn doch nicht mal. Ich kenne Nicholas

schon mein ganzes Leben lang. Erst meine Schwester, und jetzt praktisch mein ältester Freund. Es ist einfach unerträglich.«

»Warum fährst du nicht auch mit?«, fragte Patrick.

»Eins könnte ich für ihn tun«, meinte Nancy, und es schwang eine Spur Empörung mit, als sei es ein bisschen zu viel verlangt, dass ausgerechnet sie als Einzige wirklich etwas unternehmen sollte. »Miguel, sein armer Fahrer, wartet draußen und hat nicht die geringste Ahnung, was passiert ist. Ich werde ihm die Nachricht überbringen und im Wagen zur Klinik fahren, damit er da ist, falls Nicholas ihn braucht.«

Nancy fielen mindestens drei Zwischenstopps ein. Die Untersuchung würde sicher ewig dauern, vielleicht war Nicholas sogar schon tot, und es würde den armen Miguel ein bisschen von der schrecklichen Situation ablenken, wenn er sie den Nachmittag über herumkutschieren durfte. Für Taxis fehlte ihr das Kleingeld, und ihre geschwollenen Füße quollen sowieso schon über den Rand ihrer gnadenlos eleganten Zweitausenddollarschuhe. Es hieß immer, ihre Extravaganz sei unverbesserlich, aber die Schuhe hätten zweitausend Dollar *pro Stück* gekostet, wenn sie sie nicht kostengünstig im Ausverkauf erstanden hätte. Es bestand keinerlei Aussicht, bis zum Ende des Monats an Geld zu kommen, weil ihre boshaften Banker sie für ihre »Kredithistorie« bestraften. Dabei war ihre Kredithistorie im Grunde die, dass Mummy ein hundsgemeines Testament verfasst hatte, das es ihrem fiesen Stiefvater erlaubte, ihr, Nancys, ganzes Geld zu stehlen. Ihre heroische Reaktion hatte darin bestanden, Geld so auszugeben, als übe sie Gerechtigkeit, als stelle sie die natürliche Ordnung der Welt wieder her, indem sie Ladenbesitzer, Vermieter, Dekorateure, Floristen, Friseure, Metzger, Juweliere und Werkstattbesitzer betrog, den Garderobenmädchen ihr

Trinkgeld vorenthielt und mit Hausangestellten immer wieder einen Zank vom Zaun brach, um sie ohne Lohn feuern zu können.

Bei ihrem monatlichen Ausflug zu Morgan Guaranty – wo Mummy ihr an ihrem zwölften Geburtstag ein Konto eröffnet hatte – hob sie fünfzehntausend Dollar in bar ab. Angesichts ihrer beschränkten Verhältnisse glich der Weg zur Neunundsechzigsten Straße einer Venusfliegenfalle, farbdurchflutet, schimmernd von klebrigem Tau. Oft kehrte sie nur noch mit der Hälfte ihres Monatsgelds nach Hause zurück; manchmal blätterte sie die ganze Summe hin und schaffte es, scheinbar verwirrt, weil zwei- oder dreitausend Dollar fehlten, das Geschäft mit einem pinkfarbenen Marmorobelisken oder dem Gemälde eines Affen in Samtjacke zu verlassen, mit dem Versprechen, nachmittags wiederzukommen, und markierte so einen weiteren schwarzen Punkt im komplexen Irrgarten ihrer Schulden, einen weiteren Umweg auf ihren Stadtspaziergängen. Sie gab stets ihre richtige Telefonnummer an, um eine Ziffer abgeändert, stets ihre richtige Adresse, um einen Häuserblock verschoben, und selbstverständlich einen völlig falschen Namen. Manchmal nannte sie sich Edith Jonson oder Mary de Valencay, um sich selbst daran zu erinnern, dass sie keinen Grund hatte, sich zu schämen, und dass es Zeiten gegeben hatte, wo sie sich einen ganzen Häuserblock in der City hätte kaufen können, und erst recht irgendein Spielzeug aus einem der darin befindlichen Läden.

Spätestens Mitte des Monats war sie völlig pleite. Dann blieb ihr die Güte ihrer Freunde. Manche durfte sie besuchen fahren, manche erlaubten ihr, ihre Lunchs und Dinners bei Jimmy's oder Le Jardin mit auf ihre Rechnung zu setzen, und andere stellten ihr einfach einen hohen Scheck aus und sagten sich, dass Nancy sich wieder mal vorgedrängelt hatte und die Opfer von Überschwemmung, Tsunamis und Erdbeben einfach noch ein Jahr warten mussten. Manchmal provozierte sie eine Krise, die ihre Treuhänder zwang, mehr Kapital freizusetzen, um sie vor dem Gefängnis zu bewahren, was die Höhe ihrer Einkünfte unerbittlich reduzierte. Jetzt, zu Eleanors Beerdigung, wohnte sie bei ihren guten Freunden, den Tescos, in deren himmlischer Wohnung am Belgrave Square, die sich über fünf Gebäude und zwei Stockwerke erstreckte. Harry Tesco hatte bereits für ihr Flugticket bezahlt – erster Klasse – doch bevor sie heute Abend in die Oper ging, musste sie schluchzend in Cynthias kleinem Salon zusammenbrechen und ihr erzählen, unter welch schrecklichem Druck sie stand. Die Tescos waren reich wie Gott, und im Grunde war Nancy ziemlich wütend, dass sie sich überhaupt so demütigen musste, noch mehr Geld aus ihnen herauszuholen.

»Du könntest mich nicht unterwegs absetzen?«, erkundigte sich Kettle.

»Es ist Nicholas' Privatwagen, kein Limousinenservice«, erwiderte Nancy, entsetzt über dieses schamlose Ansinnen. »Das ist doch wirklich allerhand, wo er so krank ist.«

Nancy verabschiedete sich von Patrick und Mary mit einem Kuss und eilte davon.

»Übrigens liegt er im St. Thomas Hospital!« rief Patrick ihr hinterher. »Der Sanitäter sagte, das seien die ›Spezialisten für Blutgerinnsel‹.«

»Hatte er einen Schlaganfall?«, fragte Nancy.

»Herzinfarkt, das haben sie an der kalten Nase gemerkt – die Extremitäten werden kalt.«

»Oh, hör auf«, bat Nancy, »ich kann den Gedanken nicht ertragen.«

Sie eilte die Treppe hinunter, sie hatte keine Zeit zu verlieren: Cynthia hatte einen Friseurtermin für sie vereinbart, mit den magischen Worten: ›Lass es bei mir auf die Rechnung setzen‹.

Als Nancy gegangen war, bot Henry der gekränkten Kettle an, sie mitzunehmen. Sie beklagte sich höchstens ein paar Minuten lang über die Unhöflichkeit von Patricks Tante, dann nahm sie das Angebot an und verabschiedete sich von Mary und den Kindern. Henry versprach, Patrick am nächsten Tag anzurufen, und begleitete Kettle nach unten. Zu beider Überraschung stand Nancy immer noch auf dem Gehweg vor dem Club.

»Ach Kohlkopf«, jammerte sie wie ein frustriertes Kind, »Nicholas' Wagen ist weg!«

»Du kannst bei uns mitfahren«, sagte Henry schlicht.

Kettle und Nancy saßen feindselig schweigend im Fond des Wagens. Vorn instruierte Henry den Fahrer, zuerst zum Prince Gate zu fahren, dann zum St. Thomas Hospital und schließlich zu seinem Hotel. Nancy wurde plötzlich klar, was sie sich eingebrockt hatte, indem sie sich mitnehmen ließ. Sie hatte Nicholas ganz vergessen gehabt. Jetzt würde sie sich von Henry Geld leihen müssen, um von dieser gottverlassenen Klinik am anderen Ende der Welt per Taxi zum Friseur zurückzufahren. Es war zum Heulen.

Dass Nicholas umgekippt war, der folgende Aufruhr, das Eintreffen der Sanitäter und der Aufbruch einiger Gäste – all dies war Erasmus' Aufmerksamkeit entgangen. Als Fleur mitten in ihrer Unterhaltung mit Nicholas spontan zu singen begonnen hatte, zuckte er bei den Worten ›und schenke uns den rechten Sinn‹ leicht zusammen. Wie der durchdringende Pfiff einer Hundepfeife, unhörbar für andere, aber exakt auf seine eigenen Gedankengänge abgestimmt, rief es ihn zu seinem wahren Meister zurück und zwang ihn, das morastige Gelände der Intersubjektivität und der verstörenden Spuren anderer Geister mit dem kühlen Felsenriff des Balkons zu vertauschen, wo es ihm vielleicht für wenige Momente gestattet sein mochte, über das Denken nachzudenken. Das gesellschaftliche Leben hatte die Tendenz, ihn mit seiner grundsätzlichen Ablehnung der Prämisse zu konfrontieren, die individuelle Identität definiere sich dadurch, dass sie die Erfahrung in eine immer strukturiertere und kohärentere Geschichte verwandelte. In der Reflexion, nicht im Erzählen fand er Authentizität. Der Druck, seine Vergangenheit in anekdotischer Form zu präsentieren oder gar die Zukunft in Gestalt vehementer Bestrebungen, führte dazu, dass er sich schwerfällig und künstlich vorkam. Er wusste, dass sein Unvermögen, bei der Erinnerung an seinen ersten Schultag Aufregung zu empfinden, oder ein zusätzliches, immer stabiler werdendes Ich zu entwerfen, das Cembalo lernen oder unbedingt in den Chilterns leben wollte, oder darauf hoffte, Christi Blut über das Firmament strömen zu sehen, zur Folge hatte, dass seine Persönlichkeit vielen Leuten unwirklich erschien, aber genau die Unwirklichkeit seiner Persönlichkeit war ihm so klar. Sein authentisches Selbst war der aufmerksame Zeuge einer Vielzahl unsteter Eindrücke, die es, an sich, nicht vermochten, sein Gefühl der Identität zu steigern oder zu schmälern.

Er hatte nicht nur ein ontologisches Problem mit den generell unbestrittenen narrativen Annahmen gewöhnlichen gesellschaftlichen Lebens, sondern er ertappte sich bei diesem speziellen Anlass auch dabei, dass er die ethische Annahme hinterfragte, es sei falsch von Eleanor Melrose gewesen, ihren Sohn zu enterben, eine Annahme, die alle Anwesenden teilten außer Annette (die sie aus Gründen nicht teilte, die an sich problematisch waren). Wenn man die schwierige Beurteilung des Nutzens der Stiftung, die Eleanor bedacht hatte, mal einen Moment beiseiteließ, lag in der weiteren Verbreitung ihrer Reichtümer unbestreitbar ein utilitaristisches Verdienst. Mrs. Melrose konnte zumindest darauf zählen, dass John Stuart Mill, Jeremy Bentham, Peter Singer und R. M. Hare ihren Fall wohlwollend betrachteten. Wenn aus der Stiftung im Lauf der Jahre tausend Menschen hervorgingen und, durch was für esoterische Methoden auch immer, eine Einstellung entwickelten, die sie zu altruistischeren und gewissenhafteren Bürgern machte, wöge der Nutzen für die Gesellschaft nicht das Leid einer vierköpfigen Familie auf (von denen eine Person sich des Verlusts ja kaum bewusst ist), die mit dem Besitz eines Hauses gerechnet hatte und in dieser Erwartung enttäuscht wurde? Konnte man im Mahlstrom der Perspektiven von irgendeinem anderen Standpunkt als dem strikter Unparteilichkeit aus ein moralisch einwandfreies Urteil fällen? Ob ein solcher Standpunkt überhaupt je eingenommen werden konnte, war eine andere Frage, deren Beantwortung voraussichtlich negativ ausfallen würde. Dennoch, selbst wenn man die utilitaristische Arithemtik, basierend auf der Idee unerreichbarer Unparteilichkeit, beiseiteließ, weil Motivation stets persönlichen Wünschen entspringt, wie Hume argumentierte, böte die Autonomie der Präferenz eines Individuums, ein Gut einem anderen vorzuziehen, dennoch triftige ethische Gründe für Eleanors philantropische Entscheidung.

Allgemeine Erleichterung hatte sich breitgemacht, als Fleur Nicholas' Bahre die Treppe hinunterbegleitet und die Feier verlassen hatte, doch zehn Minuten später erschien sie unübersehbar wieder in der Tür. Als sie Erasmus an der Brüstung lehnen und nachdenklich auf den Kiespfad hinunterstarren sah, teilte sie Patrick unverzüglich ihre Befürchtungen mit.

»Was macht der Mann auf dem Balkon?«, fragte sie scharf, wie ein Kindermädchen, das daran verzweifelt, dass man das Kinderzimmer nicht einmal für wenige Minuten verlassen kann. »Wird er springen?«

»Ich glaube zwar nicht, dass er das vorhatte«, sagte Patrick, »aber ich bin sicher, Sie könnten ihn dazu bewegen.«

»Das Letzte, was wir jetzt brauchen können, wäre ein weiterer Todesfall«, sagte Fleur.

»Ich schau mal nach«, sagte Robert.

»Ich auch«, sagte Thomas und sauste durch die Balkontür nach draußen.

»Du darfst nicht springen«, erklärte er, »denn das Letzte, was wir jetzt brauchen können, wäre ein weiterer Todesfall.«

»Ich dachte nicht daran hinunterzuspringen«, sagte Erasmus.

»Woran hast du dann gedacht?«, fragte Robert.

»Ob es besser ist, vielen Leuten ein bisschen was Gutes zu tun oder wenigen Leuten ganz viel Gutes«, erwiderte Erasmus.

»Die Bedürfnisse der vielen wiegen die Bedürfnisse der wenigen oder des einen auf«, sagte Robert feierlich und machte mit der rechten Hand eine seltsame Geste.

Thomas, der die Anspielung auf die Logik der Vulkanier in *Star Trek II* erkannte, vollführte die gleiche Geste.

»Lebe lang und gedeihe«, sagte er, und lächelte selig bei der Vorstellung, ihm könnten spitze Ohren wachsen.

Fleur kam auf den Balkon und wandte sich ohne banale Präliminarien gleich an Erasmus.

»Haben Sie es mal mit Amitriptylin versucht?«, fragte sie.

»Nie von ihm gehört«, erwiderte Erasmus. »Was hat er denn geschrieben?«

Fleur wurde klar, dass Erasmus noch wesentlich gestörter war, als sie ursprünglich angenommen hatte.

»Sie sollten besser reinkommen«, redete sie ihm zu.

Ein Blick nach drinnen zeigte Erasmus, dass die meisten Gäste schon gegangen waren, und er vermutete, Fleur wolle ihn taktvoll zum Aufbruch drängen.

»Ja, wahrscheinlich haben Sie recht«, sagte Erasmus.

Fleur fand, dass sie echtes Talent für den Umgang mit Leuten in psychischen Ausnahmezuständen besaß und man sie eigentlich mit der Leitung der Depressionsabteilung einer psychiatrischen Klinik oder gleich einer nationalen Polizeieinheit betrauen sollte.

Als er hineinging, beschloss Erasmus, sich nicht weiter in inkohärente Geselligkeit zu verstricken, sondern sich nur von Mary zu verabschieden und dann sofort zu gehen. Als er sich vorbeugte, um ihr einen Wangenkuss zu geben, überlegte er, ob jemand, der vorwiegend dem narrativen Typus angehörte, Mary begehren würde, weil er sie in der Vergangenheit begehrt hatte, und ob er sich vorstellen würde, jenes Fragment der Vergangenheit werde quasi in einer Zeitmaschine zum gegenwärtigen Moment transportiert. Diese Phantasie erinnerte ihn an Wittgensteins wegweisende Bemerkung, »Nichts ist doch wichtiger als die Bildung von fiktiven Begriffen, die uns die unseren erst verstehen lehren«. In seinem eigenen Fall hatte sein Begehren sozusagen den Charakter eines belanglosen gegenwärtigen Fakts, wie der Duft einer Blume.

»Danke, dass du gekommen bist«, sagte Mary.

»Keine Ursache«, murmelte Erasmus, und nachdem er leicht Marys Schulter gedrückt hatte, ging er, ohne sich sonst von jemandem zu verabschieden.

»Keine Sorge«, sagte Fleur zu Patrick, »ich folge ihm in diskreter Entfernung.«

»Du bist sein Schutzengel«, erwiderte Patrick und bemühte sich angestrengt, seine Erleichterung darüber zu verbergen, Fleur auf so unkomplizierte Weise loszuwerden.

Mary folgte Fleur höflich auf den Treppenabsatz.

»Ich hab jetzt keine Zeit zu plaudern«, meinte Fleur, »dieser arme Mann schwebt in Lebensgefahr!«

Mary hütete sich, einer Frau von Fleurs starken Überzeugungen zu widersprechen. »Tja, es hat mich gefreut, eine so alte Freundin von Eleanor kennenzulernen.«

»Ich bin sicher, dass sie mich führt«, erwiderte Fleur. »Ich spüre die Verbindung. Sie war eine Heilige; sie wird mir zeigen, wie ich ihm helfen kann.«

»Oh, gut«, sagte Mary.

»Gott segne Sie!«, rief Fleur und eilte forschen Schritts die Treppen hinunter, entschlossen, die Fährte des suizidgefährdeten Erasmus' durch die Straßen Londons nicht zu verlieren.

»Was für eine Frau!«, sagte Johnny, als er Fleur durch die Tür hinterherblickte. »Ich werde das Gefühl nicht los, dass irgendjemand *ihr* nachgehen sollte, statt umgekehrt.«

»Zählt bitte nicht auf mich«, sagte Patrick, »ich hatte eine Überdosis Fleur. Ein Wunder, dass man sie überhaupt aus der Priory hat gehen lassen.«

»Ich habe den Eindruck, sie steht am Beginn einer manischen Episode«, sagte John. »Wahrscheinlich hat sie diesen Zustand zu sehr genossen und beschlossen, ihre Tabletten wegzulassen.«

»Hoffen wir mal, dass sie ihre Meinung ändert, bevor sie Erasmus ›rettet‹«, sagte Patrick. »Am Ende überlebt er es nicht, wenn sie ihn auf einer Brücke attackiert oder sich auf ihn stürzt, während er die Straße überquert.«

»Mein Gott!«, lachte Mary vor erstaunter Erleichterung. »Ich dachte schon, sie geht nie mehr. Ich hoffe, Erasmus hat es um die Ecke geschafft, bevor sie rauskam.«

»Ich muss jetzt auch los«, meinte Johnny. »Ich habe um vier Uhr einen Patienten.«

Er verabschiedete sich rundum, küsste Mary, umarmte die Jungen und versprach, Patrick später anzurufen.

Plötzlich war die Familie unter sich, abgesehen von der Kellnerin, die die Gläser abräumte und die ungeöffneten Flaschen wieder in einen Karton in der Ecke packte.

Patrick empfand eine ihm wohlbekannte Kombination von Traulichkeit und Trostlosigkeit, zusammen zu sein und zu wissen, dass man sich gleich trennen würde.

»Kommst du mit uns?«, fragte Thomas.

»Nein«, sagte Patrick, »ich habe zu tun.«

»Bitte«, drängte Thomas, »ich will, dass du mir eine Geschichte erzählst, so wie früher.«

»Wir sehen uns ja am Wochenende«, sagte Patrick.

Robert stand daneben und wusste mehr als sein Bruder, aber nicht genug, um zu begreifen.

»Komm doch zum Essen zu uns, wenn du magst«, schlug Mary vor.

Patrick hätte die Einladung gern angenommen und gern abgelehnt, wäre gern allein gewesen und gern in Gesellschaft, hätte ihre Nähe gern gesucht und wäre gern geflohen, hätte der schönen Kellnerin gern den Eindruck vermittelt, er führe eine unabhängige Existenz, und hätte seinen Kindern gern den Eindruck vermittelt, dass sie zu einer harmonischen Familie gehörten.

»Ich denke, ich … hau mich aufs Ohr«, sagte er, in diesem Geröll aus Widersprüchen begraben und dazu verdammt, jede mögliche Entscheidung zu bereuen. »Es war ein langer Tag.«

»Du kannst ja noch mal drüber nachdenken«, sagte Mary.

»Eigentlich«, meinte Thomas, »solltest du unbedingt noch mal drüber nachdenken, denn dazu ist dein Kopf da!«

14

Während er sich zu seinem möblierten Zimmer hinaufquälte – ein winziger Dachgeschossausbau in Kensington mit schrägen Wänden im fünften Stock eines schmalen viktorianischen Gebäudes –, schien Patrick sich rückwärts durch die Evolutionsgeschichte zu bewegen, ging mit jeder Stufe tiefer gebeugt, bis er sich auf dem Teppich des obersten Treppenabsatzes auf die Fingerköchel stützte, wie ein Hominide in den Savannen Afrikas, der den aufrechten Gang noch nicht beherrscht und nur selten das Refugium der Bäume verlässt, um sich ängstlich auf Expeditionen zu begeben.

»Scheiße«, murmelte er, als er wieder Luft bekam und sich auf Schlüssellochhöhe aufrichtete.

Die anbetungswürdige Kellnerin in diese armselige Bruchbude einzuladen, kam nicht infrage, obwohl der Zettel mit ihrer Telefonnummer sich in seine Brusttasche schmiegte, direkt an seinem beängstigend hämmernden Herzen. Eine junge Frau wie sie sollte sich nicht unter dem Leichnam eines Manns mittleren Alters hervorquetschen müssen, der bei dem Versuch gestorben war, sie für den anstrengenden Aufstieg in seine unzulängliche Behausung zu belohnen. Patrick sank aufs Bett, umarmte ein Kissen und stellte sich vor, dass die zusammengedrückten Federn unter dem allmählich vergilbenden Baumwollstoff sich in ihren weichen warmen

Nacken verwandelten. Das angstvolle Aphrodisiakum eines kürzlichen Todesfalls; die lange Galerie der Surrogate, die Surrogate ersetzten; der quälende Durst nach Trost: das war ihm alles nur zu vertraut, doch er erinnerte sich grimmig daran, dass er, wo er nun endlich allein war, in sein Nicht-Zuhause zurückgekehrt war, um ungetröstet zu bleiben. Diese Bleibe, die Junggesellenwohnung eines Nicht-Junggesellen, die Studentenbude eines Nicht-Studenten, eignete sich bestens, um das Ungetröstetsein zu üben. Die lebenslange Spannung zwischen Abhängigkeit und Unabhängigkeit, zwischen Zuhause und Abenteuer, konnte nur dadurch gelöst werden, dass er überall zu Hause war, dass er lernte, die wütende Selbstgefälligkeit aller Stimmungen und Ereignisse mit dem gleichen Blick zu betrachten. Vor ihm lag ein ziemlich weiter Weg. Es brauchte ihm nur sein Lieblingsbadeöl auszugehen, schon hätte er das Bad am liebsten mit einem Vorschlaghammer verwüstet und vom Arzt ein Valiumrezept erbettelt.

Immerhin, er lag auf dem Bett und dachte darüber nach, wie entschlossen er war: ein Tomahawk, der durch den Wald pfiff, und mit einem dumpfen Schlag ins Ziel traf, ein atomarer Lichtblitz, der in einem meilenweiten Umkreis einen Ring von Wolken auflöst. Ächzend wälzte er sich langsam vom Bett und sank in den schwarzen Sessel beim Kamin. Durch das gegenüberliegende Fenster konnte er hügelabwärts die Schieferdächer erkennen, die rotierenden, metallenen Rauchabzüge, die in der Spätnachmittagssonne glitzerten, und in der Ferne die Bäume in Holland Park, deren Blätter noch zu sehr mit sich geizten, um die Äste grün zu färben. Bevor er die Kellnerin anrief – er kramte den Zettel hervor und sah, dass sie Helene hieß –, bevor er Mary anrief, bevor er zu einem langen, beruhigenden Dinner ausging und versuchte, bei gedämpftem Licht und unerträglicher Musik ein gutes Buch zu lesen, bevor er so tat, als müsse er unbedingt auf dem Laufenden bleiben und die Nachrichten einschaltete, bevor er sich einen brutalen Film auslieh oder sich im Bad einen runterholte, weil er es doch nicht schaffte, Helene anzurufen, würde er eine Weile in diesem Sessel sitzen, um dem Druck der Belastungen und Andeutungen des Tages ein wenig Respekt zu zollen.

Was hatte er eigentlich betrauert? Nicht den Tod seiner Mutter – der bedeutete in erster Linie eine Erleichterung. Nicht ihr Leben, er hatte ihr Leiden und ihre Frustration bereits vor Jahren betrauert, als sie allmählich in der Demenz versank. Auch nicht seine Beziehung zu ihr, die er die längste Zeit eher als Einwirkung auf seine Persönlichkeit, denn als Austausch mit einer anderen Person betrachtet hatte. Der Druck, den er heute verspürt hatte, war so etwas wie die Gegenwart des Säuglingsalters, etwas viel Tieferes und Hilfloseres als die mörderische Beziehung zu seinem Vater. Trotz der Rolle, die sein Vater dabei mit seinen Wutanfällen und Skalpellen, und seine Mutter mit ihrer Erschöpfung und ihrem Gin gespielt hatten, ließ sich diese Erfahrung nicht als Bericht oder Beziehungsgeflecht beschreiben, sondern existierte als innerste Tiefenschicht der Sprachlosigkeit. Für jemanden, der versucht hatte, sich aus allem herauszureden, was er gedacht und gefühlt hatte, war die Erkenntnis schockierend, dass es da etwas Gewaltiges gab, das er überhaupt nicht erwähnt hatte. Vielleicht war es das, was er mit seiner Mutter tatsächlich gemein hatte, einen Kern der Sprachlosigkeit, in ihrem Fall gesteigert durch Krankheit, in seinem Fall jedoch verborgen, bis ihn die Nachricht von ihrem Tod erreichte. Es glich einem Zusammenstoß im Dunkeln in einem fremden Zimmer; er tastete sich an etwas entlang, das seiner Erinnerung nach nicht da gewesen war, als das Licht erlosch. Trauer war für diese Erfahrung nicht das richtige Wort. Er empfand Angst, aber auch Erregung. Vielleicht konnte er seine Konditionierung im nach-elterlichen Reich als einzelnen Fakt begreifen, ohne deren Genealogie weiter erforschen zu wollen, nicht etwa, weil die historische Perspektive falsch war, sondern weil er ihr entsagt hatte. Andere mochten diesen Waffenstillstand erreichen, bevor ihre Eltern starben, doch seine eigenen Eltern hatten so extreme Hindernisse dargestellt, dass er sie im wahrsten Sinn des Wortes loswerden musste, bevor er sich seine Persönlichkeit als jenes transparente Medium, nach dem er sich sehnte, auch nur vorstellen konnte.

Die Idee eines selbstbestimmten Lebens hatte er stets als extravagant empfunden. Alles war konditioniert durch das Vorangegangene; sogar sein fanatisches Verlangen nach einem gewissen Spielraum an Freiheit war konditioniert durch den drastischen Mangel an Freiheit in seiner Kindheit und Jugend. Vielleicht gab es nur so etwas wie eine Pseudofreiheit: Das Akzeptieren des unvermeidlichen Zusammenspiels von Ursache und Wirkung gewährte einem zumindest die Freiheit von der Selbsttäuschung. Die Wahrheit lautete, er wusste es einfach nicht. Um irgendwo anzufangen, musste er jedenfalls das Ausmaß seiner Unfreiheit erkennen – in diesem Kern der Sprachlosigkeit verankert, den er jetzt zumindest akzeptieren konnte – und sie mit einer Art nachsichtigen Entsetzens betrachten. Die meiste Zeit hatte er nur auf seine Konditionierung reagiert und war kaum auf das übrige Leben eingegangen. Wie wäre es, auf nichts zu reagieren und auf alles einzugehen? Er könnte sich zumindest zentimeterweise in diese Richtung bewegen. Wie er es der unempfänglichen Julia zu sagen versucht hatte, war er weniger denn je überzeugt von endgültigen Urteilen oder Schlussfolgerungen. Er hatte lange unter Negativer Unfähigkeit gelitten, dem Gegenteil jener berühmten Keats'schen Tugend, in Mysterien, Ungewissheiten und Zweifeln befangen zu sein, ohne nach Fakten und Erklärungen zu suchen – oder wie immer die exakte Definition lauten mochte –, aber jetzt konnte er sich vorstellen, für Fragen offenzubleiben, auf die es nicht unbedingt eine Antwort gab, statt überstürzte Antworten zu geben, ohne sie infrage zu stellen. Vielleicht vermochte er nur dann auf alles einzugehen, wenn er die Welt als Frage wahrnahm, und vielleicht reagierte er nur deshalb ständig auf alles, weil er ihre Natur für starr und unveränderlich hielt.

Auf dem kleinen Tisch neben dem Sessel klingelte das Telefon, und Patrick starrte es, aus seinen Gedanken gerissen, eine Weile lang an, als hätte er noch nie zuvor ein Telefon gesehen. Er zögerte und nahm dann ab, kurz bevor der Anrufbeantworter ansprang.

»Hallo«, sagte er müde.

»Ich bin's, Annette.«

»Oh, hallo. Wie geht's dir? Wie geht's Nicholas?«

»Leider habe ich schlimme Nachrichten«, sagte Annette. »Nicholas hat es nicht geschafft. Es tut mir so leid, Patrick, ich weiß, dass er ein alter Freund der Familie war. Er hat schon im Krankenwagen zu atmen aufgehört. Als wir die Klinik erreichten, haben sie noch versucht, ihn wiederzubeleben, aber sie konnten ihn nicht mehr zurückholen. Ich finde all diese Elektroden und das Adrenalin so beängstigend. Wenn eine Seele bereit ist zu gehen, sollten wir sie sanft gehen lassen.«

»Die juristische Seite dieser Herangehensweise ist problematisch«, sagte Patrick. »Ärzte müssen so tun, als sei eine Lebensverlängerung stets das höhere Gut.«

»Rechtlich gesehen stimmt das wohl«, seufzte Annette.

»Aber für dich muss es doch erschütternd sein, und das am Tag der Beerdigung deiner Mutter!«

»Ich hatte Nicholas jahrelang nicht gesehen«, sagte Patrick. »Da war es wohl ein Glücksfall, ihn noch einmal in Hochform erleben zu dürfen.«

»Ach, er war ein ganz erstaunlicher Mann«, sagte Annette. »Ich hab noch nie jemanden wie ihn kennengelernt.«

»Er war einzigartig«, meinte Patrick, »zumindest hoffe ich es. Es wäre ja grauenhaft, ein ganzes Dorf voller Nicholas Pratts zu entdecken. Jedenfalls, Annette«, fuhr Patrick fort, weil er merkte, dass sein Tonfall dem Anlass nicht ganz angemessen schien, »war es sehr nett von dir, ihn zu begleiten. Er hatte Glück, dass er im Moment des Todes einen Menschen bei sich hatte, der ihm spontan liebevoll zugewandt war.«

»Oh, jetzt bringst du mich zum Weinen«, sagte Annette.

»Und danke für das, was du bei der Beerdigung gesagt hast. Du hast mich daran erinnert, dass Eleanor ebenso sehr ein guter Mensch wie eine unvollkommene Mutter war. Es ist sehr hilfreich, sie einmal aus anderen Blickwinkeln zu sehen als dem, in dem ich gefangen bin.«

»Gerne. Du weißt, ich habe sie sehr lieb gehabt.«

»Ja. Danke«, sagte Patrick erneut.

Das Gespräch endete mit dem Versprechen, bald wieder zu telefonieren, dessen Einlösung wenig wahrscheinlich war. Annette flog am nächsten Tag nach Frankreich zurück, und Patrick würde sie ganz bestimmt nicht in Saint-Nazaire anrufen. Dennoch verabschiedete er sich von ihr mit einem seltsamen Gefühl der Zuneigung. Hielt er Eleanor wirklich für einen guten Menschen? Er hatte den Eindruck, dass sie die Frage, was es hieß, gut zu sein, zu einem zentralen Anliegen gemacht hatte – und dafür war er dankbar.

Patrick ließ die Nachricht von Nicholas' Tod auf sich wirken. Er dachte an ihn zurück, wie er in den Sechzigerjahren in einem Mr. Fish-Hemd unter den Platanen in Saint-Nazaire gesessen und gehässig Konversation gemacht hatte. Er dachte an sich selbst zurück, den kleinen Jungen, innerlich zutiefst zerbrochen und zornig, aber mit einer wilden, heroischen Persönlichkeit, die den Missbrauch durch seinen Vater schließlich mit einer einzigen entschlossenen Verweigerung beendet hatte. Er wusste, wenn er das über ihn hereinbrechende Chaos verstehen wollte, musste er sich aus dem Schutz dieses fragilen Heldens lösen, genauso wie er sich von der Illusion, seine Mutter habe ihn beschützt, durch die Erkenntnis gelöst hatte, dass seine Eltern gleichermaßen Kollaborateure wie Kontrahenten gewesen waren.

Patrick sank tiefer in den Sessel und fragte sich, wie viel von all dem er noch ertragen konnte. Ungetröstet zu bleiben, in welchem Maß war er dazu bereit? Er legte sich ein Kissen auf den Bauch, als rechne er mit einem Schlag. Er wäre gern weggegangen, hätte gern etwas getrunken, wäre gern aus dem Fenster gesprungen, in einen Teich aus seinem eigenen Blut, nur um nie mehr etwas denken zu müssen, doch er bekam seine Panik so weit in den Griff, dass er sich aufsetzen konnte und das Kissen zu Boden fallen ließ.

Vielleicht bestand das, was er nicht ertragen zu können glaubte, teilweise oder ganz aus dem Gedanken, es nicht ertragen zu können. Er wusste es wirklich nicht, musste es aber herausfinden, und so öffnete er sich jenem Gefühl völliger Hilflosigkeit und Inkohärenz, dem er vermutlich sein ganzes Leben lang ausgewichen war, und wartete darauf, dass es ihn zerstückeln würde. Doch es passierte etwas Unerwartetes. Statt einfach nur Hilflosigkeit zu fühlen, spürte er die Hilflosigkeit und zugleich das Mitleid mit der Hilflosigkeit. Das eine folgte dem anderen unverzüglich, so wie man instinktiv die Hand ausstreckt, um sich das angeschlagene Schienbein zu reiben oder den Schmerz in der Schulter zu lindern. Er war also doch kein Säugling, sondern ein Mann, der spürte, wie das Chaos des Säuglingsalters in seinem Bewusstsein aufwallte. Während sich sein Mitleid ausdehnte, sah er sich selbst auf Augenhöhe mit seinen mutmaßlichen Verfolgern, sah nun seine Eltern, die der Grund für seine Leiden zu sein schienen, selbst als unglückliche Kinder, deren Eltern wiederum die Ursache für ihre Leiden zu sein schienen: Niemand hatte Vorwürfe verdient und jeder hatte Hilfe verdient, und wer die größten Vorwürfe verdient zu haben schien, bedurfte der größten Hilfe. Eine Weile blieb er auf einer Ebene mit der schieren Unvermeidlichkeit der Dinge, so, wie sie waren, dem Ground Zero von Ereignissen, auf denen Hochhäuser psychologischer Erfahrung errichtet wurden. Und als er daran dachte, sein Leben nicht so persönlich zu nehmen, verwandelte sich die schwere, undurchdringliche Dunkelheit der Sprachlosigkeit in eine vollkommen transparente Stille, und er begriff, dass in dieser Klarheit ein Spielraum an Freiheit existierte, ein Nichtreagierenmüssen.

Patrick glitt in seinem Sessel tiefer und rekelte sich angesichts des Ausblicks. Er merkte, wie die Tränen, die ihm über die Wangen rannen, abkühlten. Blank gespülte Augen und ein müdes, leeres Gefühl. War das der Zustand, den man friedlich nannte? Es musste noch mehr dahinterstecken, aber schließlich war er da kein Experte. Plötzlich hatte er den Wunsch, seine Kinder zu sehen, wirkliche Kinder, nicht die Geister aus der Kindheit ihrer Vorfahren, wirkliche Kinder mit recht ordentlichen Chancen, ihr Leben zu genießen. Er griff zum Hörer und wählte Marys Nummer. Er würde noch mal drüber nachdenken. Denn dazu war der Kopf, wie Thomas sagte, ja schließlich da.

Aus T. S. Eliot, »Four Quartets« wurde zitiert in der Übersetzung von Nora Wydenbruck.

Aus Alfred Lord Tennyson, »Maud« wurde zitiert in der Übersetzung von Friedrich Wilhelm Weber.

Henry Vaughan, »The Retreat« wurde zitiert in der Übersetzung von Hans Hennecke. Der Abdruck erfolgt mit freundlicher Genehmigung der Verlagsgruppe Langen Müller Herbig.

William Butler Yeats, »The Lake Isle of Innisfree« wurde zitiert in der Übersetzung von Christa Schuenke. Der Abdruck erfolgt mit freundlicher Genehmigung des Luchterhand Literaturverlags.

Aus William Butler Yeats, »Meditations in Time of Civil War« wurde zitiert in der Übersetzung von Norbert Hummelt.

Die Übersetzungen der Zitate von Wallace Stevens (»Dutch Graves in Bucks County«), aus dem »Rigveda« und dem »Tibetanischen Totenbuch« sind von Sabine Hübner.

Leseprobe aus dem neuen Roman von Edward St Aubyn:
»Am Abgrund«
Erschienen bei Piper

1

Adam trug bei seiner Ankunft in Brookes Villa in San Francisco die feuerrote Nehru-Jacke, die Yves ihm aus Paris mitgebracht hatte. Die meisten Leute würden sich mit einer Nehru-Jacke unsterblich blamieren, doch Adam, in dessen Adern sich die Lava Indiens und das Phlegma Englands mit berauschendem Zischen vereinigten, trug sein neues Outfit mit ungeniertem Selbstbewusstsein. Adam brannte für die Zukunft der Menschheit und hegte nicht die Absicht, dieses Feuer für sich zu behalten. »Diese Jacke ist ein Abbild meines Herzens«, flüsterte er Yves im Taxi zu.

»Und deiner Seele?«, fragte Yves.

»Immer und überall«, erwiderte Adam. »Mit weniger begnüge ich mich nicht, das weißt du.« Sein Blick umflorte sich.

»Mein Shams«, murmelte er.

»Mein Rumi«, nuschelte Yves.

Für Adam mussten Menschen sich irgendwie lohnen. Sie sollten entweder spirituell entwickelt und genial sein wie er oder peinlich reich wie Brooke. Auch schlichte Güte beeindruckte ihn, aus einer gewissen Distanz.

Brooke war tatsächlich derartig reich, dass jedes Maß persönlicher Wunscherfüllung das sinkende Schiff nur so weit ausschöpfte, dass es nicht unterging. Der Zustrom von Geld war unaufhaltsam, schon nach wenigen Tagen erkältungsbedingter Bettruhe standen ihr die unverbrauchten Einkünfte bis zum Hals. Die einzige Pumpe, die sie vor dem Ertrinken retten konnte, war Wohltätigkeit, und ihre Sekretärin brachte ihr im endlosen Bemühen, sie über Wasser zu halten, allmorgendlich einen Eimer voll Schecks zum Unterschreiben.

Brooke behandelte alle Menschen wie Bedienstete, was angesichts der Tatsache, dass sie tatsächlich dreißig davon hatte, von mangelnder Phantasie zeugte. Ihre Bediensteten hingegen behandelte sie wie Familienmitglieder, da sie als Kind von ihrer eigenen Familie zu den Dienstboten abgeschoben worden war. Sie war im eleganten Süden aufgewachsen, und ihre Eltern interessierten sich ausschließlich für Alkohol, Pferde und andere reiche Menschen, die ihre Vorlieben teilten. Brookes Eltern hatten zu verhindern gewusst, dass ihr Kindergeschrei, ihre gestammelten Fragen nach dem Sinn des Lebens die luxuriöse Raffinesse ihres Heims beeinträchtigten. Stattdessen hatte man sie bei einer der zahllosen schwarzen Familien untergebracht, deren schmucklose Hütten sich unter die Kienföhren duckten. Der Holzrauch hing beinahe so greifbar in der Luft wie die langen Schleier des Louisiana-Mooses, in denen er sich fing. Brooke hatte oft darüber nachgedacht, dass es vermutlich besser für sie gewesen war, bei Mammy zu wohnen. Die Gesellschaften, die zu Pferd die Plantage durchstreiften, auf der Suche nach dem perfekten Ort für den Genuss des »Eistee Spezial« – wie man scherzhaft die Gallone kalten Bourbons nannte, in den die Köchin vorsichtshalber einen winzigen Schuss Tee, ein Blatt Minze und einen Zitronenschnitz gab –, trabten nie den Pfad entlang, der zu Mammys Hütte führte und mit seiner ungewöhnlich orangeroten Erde eher einem Fluss als einem Weg glich.

Als ihr Vater beim Sturz von einem seiner Lieblingspferde starb, machte Brooke die aufregende Erfahrung, zur Beerdigungsfeier in das große Haus gebracht zu werden. »So hätte er sich seinen Tod gewünscht«, sagten seine Freunde reihum, und jeder mit dem Gefühl, sein Gespür für die treffende Formulierung bewiesen zu haben, gemischt mit einem gewissen Neid auf das Schauspiel eines so vornehmen Ablebens. Sie fragte ihre Mutter, ob sie nach dem Begräbnis im großen Haus übernachten dürfe.

»Wie kannst du nur so etwas fragen, Brooke?«, meinte ihre Mutter ehrlich empört. »Du siehst doch, das Haus ist voll belegt mit den Verwandten deines Vaters.«

Auf der Rückfahrt im Auto zu Mammy waren in Brooke, durch einen dichten Bodennebel aus Jammer und Unverständnis, eine revolutionäre Wut aufgestiegen, ein Argwohn gegen reiche Weiße, der jedem Kreuzverhör durch Malcom X standgehalten hätte, und die Entschlossenheit, jenseits des von Hengsten und geleerten Flaschen abgesteckten Familienhorizonts einen Daseinszweck zu finden, ohne dabei allzu weit in die Richtung abzudriften, die durch Mammys Leidenschaft für übermäßiges Essen und ihre Ohnmachten in der Kirche vorgezeichnet war.

Nach einer psychoanalytischen Vorhölle in Manhattan, konfrontiert mit dem grauen Spiegel von Dr. Bukowskis Schweigen (»Wenigstens bin ich kein Kleinianer«, hatte er beim ersten Treffen gegluckst, sich dann aber nie wieder so einen Temperamentsausbruch gestattet), machte sie sich auf den Weg zur Westküste mit ihren bunten Befreiungsversprechen.

Davon kuriert, weise Männer dafür zu bezahlen, ihr zuzuhören, bezahlte sie nun dafür, ihnen zuzuhören.

Zu diesem Zeitpunkt begegnete sie Kenneth Shine, dem spirituellen Lehrer, und erkannte, dass sie hier endlich am Beginn ihrer eigentlichen Reise stand.

»Sie haben mein Leben verändert«, sagte sie ihm an jenem ersten Abend.

»Was hat Ihr Leben *nicht* verändert?«, fragte er mit gütigem Blick, und diese Frage, die ihr unter anderen Umständen kaum aufgefallen wäre, öffnete ihren Geist. In diesem Moment glaubte sie zu erkennen, wie unbeständig alles ist und dass wir uns alle verändern und dass das Ich nur eine Illusion ist und so weiter – er konnte das so viel besser ausdrücken als sie, aber sie stand immer noch unter diesem Eindruck, und das hatte sie in den letzten fünf Jahren angetrieben, während sie sich für das Gute in der Welt einsetzte; auf der Ebene, die wirklich etwas bedeutete, nämlich der der Veränderung des Bewusstseins.

»Human Potential Movement«, das war eine ziemlich vollmundige Bezeichnung, vielleicht etwas zu pompös, nichts, was man beiläufig ins Gespräch einfließen lassen konnte, doch in ihren Ohren hatte es einen erhabenen Klang.

»Du bist der Guidobaldo des Millenniums«, hatte Adam kürzlich erklärt. Sie hatte nicht gewusst, wie das gemeint war. Adam konnte manchmal richtig gemein sein. Natürlich nur, weil er so wahnsinnig genial war und das menschliche Potenzial so klar erkannte, dass er auf jede Selbstgefälligkeit unduldsam reagierte. Gleichzeitig war seine Unduldsamkeit durchaus selbstgefällig, und sogar seine Nervenzusammenbrüche und hysterischen Tränen hatten etwas Arrogantes, als wären sie von Shakespeare und verdienten das eingehendste Studium.

Weder Mammy noch Brookes Lehrer und Lehrerinnen an der Foxcroft Academy waren Asse auf dem Gebiet der Renaissance gewesen, doch wie sich herausstellte, hatte Guidobaldo diese in finanzieller Hinsicht quasi alleine gestemmt. Sie wusste, wozu sie nützlich war, und freute sich, nützlich sein zu können. »Jeder hilft auf seine Weise – der eine laut, der andre leise« – Kenneth brachte es wie immer auf einen einprägsamen Nenner. Adam nannte ihn den »Autoaufkleber«. Zwischen den beiden Männern herrschte eindeutig eine gewisse Rivalität, aber Brooke liebte sie beide.

Kenneth arbeitete an einer Synthese sämtlicher Weltreligionen und Philosophien und wollte sie zu einer Form verdichten, die jeder verstand. »Global denken, lokal handeln«, lautete eines seiner Mottos. Einen Namen für seine Philosophie hatte er schon; das Übrige würde sich finden. Er nannte sie Streamismus, in Anlehnung an Heraklit, der wohl mal so etwas gesagt hatte wie, man könne nicht zweimal in den gleichen Strom steigen. Es sei jedes Mal ein neuer Strom. Alles Weitere verwirrte Brooke ein wenig. Sollte man dem Strom folgen – Kenneth hatte da ein total taoistisches Konzept über das Dem-Strom-Folgen, das ganz wunderbar zu Selbstakzeptanz und all diesen psychologischen Schlüsselbegriffen passte –, oder sollte man der Fels in der Brandung sein, unbeeindruckt von den flüchtigen Manifestationen der Zeit? Auch damit kannte er sich sehr gut aus. Das sei halb Buddhismus, halb Marc Aurel, hatte er ihr erklärt. Sie lernte ja so viel, aber jetzt war sie leicht durcheinander, weil sie sich teils als Felsen im Strom ruhen, teils vergnügt dessen kleine Katarakte hinabsausen sah.

»Natürlich«, meinte Kenneth, als sie ihm von ihrem Problem erzählt hatte. »Du hast das zentrale Paradoxon des Streamismus durchdrungen.«

Sie war richtig stolz auf sich.

»Was ist Gott?«, hatte er sie plötzlich mit seinem gütigen Blick gefragt.

Sie hatte nervös geblinzelt.

»Der unbewegte Beweger«, flüsterte Kenneth. »Was müssen wir werden?«, donnerte er.

»Gott«, riet sie wild drauflos.

»Genau!« Er schenkte ihr ein strahlendes Lächeln, ein Lächeln, wie sie es von ihrem Vater nie bekommen hatte, und sie fühlte sich, als sei sie auf einen Berggipfel emporgehoben worden.

»Wir schwimmen im Strom, ruhen aber gleichzeitig in uns selbst, und indem wir dies tun, werden wir zu Göttern«, behauptete Kenneth, während ihr bei diesen gedanklichen Höhenflügen schwindlig wurde.

»Damit verrate ich dir natürlich nur einen Teil des Ganzen, du musst auf das Buch warten.«

Und das tat sie. In der Zwischenzeit unterstützte sie Kenneth. Er wollte von einem Mainstreamverlag keinen Vorschuss annehmen. Da könne er sich nicht richtig entfalten, und schließlich heiße seine Philosophie ja nicht Mainstreamismus, witzelte er.

Kenneth dachte unablässig über Streamismus nach. Dieses Konzept war so reich an verborgenem Glanz, dass er sich der Pedanterie, seine Reflexionen aufzuzeichnen, verweigerte. Schweiften seine Gedanken bei der Lektüre Laotses oder der Betrachtung einer Baseballübertragung im Fernsehen ab, kam er unweigerlich zu dem Schluss, innerlich abzuschweifen sei der ungehemmteste Ausdruck des Streamismus, und erlaubte es seinen Gedanken, sich völlig ungehindert zu zerstreuen.

Angesichts solch umfassender Begeisterung verzieh er es sich, dass er Brookes Geld annahm, ohne ihr etwas Konkretes dafür zu bieten. (Wie unstreamistisch wäre das gewesen und doch andererseits wie streamistisch.) Trotzdem ließ ihn die Erinnerung an seine vorgetäuschte Leidenschaft zusammenzucken. Wie praktisch wäre es gewesen, hätte er sie attraktiv gefunden, aber sexuelle Heuchelei ist für einen Mann logischerweise schwer aufrechtzuerhalten. Dennoch empfand er eine beunruhigende Zuneigung zu ihr. Die Reichen hatten ja immer Angst, ausgenutzt zu werden, und Brooke forderte diese Befürchtung mit einem Scheck nach dem anderen heraus. Ausgesprochen mutig von ihr.

»Eines Tages kann ich es dir zurückzahlen«, erklärte er, als sie ihm wieder mal einen Scheck über fünftausend Dollar ausstellte. »Außer dem Buch und den Kassetten wird es noch lauter Broschüren für viel beschäftigte Menschen geben: ›Streamismus und Sexualität‹, ›Streamismus im Büro‹, ›Streamismus und deine Kinder‹ …«

Kenneths Broschüren bereiteten ihr zwar etwas Sorge, aber schließlich konnte nicht jedermann das Privileg genießen, Kenneth persönlich zu kennen. Sie wollte nur nicht, dass der Streamismus zu etwas Gewöhnlichem verkam.

»Noch gewöhnlicher, als er schon ist, kann er gar nicht mehr werden«, hatte Adam gegiftet.

Nein wirklich, diese Jungs benahmen sich wie Rivalen. Sie musste es irgendwie schaffen, dass die beiden sich besser verstanden. Vielleicht sollten sie an einer Männergruppe teilnehmen und zusammen in eine Schwitzhütte gehen. Robert Bly konnte ihnen raten, wie man so eine Gemeinschaftserfahrung unter Männern am besten anging. Es war doch Wahnsinn, dass sie sich so stritten, wo sie doch eigentlich dasselbe wollten: die Welt vor der Selbstzerstörung zu retten.

Brooke bezahlte auch Adams Apartment in San Francisco. Indem er seine Schmeicheleien mit scharfen Bemerkungen würzte und gelegentlich seine Telefonnummer änderte, sorgte er dafür, dass ihn dieses Arrangement nicht korrumpierte und sie sich nicht einbildete, über ihn verfügen zu können. Hatte Joyce nicht seine Miss Weaver gehabt? Und wer würde sich heute ohne Joyce noch an Miss Weaver erinnern? Mantegna hatte seine Sforzas gehabt. Ihre lächerlichen Intrigen wirkten jetzt reichlich dürftig, doch seine Bilder vergalten das Geschenk ihrer Patronage mit dem weitaus größeren Geschenk seiner Unsterblichkeit. Und genau besehen, spendeten die Mönche Südostasiens, die dank der Großzügigkeit, des *dana,* der örtlichen Bevölkerung überlebten, denen, die sie unterstützten, ja einen Segen. Nein, Adam war mit der Situation völlig im Reinen, ließ sich aber durch den Umstand, dass Brooke ihm helfen wollte, seinen gottgegebenen Daseinszweck zu erfüllen, nicht von gelegentlichen sanften Sticheleien abhalten.

»Ich hoffe, ich sterbe mal vor dir«, hatte er an jenem Morgen zu ihr gesagt, als sie ihn mit einer neuen Liste ihrer guten Werke gelangweilt hatte. »Ich würde den Himmel gern kennenlernen, bevor du ihn verbessert hast.«

»Wenn du dann kommst, gebe ich eine Party für dich«, meinte Brooke, für die »Networking« zu einer zwanghaften Gewohnheit geworden war.

»Wenn *du* Cocktailpartys gibst, Süße, werde ich wissen, dass ich *nicht* angekommen bin«, antwortete er.

»Sei nicht so gemein«, sagte sie, wie in letzter Zeit immer öfter.

»Allmählich wird Brooke ziemlich anmaßend«, hatte Adam zu Yves gesagt, nachdem er eingehängt hatte. »Irgendwann wird sie sich noch für die nächste göttliche Mutter halten.«

»*Ah non*«, meinte Yves mürrisch, »nicht schon wieder eine. *Je ne crois pas que je pourrais supporter encore une Mère Divine.*«

Sie sprachen über etwas anderes als Brookes möglichen künftigen Anspruch auf Göttlichkeit, als Adam und Yves in Brookes Salon anlangten. Adams tintenschwarzes ungekämmtes Haar fiel auf sein flammend rotes Jackett, das wiederum seine breiten Hüften und schwarzen Hosen umloderte. Yves, dessen Jacke den gleichen Schnitt hatte, aber in wirbelnden Meeresfarben prangte, wirkte relativ besänftigend. Die beiden repräsentierten die Komplementarität von Türkis und Orange, die Vermählung von Feuer und Wasser, von Yin und Yang, von Rumi und Shams; aber das wussten nur sie. Auf alle anderen wirkten sie wie Clowns.

Adam, der Kenneth zutiefst misstraute, näherte sich ihm zuerst. Er hatte kürzlich herausgefunden, dass Kenneth vor seiner Inkarnation als Möchtegernguru für eine Rockband als »Ambience Director« gearbeitet hatte, ein euphemistischer Titel, den er sich für seine Rolle als Zuhälter und Drogenkurier zugelegt hatte.

»Hallo, Kenneth, wie lautet die Lektion des heutigen Abends?«

»Demut, Adam, und für dich ganz besonders.«

»Oh«, sagte Adam und blickte sich im Raum um wie in einer öden Landschaft. »Und wer lehrt Demut?«

»Das Leben«, antwortete Kenneth gelassen, »wenn du offen dafür bist.«

»Der Autoaufkleber hat gesprochen«, erwiderte Adam in gespielter Ehrfucht.

Yves kicherte und ließ sich vom schwarzen Butler ein Glas Champagner reichen.

Brooke war noch oben, als Adam und Yves eintrafen. Einige Gerüchte über die Angewohnheiten ihrer Mutter, von denen sie gehört hatte (»Sie lässt die Leute gerne warten«, hatte Mammy oft erzählt), hatten sowohl der Scheuerbürste von Dr. Bukowskis Schweigen als auch der Laserchirurgie von Kenneths Lehren standgehalten.

Sie dachte über all die faszinierenden Menschen nach, die sie zum Essen eingeladen hatte, »Gurus«, wie sie sie vor fünf Jahren vielleicht noch genannt hätte. Jetzt waren es einfach ihre engsten Freunde. Ein paar neue Gesichter gab es heute Abend, auch neue Namen. Ihre Sekretärin hatte eine Liste angefertigt und sie im Schlafzimmer gelassen, auf ihrem, wie Brooke es nannte, »Behelfsschreibtisch«, den sie benutzte, wenn sie es weder in ihr Arbeitszimmer noch in ihr Büro oder in ihre Bibliothek schaffte. Unter anderem eine phantastische Umweltaktivistin, eine total faszinierende Irin, die sagte, man könne den Planeten retten, indem man in sämtlichen verwüsteten Regenwäldern Bambus pflanzte.

»Es ist tatsächlich ziemlich wichtig«, hatte sie mit gönnerhaftem Lächeln zu Brooke gesagt. »Wir reden hier über die Lungen unseres Planeten.«

Die Lungen des Planeten! Unseretwegen bekam Mutter Erde Lungenkrebs. Zweifellos waren die Männer mit den Kettensägen und die Holzhändler starke Raucher. Die Art, wie die Menschen mit sich selbst umgingen, und die Art, wie die Menschen mit ihrer Umwelt umgingen, passten perfekt zusammen. Manche ihrer buddhistischen Freunde kannten sich mit so etwas ganz besonders gut aus. Gaia war die griechische Erdgöttin, und Gaya hieß das Dorf in Nordindien, wo Buddha Erleuchtung erlangt hatte. Na bitte! Passte doch perfekt. Brooke taumelte weiter von Assoziation zu Assoziation.

Sie erwartete heute Abend auch einen Meeresbiologen, der entdeckt hatte, dass Wale an Aids litten. Eine aus dem Gleichgewicht geratene Welt gebar ständig neue Seuchen. Marburg, Ebola, Sin Nombre – ihre Sekretärin hatte sie notiert; der Meeresbiologe war das erste Mal eingeladen, und sie hatte ihn beim Essen links von sich platziert –, entstanden aufgrund des ungebremsten Bevölkerungswachstums. Es war wie der alte chinesische Fluch: »Mögest du in interessanten Zeiten leben«.

Brooke wusste, dass sie spät dran war, aber sie schaffte es nicht, vom Frisiertisch aufzustehen, sondern ließ all das Revue passieren, was inzwischen zu apokalyptischen Plattitüden geworden war, beinahe beruhigend in seiner Vertrautheit.

»Sie lässt die Leute gerne warten«, vernahm sie schon wieder Mammys Stimme.

»O Gott, ich werde noch wie meine Mutter!«, kreischte sie wild auf, warf ihren Lippenstift hin und hob ihn hastig wieder auf. Ihr Gesicht war inzwischen fast so faltig wie das ihrer Mutter, damals, beim Tod ihres Vaters. In ihrem schlimmsten Streit hatte Adam sie eine »menopausale Mystikerin« genannt. Das wäre fast das Ende ihrer Freundschaft gewesen, doch nach einem langen Gespräch mit Kenneth über die Bedeutung des Verzeihens hatte sie extra für Adam ein Essen gegeben.

»Dieser Mann ist der reinste Geisterfahrer. Dauernd rasselt er mit anderen Leuten zusammen«, sagte Kenneth, als er erfuhr, *wem* sie verzieh. »Allerdings fühle ich mich, hm, um so geehrter«, fügte er beschwichtigend hinzu, »zur Versöhnung beigetragen zu haben.«

Brooke riss sich vom Frisiertisch los, schnappte sich die Liste mit den neuen Namen, warf den Kopf zurück und rauschte aus ihrem Schlafzimmer, als habe der Spiegel sie auf eine Weise beleidigt, die man nur ignorieren konnte. Sie sorgte sich wegen der verspäteten Ankunft ihres Übernachtungsgasts Crystal Bukowski. Ja, Crystal war die Tochter des guten alten – wie sich herausstellte, mittlerweile verstorbenen – Dr. Bukowski, und sie hatten sich vor drei Wochen in New York bei einer faszinierenden Gesellschaft kennengelernt, veranstaltet von ein paar Leuten, die dem Dalai Lama *sehr* nahestanden.

Was für ein Zufall, hätte sie in den alten Tagen gesagt, aber heutzutage benutzte sie nur noch die G-Worte, Glück und Gleichklang. Crystals Mutter, so hatte ihr damals die Gastgeberin erzählt, war eine Patientin ihres Vaters gewesen. Nachdem sie ungewollt schwanger geworden war – und begriffen hatte, dass er zwar seine Familie nicht verlassen, sie aber bezahlen würde, damit sie seine Praxis nicht ruinierte –, war sie einer Reihe bizarrer Kulte beigetreten, mit der kleinen Crystal im Schlepptau.

Crystal hatte gerade eine sehr problematische Romanze mit einem Franzosen hinter sich, und Brooke hegte schon ganz fürsorgliche Gefühle für sie, obwohl sich an Adams rechter Seite eine hässliche Lücke auftun würde, wenn Crystal nicht bald auftauchte. Trotzdem besaß sie, als Dr. Bukowskis Tochter, eine Art ehrenhalber verliehenen Familienstatus. Wenn Dr. Bukowski auch kein schwarzer Diener war, so doch zumindest ein jüdischer Angestellter, dessen Familie größtenteils im Konzentrationslager ausgelöscht worden war und den sie während ihrer sieben Jahre währenden Analyse mit riesigen Geldsummen überschüttet hatte.

Sie hatten lange und genau hinschauen müssen, warum es ihr wohl solche Freude bereitete, verpasste Therapiesitzungen zu bezahlen. Es hatte sie in die Lage versetzt, an zwei Stellen gleichzeitig Geld auszugeben; das passte gut, wenn man zwei Domizile hatte. Doch, er hatte ihr sehr geholfen, aber damals war sie noch ganz ichbezogen gewesen; jetzt ging es ihr um die Welt. Aber sie bereute die Jahre bei Dr. Bukowski nicht. »Wer den Himmel berühren will, muss mit beiden Füßen auf der Erde stehen«, sagte Kenneth immer.